BONS BAISERS DU TUEUR

Né à New York en 1947, James Patterson publie son premier roman en 1976. La même année, il obtient l'Edgar Award du roman policier. Il est aujourd'hui l'auteur de plus de trente best-sellers traduits dans le monde entier. Plusieurs de ses thrillers ont été adaptés à l'écran.

Née en Suède en 1962, Liza Marklund est journaliste et romancière. Son premier roman, *Studio Sex* (2000), a été vendu à près de un million d'exemplaires en Suède et traduit dans vingt pays.

Paru dans Le Livre de Poche :

BIKINI
CRISE D'OTAGES
DERNIÈRE ESCALE
GARDE RAPPROCHÉE
LA LAME DU BOUCHER
LUNE DE MIEL
LA MAISON AU BORD DU LAC
ON T'AURA PRÉVENUE
PROMESSE DE SANG
UNE NUIT DE TROP
UNE OMBRE SUR LA VILLE

Les enquêtes d'Alex Cross

LE MASQUE DE L'ARAIGNÉE
GRAND MÉCHANT LOUP
SUR LE PONT DU LOUP
DES NOUVELLES DE MARY

Le Women Murder Club

2e CHANCE
TERREUR AU 3e DEGRÉ
4 FERS AU FEU
LE 5e ANGE DE LA MORT
LA 6e CIBLE
LE 7e CIEL
LA 8e CONFESSION

JAMES PATTERSON
& LIZA MARKLUND

Bons baisers du tueur

TRADUIT DE L'ANGLAIS (ÉTATS-UNIS) PAR SEBASTIAN DANCHIN

L'ARCHIPEL

Titre original :

THE POSTCARD KILLERS
Publié par St. Martin's Press, New York, en 2010.

© James Patterson, 2010.
© L'Archipel, 2011, pour la traduction française.
ISBN : 978-2-253-16722-8 – 1re publication LGF

1

Paris

— Je ne m'attendais pas à ce qu'il soit aussi petit, murmura l'Anglaise, déçue.

Mac Rudolph laissa échapper un petit rire et passa un bras autour des épaules de la jeune femme en laissant négligemment sa main effleurer sa poitrine. Elle ne portait pas de soutien-gorge.

— Elle a été peinte à l'huile sur un simple panneau de bois de peuplier de soixante-dix-sept centimètres sur cinquante-trois. Il s'agissait d'une commande de Francesco del Giocondo, un riche marchand florentin qui comptait l'accrocher dans sa salle à manger, mais Léonard de Vinci n'a jamais achevé le tableau.

Il sentit la pointe du sein se tendre sous le tissu.

Sylvia Rudolph se glissa de l'autre côté de la jeune Anglaise en lui prenant négligemment le bras.

— Elle ne s'appelait pas Monna Lisa, précisa-t-elle, mais Lisa tout court. Monna est le diminutif de *Ma donna*, qui signifie « ma dame » en italien.

Le mari de l'Anglaise, debout derrière Sylvia, profita de la bousculade pour se coller contre elle.

— Vous n'avez pas soif ? demanda-t-il.

Sylvia et Mac échangèrent un regard furtif.

Le quatuor s'attardait dans la salle des États, au premier étage de l'aile Denon du Louvre. Face à eux, derrière une vitre blindée antireflet, se trouvait le tableau le plus célèbre au monde, et cet ahuri avait envie de boire une bière ?

— Vous avez raison, reprit Mac en laissant retomber sa main d'un geste caressant le long du dos de l'Anglaise. C'est un très petit tableau. Il faut croire que Francesco del Giocondo n'avait pas une grande salle à manger.

Il se tourna vers le mari de la jeune femme, un sourire aux lèvres.

— Mais je ne vous donne pas tort non plus. Je ne dédaignerais pas une coupe de champagne.

Ils quittèrent la salle et regagnèrent la porte des Lions avant de rejoindre les quais de Seine où les attendait une belle fin d'après-midi de printemps. Sylvia prit longuement sa respiration, humant le curieux mélange de gaz d'échappement, de feuilles bourgeonnantes et d'humidité qui fait le charme de Paris, puis elle éclata de rire.

— Je suis tellement contente d'avoir fait votre connaissance, s'écria-t-elle en serrant l'Anglaise contre elle. C'est bien beau, les lunes de miel, mais ça n'empêche pas de découvrir le monde, vous ne trouvez pas ? Vous avez visité Notre-Dame ?

— Nous sommes seulement arrivés ce matin, répliqua le mari d'un air maussade. C'est à peine si nous avons eu le temps de déjeuner.

— Alors, il y a urgence, déclara Mac. Je connais un restaurant formidable sur les bords de Seine.

— Notre-Dame est une vraie merveille, insista Sylvia. Il s'agit de l'une des toutes premières cathédrales gothiques, très influencée par le naturalisme de l'ère médiévale. Vous allez adorer la rosace de la façade sud.

Elle conclut sa phrase en embrassant l'Anglaise sur la joue.

Le petit groupe traversa la Seine en empruntant le pont d'Arcole, longea Notre-Dame et gagna la rive gauche. Un musicien de rue interprétait un air mélancolique à l'accordéon sur le quai de Montebello.

— Choisissez ce qui vous fait plaisir, annonça Mac en poussant la porte d'un bistrot. Vous êtes nos invités.

Un serveur leur attribua une table avec vue sur la Seine. Sous l'effet du soleil couchant, les façades des immeubles avaient viré au rouge sang. Un bateau-mouche glissait nonchalamment sur l'eau et l'accordéoniste avait entamé une ritournelle plus joyeuse.

La mauvaise humeur de l'Anglais commença à se dissiper avec la deuxième bouteille de vin. Constatant qu'il l'observait à la dérobée, Sylvia défit un bouton supplémentaire de son chemisier. De son côté, l'Anglaise couvait Mac de l'œil, arrêtant son regard sur ses cheveux blonds, son teint hâlé, ses longs cils et ses biceps bien dessinés.

— Quelle journée magique, remarqua Sylvia à la fin du dîner, ajustant son petit sac à dos tandis que Mac réglait l'addition. Je tiens *absolument* à en garder un petit souvenir.

Mac poussa un long soupir en se tenant le front d'un geste dramatique.

— Il me semble que la boutique Dior de l'avenue Montaigne est encore ouverte, roucoula Sylvia en se collant contre lui.

— Je vais encore y laisser un bras, geignit Mac d'un air désabusé, provoquant l'hilarité des deux Anglais.

Un taxi les conduisit avenue Montaigne où Mac et Sylvia finirent par ne rien acheter tandis que leur compagnon sortait sa carte de crédit afin d'offrir à sa femme un horrible foulard en soie. Quelques instants plus tard, Mac faisait halte chez un caviste et en repartait armé de deux bouteilles de Moët & Chandon.

Il alluma aussitôt un joint qu'il tendit à l'Anglaise. Sylvia en profita pour passer un bras autour de la taille du mari en le regardant dans les yeux.

— J'ai très envie de boire ce champagne avec toi. Dans ta chambre.

L'Anglais avala sa salive en coulant un regard discret en direction de sa femme.

— Elle n'aura qu'à s'amuser avec Mac pendant ce temps-là, lui murmura Sylvia à l'oreille avant de l'embrasser.

L'instant suivant, tous les quatre s'engouffraient dans un taxi.

2

Le Central Hôtel était un établissement sans prétention du quartier Montparnasse. Le hall d'entrée était désert et un léger parfum de café s'échappait d'une petite pièce située derrière la réception, éclairée par la lueur intermittente d'un poste de télévision.

Les deux couples, particulièrement joyeux après le vin et le joint, prirent l'ascenseur jusqu'au troisième et pénétrèrent dans une chambre aux murs jaune vif dont les fenêtres donnaient sur l'avenue du Maine. Un grand lit double trônait sur une épaisse moquette bleu ciel.

— Il est temps d'ouvrir cette petite chérie, déclara Mac en emportant l'une des bouteilles de champagne dans la salle de bains.

Sylvia se colla alors contre l'Anglais et l'embrassa, de façon nettement plus insistante cette fois. D'après sa respiration saccadée, il devait déjà avoir une érection.

— Voyons voir ce grand garçon, dit-elle d'une voix enjôleuse en lui caressant la cuisse au niveau de l'entrejambe.

L'Anglaise piqua un fard.

— Cul sec ! annonça triomphalement Mac en rejoignant ses compagnons avec un plateau improvisé sur lequel étaient posés quatre verres à dents généreusement remplis.

— Cul sec! répéta Sylvia en vidant d'un trait le premier qui passait à sa portée.

Le couple britannique l'imita aussitôt puis Mac, hilare, s'empressa de remplir à nouveau les verres avant d'allumer un autre joint.

— Depuis combien de temps êtes-vous mariés? demanda Sylvia.

Elle tira longuement sur l'herbe et passa le pétard à l'Anglais.

— Quatre semaines, répondit la jeune femme.

— Quand je pense à toutes ces longues nuits qui vous attendent, soupira Sylvia.

Mac vida la première bouteille, puis il attira l'Anglaise à lui. Les quelques mots qu'il lui murmura à l'oreille la firent pouffer.

— Je connais Mac, dit Sylvia en souriant. Quand il est comme ça, on ne l'arrête plus. On essaie de faire mieux qu'eux?

Elle se pencha et mordilla l'oreille de l'Anglais dont les paupières se fermaient déjà. Derrière elle, la jeune femme émit un curieux petit gloussement.

— C'est presque bon, s'éleva la voix de Mac.

Sylvia sourit et défit la chemise de l'homme, puis elle lui retira ses chaussures et son pantalon avant de le laisser s'effondrer sur le lit.

— Clive, marmonna la femme d'une voix pâteuse. Tu sais, Clive, je t'aime pour la vie...

L'instant d'après, elle dormait à poings fermés. Mac entreprit de la déshabiller, puis la porta jusqu'au lit où il l'installa à côté de son mari. Les cheveux de l'Anglaise s'étalèrent en éventail sur l'oreiller. Elle les portait à peine plus courts que Sylvia, et ils étaient quasiment de la même couleur.

Sylvia fouilla le sac à main de la jeune femme, jetant un coup d'œil aux cartes de crédit avant de s'intéresser au passeport.

— Emily Spencer, lut-elle en regardant la photo. Ce sera parfait, on se ressemble suffisamment.

— Spencer ? Tu crois qu'elle est de la famille de Lady Di ? plaisanta Mac en ôtant l'alliance de la jeune femme endormie.

Sa compagne rassembla les vêtements, l'argent et les papiers d'Emily Spencer et les glissa dans son petit sac à dos. D'une poche, elle sortit deux paires de gants en caoutchouc, un petit flacon de Chlorhexidine et un stylet.

— Monna Lisa ? demanda-t-elle à son compagnon.

Mac lui répondit par un sourire.

— Bien sûr, mais aide-moi d'abord à effacer nos traces.

Ils enfilèrent les gants, se munirent de mouchoirs en papier dans la salle de bains et entreprirent d'essuyer soigneusement tout ce qu'ils avaient touché depuis leur arrivée, sans oublier les deux Anglais inanimés.

— Ce n'était pas un si grand garçon que ça, nota Sylvia en contemplant le sexe de l'homme, provoquant l'hilarité de son compagnon.

Elle jeta un dernier regard circulaire dans la chambre.

— Prêt ? s'enquit-elle ensuite en rassemblant ses cheveux en queue-de-cheval.

Les deux complices se déshabillèrent, plièrent leurs vêtements et les déposèrent le plus loin possible du lit.

Sylvia décida de commencer par l'Anglais, sans véritable raison sinon qu'il était le plus lourd. Elle se positionna derrière lui et prit sa tête sur ses genoux. Les bras ballants, il émit un grognement proche du ronflement. Mac lui allongea les jambes, lui croisa les bras et tendit le stylet à sa compagne. La tête de l'Anglais coincée contre l'aisselle gauche, elle lui palpa le cou à la recherche de l'artère jugulaire. Puis, d'un geste brusque, elle enfonça violemment la lame, traversa muscles et ligaments jusqu'à ce qu'un sifflement caractéristique lui indique qu'elle avait sectionné la trachée.

3

Le rythme cardiaque de l'Anglais s'était ralenti lorsqu'il avait sombré dans l'inconscience, mais la pression au niveau de l'artère jugulaire était encore forte et un flot de sang jaillit à une quarantaine de centimètres de hauteur. Sylvia s'assura qu'elle n'avait pas été aspergée par le liquide tiède.

— Bingo, s'exclama Mac.

Le jet commençait déjà à faiblir, et le gargouillement sinistre qui sortait de la gorge tranchée du malheureux finit par s'éteindre.

— Bien joué, ajouta-t-il.

Sylvia se dégagea prudemment du cadavre et le laissa retomber sur la tête de lit, puis elle veilla à lui croiser les mains sur le ventre sans paraître s'émouvoir du sang qui coulait sur ses propres bras.

— À ton tour, ma jolie, dit-elle à l'adresse de l'Anglaise endormie.

Emily était si frêle, on aurait pu croire qu'elle ne respirait plus. C'est tout juste si le sang fusa un instant lorsque Sylvia lui fit subir le même sort que son mari quelques instants plus tôt.

La jeune femme grimaça en voyant ses bras rougis de sang et se précipita dans la douche où Mac la rejoignit. Le temps d'ôter leurs gants de caoutchouc et ils se savonnèrent longuement l'un l'autre avant de nettoyer le stylet, de se rincer soigneusement et de sortir de la douche en laissant couler l'eau. Ils se séchèrent avec les serviettes de l'hôtel qu'ils fourrèrent, encore humides, dans le sac à dos de Sylvia, puis ils se rhabillèrent.

La jeune femme sortit un appareil Polaroid de son sac et hésita un instant, hypnotisée par les deux corps.

— Qu'est-ce que tu en penses ? Tu trouves que c'est ressemblant ?

Mac lui prit l'appareil des mains, pointa l'objectif vers le lit et appuya sur le déclencheur. Un flash les aveugla brièvement.

— Tout ce qu'il y a de plus ressemblant, la rassura-t-il.

D'un mouvement du coude, Sylvia fit jouer la clenche de la porte de la chambre et ils se retrouvèrent dans le couloir. Ils s'étaient assurés à leur arrivée qu'aucune caméra vidéo de surveillance ne pouvait les surprendre. Mac tira sa manche de chemise sur ses doigts et accrocha la pancarte « Ne pas déranger » à la poignée. La porte se referma avec un clic à peine perceptible et les bruits de la rue s'effacèrent. Le chuintement de la douche était en partie masqué par le ronronnement de la climatisation.

— L'ascenseur ou l'escalier ? demanda Mac.

— L'ascenseur. Je suis fatiguée.

Ils attendirent que les portes de la cabine se soient refermées sur eux pour échanger un long baiser.

— J'adore les lunes de miel avec toi, murmura Sylvia à l'oreille de Mac, qui lui répondit par un sourire.

4

Berlin, jeudi 10 juin

La fenêtre de l'hôtel donnait sur un mur de brique au pied duquel s'alignaient trois poubelles. Il faisait encore jour, ce qui n'empêchait pas un gros rat de festoyer devant celle de gauche.

Jacob Kanon souleva son verre et avala une généreuse gorgée de riesling. Il n'aurait pas su dire de quel côté de la fenêtre le décor était le plus déprimant. Il se retourna et posa un œil terne sur les photos et les cartes étalées devant lui. Il ne parvenait pas à comprendre la logique des meurtriers.

Ils envoyaient un message, mais lequel? Les salopards qui égorgeaient de jeunes couples à travers l'Europe lui criaient quelque chose qu'il n'arrivait pas à entendre. Faute de déchiffrer leur signal, jamais il ne réussirait à les arrêter.

Il vida son verre et le remplit à nouveau, puis il s'assit sur le lit en brouillant les cartes.

La chambre, située dans un hôtel miteux d'un quartier délabré de Berlin Est, avait dû servir de placard à balai ou de nid de surveillance à l'époque du communisme.

C'était à cause de ces saloperies d'assassins que Jacob Kanon était aussi loin de chez lui. Inspecteur à la criminelle de New York, il avait pris un congé sans solde six mois plus tôt. Il avait beau les suivre à la trace, ils continuaient d'avoir deux coups d'avance sur lui. Si ce n'était trois ou quatre. Il avait fallu tout ce sang versé pour que les services de police européens prennent enfin la mesure de leur perversité.

Les meurtriers avaient eu l'intelligence de n'accomplir qu'un méfait dans chacun des pays qu'ils avaient traversés, échappant ainsi au radar des autorités locales. Pendant longtemps, Jacob avait été le seul à comprendre qu'il s'agissait de tueurs en série.

Il ramassa la carte postale de Florence. Une vue de l'église de San Miniato al Monte, avec au dos la même phrase incompréhensible. Il la relut pour la millième fois, trempa les lèvres dans son verre, prit la carte suivante qu'il examina à son tour avant de faire de même avec toutes les autres. Une reproduction du stade olympique d'Athènes inauguré en 2004 à la veille des Jeux Olympiques. Une rue de Salzbourg. Les arènes de Las Ventas à Madrid. Sans oublier Rome, encore et toujours Rome...

Jacob se passa la main sur le visage, puis s'installa au petit bureau sur lequel reposaient ses notes réunies au sujet des victimes. Le détail de ses hypothèses. Les fils ténus reliant entre elles les différentes affaires. Il ne savait quasiment rien du couple retrouvé mort à Berlin, sinon qu'il s'agissait de Karen et Bill Cowley, deux Australiens de vingt-trois ans originaires de Canberra. Drogués et assassinés dans l'appartement qu'ils avaient loué près de l'hôpital de la Charité. Ils n'avaient guère eu le temps d'en profiter. Ils avaient été égorgés deux ou trois jours après leur arrivée. Quatre ou cinq jours avant qu'on découvre leurs cadavres.

Jacob se releva et récupéra sur le lit le Polaroid du couple envoyé par la poste à un journaliste du *Berliner Zeitung*. Il avait beau se triturer la cervelle, il ne parvenait pas à comprendre.

Pourquoi diable les assassins adressaient-ils systématiquement des cartes postales et des photos atroces aux journaux? Voulaient-ils choquer l'opinion, nourrir leur ego, ou bien avaient-ils une motivation plus complexe? S'agissait-il d'un écran de fumée derrière lequel se dissimulait leur véritable mobile? Dans ce cas, quel pouvait bien être le mobile en question?

Il tenta une fois de plus de déchiffrer la composition macabre de la photo qu'il tenait entre les mains.

Plus perplexe que jamais, il s'intéressa ensuite à la photo du couple retrouvé à Paris.

Emily et Clive Spencer, de jeunes mariés, adossés à la tête de lit d'une chambre d'hôtel de Montparnasse, entièrement nus. Le sang qui maculait leur poitrine avait fini par former une mare au niveau de leur sexe, où il avait coagulé.

5

Pourquoi avoir choisi Emily et Clive ? Qu'avaient-ils pu faire pour mériter un tel sort ? Jacob fouilla parmi la pile de documents, à la recherche de la photo de mariage qu'il avait demandée à la mère d'Emily.

Cette dernière avait tout juste vingt et un ans, son mari trente. Le portrait montrait un couple heureux. Clive, vêtu d'un smoking, était grand et séduisant. Un peu enveloppé peut-être, à l'image de beaucoup d'agents de change de la City. Quant à Emily, on aurait dit une princesse de conte de fées avec ses anglaises et une robe ivoire qui soulignait sa silhouette de poupée de porcelaine. Elle regardait l'objectif d'un air radieux. Dans moins de six mois, elle aurait été titulaire d'un master en gestion.

Ils s'étaient rencontrés le soir de la Saint-Sylvestre lors d'une fête organisée par un ami commun à Notting Hill, le quartier bobo de Londres rendu célèbre par le film avec Hugh Grant et Julia Roberts.

La mère d'Emily avait pleuré tout au long de la conversation téléphonique que Jacob avait eue avec elle. Il pouvait d'autant moins la réconforter qu'il n'était pas officiellement chargé de l'enquête. En sa qualité de policier américain, il devait même veiller à ne pas piétiner les plates-bandes de ses collègues européens s'il entendait éviter les complications diplomatiques, voire l'expulsion pure et simple.

Il déboucha une autre bouteille de vin blanc, se servit une généreuse rasade et s'approcha à nouveau de la fenêtre. Le rat avait disparu. Ou alors il était tapi quelque part dans l'obscurité qui avait fini par envahir l'impasse.

Jacob s'attendait si peu à l'immense vague de découragement qui l'envahit soudain qu'il sentit ses poumons se compresser dans sa poitrine tandis que le verre se mettait à trembler violemment dans sa main.

Il s'empressa de le vider avant de le remplir à nouveau, puis se rassit devant le petit bureau en veillant soigneusement à tourner le dos aux photos et aux cartes postales.

Il hésita à se rendre dans la salle de bains commune, tout au bout du couloir, afin de prendre une douche. À condition qu'il y ait encore de l'eau chaude et qu'il lui reste du savon, ce qui n'était pas certain.

Il préféra avaler une nouvelle gorgée de blanc.

La seconde bouteille alla rejoindre la première dans la corbeille, puis il s'empara des photos de Rome qu'il étala devant lui avant de poser son arme de service sur le bureau.

Les assassins avaient envoyé à la presse romaine non pas une, mais deux photos. Si la première représentait les victimes nues, la seconde était un gros plan de leurs mains : celle de l'homme à droite et celle de sa compagne à gauche.

Il s'empara du cliché et suivit du doigt le contour de la main de la jeune femme. Un sourire se dessina sur ses lèvres au moment où il atteignait la tache de vin qu'elle avait à la naissance du pouce.

Pianiste de profession, elle interprétait Liszt comme personne.

Il poussa un soupir interminable, reposa la photo et saisit son Glock. Un modèle de 1983 qui ne l'avait jamais quitté depuis son entrée au NYPD, dix-neuf ans plus tôt. Il effleura de la paume le plastique de la crosse, ôta la sécurité et glissa le canon de l'arme entre ses lèvres. Un goût métallique épicé de poudre envahit sa bouche. Il ferma les yeux et, sous l'effet du riesling, la pièce se mit à tourner dans sa tête.

Non, pensa-t-il. *Pas encore. Je n'ai pas encore fini.*

6

Stockholm, vendredi 11 juin

La carte postale se trouvait parmi le courrier du jour, entre l'annonce d'un tournoi de boules et une invitation à une soirée d'œnologie réunissant le gratin culturel de la ville. Dessie Larsson émit un grognement et jeta les enveloppes dans la corbeille en maugréant. Si les gens consacraient autant de temps à leur boulot qu'à jouer ou à se congratuler, le journal ne s'en porterait pas plus mal.

Elle s'apprêtait à faire subir le même sort à la carte postale lorsqu'elle se reprit. Qui pouvait bien lui envoyer une *carte postale*, à l'heure d'Internet et des MMS ?

Au recto figurait une vue du Stortorget, la grand-place du Stockholm médiéval, sous un soleil rayonnant et un ciel sans nuages. Quelques promeneurs dégustaient des glaces sur les bancs entourant la fontaine ; une Saab et une Volvo étaient garées devant l'immeuble de l'ancienne Bourse de Stockholm.

Dessie retourna machinalement la carte.

ÊTRE OU NE PAS ÊTRE
À STOCKHOLM
TELLE EST LA QUESTION.

À BIENTÔT

C'est quoi, ces conneries ? pensa Dessie.

Elle regarda une nouvelle fois la photo de la place, comme si le Stortorget pouvait lui fournir la clé de ce message mystérieux, mais rien n'avait changé : ni les amateurs de glace, ni la fontaine, ni les deux autos. Elle relut le message, rédigé en caractères bâtons, et se débarrassa de la carte dans la corbeille en se disant que certaines personnes n'avaient pas grand-chose à faire de leurs journées.

Quelques instants plus tard, elle rejoignait son bureau, dans le coin de la salle de rédaction réservé au service des faits divers.

— Rien de neuf ? demanda-t-elle à son chef en déposant son sac à dos et son blouson coupe-vent à côté de son casque de vélo.

Forsberg leva brièvement les yeux par-dessus ses lunettes, reprit la lecture du journal qu'il tenait à la main et lâcha :

— Hugo Bergman a consacré un grand papier à la nécessité de créer un FBI européen. Sinon, on a retrouvé un nouveau couple assassiné. À Berlin, cette fois.

Dessie fit la grimace en imaginant ce que Bergman avait encore pu pondre comme ineptie. Elle s'installa à son bureau, sortit un ordinateur portable de son sac à dos, se brancha sur le réseau interne et ouvrit la page d'accueil du site du journal.

— Tu veux que j'essaie d'en savoir plus ? s'enquit-elle à son chef de service en affichant l'article consacré au double meurtre de Berlin.

— Ces types-là sont de grands malades, commenta Forsberg en continuant à feuilleter le journal. Comment peut-on être cinglé à ce point ?

— Ce n'est pas à moi qu'il faut poser la question, répliqua Dessie. Je m'occupe des faits divers, pas des tueurs en série.

Forsberg se leva et se dirigea vers la machine à café qui ronronnait un peu plus loin.

Les yeux rivés sur son écran, la jeune femme apprit que les victimes découvertes à Berlin étaient deux Australiens de vingt-trois ans mariés depuis plusieurs années déjà, Karen et William Cowley. Ils étaient venus en Europe dans l'espoir de surmonter la perte de leur petit garçon, au lieu de quoi ils étaient tombés sur les deux assassins qui défrayaient la chronique en Europe depuis six mois.

La carte postale envoyée par les meurtriers, adressée à un journaliste d'un quotidien berlinois, représentait le lieu où se dressait autrefois le bunker d'Hitler. Elle était accompagnée d'une citation de Shakespeare en guise de message : *Être ou ne pas être…*

Dessie sursauta et posa machinalement les yeux sur la corbeille réservée au papier à recycler.

— Forsberg, dit-elle d'une voix étrangement calme, je crois qu'ils sont à Stockholm.

7

— Vous ne savez vraiment pas pourquoi cette carte vous était adressée ?

La brigade criminelle avait réquisitionné la salle de réunion du fond, derrière le bureau des sports. Le commissaire Mats Duvall, assis en face de Dessie, l'observait à travers ses lunettes à la monture chic.

Un vieil enregistreur à cassette tournait lentement sur la table.

— Pas la moindre idée, répondit la journaliste.

La salle de rédaction avait été mise en quarantaine. Plusieurs techniciens de l'identité judiciaire s'étaient emparés de la carte postale qu'ils avaient photographiée sous toutes les coutures avant de l'envoyer au laboratoire, puis ils avaient investi la salle du courrier. Dessie se demandait bien ce qu'ils espéraient trouver.

— Vous avez peut-être consacré des articles à ces meurtres qui ont eu lieu un peu partout.

Elle secoua la tête. Le commissaire lui jeta un regard glacial.

— Puis-je vous demander d'éviter les gestes afin que la machine puisse enregistrer vos réponses ?

— Non, dit-elle d'une voix un peu trop sonore. Non, je n'ai jamais écrit d'article sur ces meurtres.

— Qu'avez-vous pu faire qui les pousse à prendre contact avec vous en particulier?

— Mon charme naturel, sans doute, suggéra-t-elle.

Duvall prit quelques notes sur son agenda électronique. Il avait des doigts longs et fins aux ongles soigneusement manucurés et portait un costume élégant que soulignaient une chemise rose et une cravate.

— Quelques questions plus personnelles. Depuis combien de temps travaillez-vous à l'*Aftonposten*?

Dessie croisa les mains sur ses genoux.

— Cela fera bientôt trois ans, mais à temps partiel, à cause de mes recherches.

— Puis-je savoir de quelles recherches il s'agit?

— J'ai fait des études de criminologie et je suis spécialisée dans le vol. J'ai également suivi des cours de journalisme à l'université de Stockholm, ce qui explique ma présence ici. Je travaille actuellement à la rédaction d'une thèse…

Elle laissa sa phrase en suspens. La thèse de doctorat qu'elle consacrait aux conséquences sociales des cambriolages de proximité était au point mort. Elle n'avait pas écrit une ligne depuis deux ans.

— Vous décririez-vous comme une journaliste célèbre, ou tout du moins connue du grand public? reprit le commissaire.

Dessie laissa échapper un petit rire.

— Pas vraiment, répondit-elle. Je ne traite jamais d'actualité, c'est moi qui propose mes propres reportages. Mon dernier papier était une interview de Gentleman Bengt dans l'édition d'hier. Le plus grand cambrioleur suédois, condamné pour s'être introduit au domicile de trois cent dix-huit personnes, sans compter…

— S'ils s'en tiennent au scénario habituel, ils vont continuer à vous écrire, l'interrompit le commissaire en se penchant vers elle. Je ne serais pas surpris qu'ils vous envoient d'autres cartes.

— Si vous ne les attrapez pas entre-temps, rétorqua-t-elle en regardant son interlocuteur droit dans les yeux.

Duvall affichait une expression indéfinissable derrière ses jolies lunettes.

8

Sylvia et Mac déambulaient tranquillement dans les ruelles pavées du vieux Stockholm, bras dessus bras dessous. De vieux immeubles dressaient leurs façades tordues de tous côtés et un soleil resplendissant brillait au-dessus de leurs têtes, au point que Mac avait retiré sa chemise. Sylvia lui caressa le ventre avant de l'embrasser passionnément.

— Tu n'as pas faim ? lui demanda-t-elle en lui passant la langue dans le cou.

— Si. Je mangerais volontiers quelque chose de froid.

Elle lui répondit par un rire cristallin et montra du doigt une baraque en bois.

— Regarde ! Un marchand de glaces !

Ils débouchèrent sur une petite place triangulaire au centre de laquelle se trouvait un très vieil arbre. Des petites filles jouaient à la corde à sauter et deux vieux messieurs s'affrontaient aux échecs, assis sur un banc public.

L'arbre faisait bénéficier de son ombre la place tout entière, filtrant le soleil qui peinait à éclairer pavés et façades. Sylvia et Mac dégustèrent leurs glaces sur un banc lourdement sculpté qui semblait les attendre depuis des siècles. L'air était d'une pureté cristalline et des oiseaux chantaient dans les branches. Seuls le rire des fillettes et le battement régulier de la corde sur les pavés troublaient le silence de cette oasis de tranquillité.

— Tu préfères commencer par le Musée national ou par le musée d'Art moderne ? questionna Sylvia, allongée sur le banc, la tête sur les genoux de son compagnon, en feuilletant un guide.

Tout en mangeant sa glace, Mac lui caressait machinalement les cheveux.

— Le musée d'Art moderne, dit-il. Ça fait longtemps que j'ai envie de voir la chèvre de Rauschenberg.

Quelques instants plus tard, ils quittaient la petite place et passaient devant une statue spectaculaire d'un saint Georges terrassant le dragon avant de rejoindre les quais, face au trois-mâts *Af Chapman* amarré sur la rive de l'île de Skeppsholmen. Un vapeur blanc s'époumonait en direction de la jetée où un autre ferry s'apprêtait à prendre le départ.

— C'est fou ce qu'il y a comme eau dans cette ville, remarqua Mac.

— La ville de Stockholm est constituée de quatorze îlots différents, répondit Sylvia. Et il y en a trente mille autres à travers l'archipel. Regarde, ça doit être le Palais royal, ajouta-t-elle en désignant un énorme bâtiment de style baroque italien.

— Mince ! s'écria Mac. Ils ne doivent pas manquer de place, là-dedans.

— C'est l'un des plus grands palais habités au monde, répliqua Sylvia en le prenant par la taille. Plus de six cents pièces au total. Et cette tache de verdure, là-bas, doit être l'île de Djurgården. On y va à pied ou on prend un ferry ?

Mac l'attira à lui et l'embrassa.

— À pied, à cheval ou en voiture, je m'en fiche tant que je suis avec toi.

Elle glissa une main inquisitrice dans son pantalon et lui caressa les fesses.

— Tu es beau comme un dieu grec, lui murmura-t-elle à l'oreille.

À peine arrivés au musée d'Art moderne, ils se rendirent dans la salle où se trouvait le célèbre *Monogram* de Rauschenberg, une chèvre angora empaillée avec un pneu de voiture peint en blanc en guise de selle.

Mac était au comble du ravissement.

— Je suis persuadé que c'est un autoportrait, décida-t-il en s'allongeant à même le sol, au pied de la cage de verre contenant l'œuvre. Rauschenberg se considérait lui-même comme un animal perdu en pleine ville. Regarde-moi ça ! Sa chèvre est debout au milieu d'un collage incroyable : des articles de journaux consacrés à des astronautes, des funambules, et même une photo de la Bourse.

L'enthousiasme de son compagnon fit sourire Sylvia.

— Les *Combines* de Rauschenberg sont toutes évocatrices de la ville, déclara-t-elle. Il a certainement voulu montrer que l'Homme a toujours cherché à dominer son environnement.

Le temps que Mac achève de se repaître du chef-d'œuvre du plasticien américain et ils allèrent voir les collections d'art moderne suédois.

Sur l'arrière du bâtiment, après avoir franchi une succession de couloirs, ils dénichèrent enfin le tableau qu'ils cherchaient.

— Parfait, approuva Mac.

— Il ne nous reste plus qu'à passer à la suite, ajouta Sylvia.

9

Dessie Larsson tira péniblement son vélo dans la cour du vieil immeuble où elle vivait et l'attacha à une gouttière à l'aide d'un antivol.

Sa course à travers les rues de la capitale suédoise n'avait pas suffi à la débarrasser du poids qui pesait sur ses épaules depuis le matin.

L'interrogatoire avait duré des heures, les enquêteurs lui posant des questions sur tous les articles qu'elle avait signés depuis le premier meurtre, survenu à Florence sept mois plus tôt. Le commissaire Duvall, faute d'avoir compris les raisons qui avaient poussé les assassins à s'adresser à elle, l'avait laissée repartir à regret.

Dédaignant l'ascenseur, elle décida de rejoindre le deuxième étage à pied. Le bruit de ses pas se réverbérait contre les murs de pierre ; la faible lumière de la cour, filtrée par des fenêtres à vitraux, maintenait la cage d'escalier dans une pénombre inquiétante.

Elle atteignait le palier de son étage et cherchait déjà ses clés dans son sac à dos lorsqu'elle découvrit un inconnu devant la porte de l'appartement voisin du sien. Elle ouvrit la bouche pour crier, mais aucun son ne franchit ses lèvres.

— Dessie Larsson ?

De saisissement, elle laissa tomber son trousseau qui tinta sur les dalles de marbre et elle se pétrifia, la bouche sèche.

L'inconnu avait les cheveux longs, un début de barbe, et dégageait une odeur désagréable. Dessie sentit ses genoux se dérober sous elle en le voyant glisser la main à l'intérieur de sa veste.

Ça y est, ma dernière heure est venue.

Il va sortir un couteau de boucher gigantesque pour m'égorger.

Je vais mourir sans avoir jamais su qui était mon père.

L'inconnu lui tendit un badge bleu et jaune sur lequel s'étalaient les lettres NYPD.

— Je m'appelle Jacob Kanon, se présenta-t-il en anglais. Désolé de vous avoir fait peur. Je travaille au sein de la brigade criminelle du 32e District de Manhattan, à New York.

Elle regarda l'insigne en se demandant si les badges de police américains ressemblaient vraiment à ça. Elle n'en avait jamais vu qu'à la télévision, et celui-ci avait l'air d'un jouet.

— Vous parlez anglais? Vous comprenez ce que je vous dis?

Elle hocha la tête en prenant le temps de l'examiner. À peine plus grand qu'elle, plutôt bel homme, il avait une carrure impressionnante tout en donnant l'impression d'avoir beaucoup maigri, avec son jean qui lui pendait lamentablement sur les hanches. Sa veste en daim était toute froissée, comme s'il avait dormi avec.

— J'ai quelque chose d'important à vous dire, enchaîna-t-il.

L'homme avait des yeux d'un bleu lumineux qui éclairaient littéralement son visage.

— Ils sont à Stockholm, et ils vont tuer à nouveau.

10

Jacob n'avait jamais reniflé les assassins d'aussi près. C'est tout juste s'ils avaient une journée d'avance sur lui puisqu'il arrivait à Stockholm avant les meurtres, avant les photos des corps, avant leur fuite dans une autre ville.

— Je dois impérativement trouver le moyen de participer à l'enquête, poursuivit-il. Il n'y a pas une seconde à perdre.

La journaliste, toujours sur ses gardes, tituba et se raccrocha au mur du palier.

— Quel rapport avez-vous avec toute cette histoire ?

Elle s'exprimait d'une voix grave, légèrement rauque, dans un anglais parfait teinté d'un curieux accent. Il l'observa quelques instants en silence.

— Qui vous a interrogée ? demanda-t-il enfin. Comment s'appelle le responsable de l'enquête ? Savez-vous s'ils ont déjà nommé un juge d'instruction et ce qu'ils comptent faire ?

La jeune femme fit un pas en arrière.

— Comment êtes-vous au courant pour la carte ? Comment avez-vous eu mon adresse ?

Il la sonda du regard.

— Les enquêteurs de Berlin, expliqua-t-il, jugeant qu'il n'avait aucune raison de mentir. Quand la police allemande m'a appris qu'une nouvelle carte postale était arrivée au nom de Dessie Larsson à la rédaction de l'*Aftonposten*, j'ai pris le premier avion pour Stockholm. J'arrive tout droit de l'aéroport.

— Qu'attendez-vous de moi ?

Il avança d'un pas. La journaliste reculant machinalement, il s'immobilisa.

— Il faut absolument les arrêter. Et nous avons là une chance unique depuis…

Elle croisa les bras, attendant qu'il poursuive.

— Je suis ces monstres à la trace depuis les meurtres de Rome, à Noël dernier, reprit-il.

Il se tut, détourna le regard et posa les yeux sur les vitraux de la cage d'escalier qui dessinaient des taches rouges, vertes et bleu foncé sur les marches. Il serra les paupières et se passa la main sur le visage, comme si les taches colorées lui brûlaient la rétine.

— Il m'arrive d'être persuadé que je suis juste derrière eux. C'est comme si je sentais leur parfum, mais ils parviennent toujours à m'échapper.

— Comment m'avez-vous trouvée ?

Il rouvrit les yeux. Son interlocutrice était différente des autres journalistes. Pas encore la trentaine, elle était plus jeune, plus pondérée. Et puis il s'agissait d'une femme, alors que tous les autres correspondants des assassins étaient des hommes, à l'exception de la journaliste de Salzbourg qu'il n'avait pas réussi à contacter.

— J'ai eu votre adresse par les renseignements. Le chauffeur de taxi m'a déposé devant votre porte.

Il se tordit les doigts d'énervement.

— Vous n'avez pas l'air de comprendre. J'ai besoin de savoir ce que fait la police suédoise. Savez-vous s'ils ont pris contact avec leurs collègues allemands ? Dites-leur d'appeler l'inspecteur Günther Bublitz à Berlin...

La jeune femme baissa la tête et l'observa à travers sa frange. La peur était passée, laissant place à un calme froid.

— Vous êtes ici chez moi. Si vous voulez discuter des assassins, de la carte ou de l'enquête, vous n'avez qu'à venir au journal demain.

Elle lui montra l'escalier d'un mouvement du menton.

— Les renseignements vous donneront l'adresse.

Il avança à nouveau d'un pas ; elle retint son souffle.

— Ça fait six mois que je cours après ces monstres, dit-il dans un murmure. Personne n'en sait autant que moi sur eux.

Il continuait à lui barrer la route. Dessie força le passage en rasant le mur du palier et ramassa le trousseau de clés qu'elle serra dans son poing.

— Vous avez l'air d'un vrai clodo, sans parler de l'odeur, remarqua-t-elle sèchement. Vous n'avez aucune autorité sur cette enquête et j'ai du mal à comprendre pourquoi vous vous acharnez. La façon dont vous en parlez, ça tourne à... à l'obsession.

Il se passa la main dans les cheveux d'un geste brusque en fermant les yeux.

Elle avait prononcé le mot obsession. Et si elle avait raison ?

Il revit le Polaroid dans sa tête, les mains des deux victimes, les doigts qui se touchaient presque, le sang coagulé autour des ongles.

« Je t'aime, papa ! On se voit pour le nouvel an ! »

Il rouvrit les yeux et soutint le regard de son interlocutrice.

— Ils ont tué ma fille à Rome, dit-il. Ils ont égorgé Kimmy et Steven dans leur chambre d'hôtel du Trastevere, alors je les poursuivrai jusqu'en enfer s'il le faut.

11

Dessie attendit que les pas de l'Américain disparaissent dans l'escalier avant de refermer sa porte à double tour.

Encore un vendredi soir toute seule.

Elle retira son pantalon de jogging, accrocha le casque de vélo sur le perroquet de l'entrée et acheva de se déshabiller en rejoignant la douche.

Elle repensa à Jacob Kanon. Si quelqu'un avait besoin d'une douche, c'était bien lui.

Il ne lui voulait aucun mal, elle en était convaincue. Alors, pourquoi ne pas l'avoir invité à entrer ? Qu'avait-elle à perdre ?

Elle secoua la tête, ouvrit le robinet d'eau froide et resta sous le jet glacé jusqu'à ce que ses orteils commencent à s'engourdir et que sa peau la brûle.

Enveloppée dans une robe de chambre trop grande, elle regagna le salon pieds nus, se laissa tomber dans son canapé et saisit machinalement la télécommande de la télévision sans mettre le poste en route.

Pourquoi diable les assassins l'avaient-ils choisie ? Qu'avait-elle pu faire pour attirer leur attention ? Où étaient-ils en ce moment ? Dans les rues de Stockholm, à la recherche de nouvelles victimes ? À moins qu'ils soient déjà passés à l'acte, auquel cas elle pouvait s'attendre à recevoir le lendemain une enveloppe contenant les photos des corps.

Elle se leva, se rendit dans la cuisine et ouvrit le réfrigérateur dans lequel moisissait une tomate à côté d'une botte de carottes desséchées. Il était temps de faire des courses.

En règle générale, Dessie laissait ses soucis à la porte de son petit appartement d'Urvädersgränd, une vieille rue de l'île de Södermalm, au cœur d'un ancien quartier ouvrier récemment réhabilité en un lieu branché pour bobos friqués. La place Mosebacke était toute proche et Carl Michael Bellman, le poète national suédois, avait vécu brièvement dans l'immeuble voisin entre 1770 et 1780.

Elle s'approcha de la chaîne hi-fi et mit un album de hard rock allemand.

Du, du hast, du hast mich...

Elle retourna s'asseoir près du téléphone et fixa l'appareil. Pour une fois qu'elle avait une bonne raison d'appeler...

Du hast mich gefragt und Ich hab nichts gesagt...

Ce n'était pas de la solitude, encore moins un sentiment d'abandon. Elle s'était même payé le luxe de mettre un mec à la porte. Un mec sale et mal rasé, c'est vrai. Elle n'en était pas encore réduite à ça, heureusement.

Willst du bis der Tod euch scheidet, treu ihr sein für alle Tage... Nein! Nein!

Elle prit le téléphone et composa un numéro de portable qu'elle connaissait par cœur. Le grognement habituel de Gabriella résonna dans l'écouteur.

— Salut, lança Dessie. C'est moi.

Elle entendait la respiration de sa correspondante à l'autre bout du fil.

— Ce n'est pas ce que tu crois, la rassura-t-elle. Je ne t'appelle pas pour t'embêter et je n'ai pas changé d'avis.

— J'attendais ton coup de fil, répliqua Gabriella d'une voix parfaitement neutre. Mats Duvall m'a demandé de rejoindre l'enquête. Essayons de nous comporter comme de grandes personnes.

Dessie poussa un soupir. Elle avait vécu pendant près d'un an avec l'inspectrice Gabriella Oscarsson avant de mettre un terme à leur relation, trois mois plus tôt. La séparation s'était faite dans la douleur.

— Rien de neuf? s'enquit la journaliste.

Elle voulait savoir si un couple égorgé n'avait pas été découvert.

— Rien pour l'instant.

Pour l'instant. Les enquêteurs étaient donc certains de la suite.

— J'ai rencontré un flic américain, continua Dessie. Un certain Jacob Kanon. Tu sais qui c'est?

— Il travaille avec les Allemands, répondit Gabriella. On a eu la confirmation qu'il fait bien partie du NYPD et que sa fille a été l'une des premières victimes. Où l'as-tu rencontré?

Dessie poussa un soupir de soulagement. Il ne s'agissait donc pas d'un imposteur.

— Il est passé à la maison.

— Qu'est-ce qu'il te voulait?

Tout ce qui avait pu l'exaspérer chez Gabriella revenait au triple galop. Toutes ces questions, ces insinuations, ce ton accusateur qui l'avaient poussée à mettre fin à leur histoire.

— Aucune idée, lança-t-elle d'une voix qu'elle voulait posée.

— On a accepté de le rencontrer pour voir ce qu'il sait. Rien ne t'interdit de l'interviewer de ton côté, si tu veux.

— OK, la remercia Dessie, impatiente de raccrocher.

— Fais attention à ce que tu lui dis. C'est nous qui sommes chargés de l'enquête, pas lui.

12

Samedi 12 juin

Sylvia Rudolph pencha la tête de côté avec un large sourire.

— Il faut absolument qu'on vous fasse découvrir notre salon de thé préféré. Leurs pâtisseries sont géniales et ils servent un chocolat chaud divin dans des tasses grandes comme des baignoires.

Le couple allemand éclata de rire devant l'enthousiasme de Sylvia, amplifié par l'effet du joint qu'ils venaient de partager.

— Ça se trouve sur Stortorget, une place historique marquée par des événements d'une brutalité indécente, précisa Mac en passant un bras autour des épaules de l'Allemande. C'est là que le roi du Danemark Christian II a fait exécuter toute la noblesse suédoise en novembre 1520.

— Il a fait décapiter plus d'une centaine de personnes, ajouta Sylvia. Les historiens appellent ça le « bain de sang de Stockholm ».

Le jeune Allemand frissonna.

— Quelle horreur !

Mac et Sylvia échangèrent un bref coup d'œil accompagné d'un sourire discret.

— Comment ça, quelle horreur ? Ça ne manque pas de sel, venant d'un homme dont les compatriotes ont déclenché deux guerres mondiales !

Main dans la main, les Rudolph se dirigèrent vers le Börshuset, le bâtiment de l'ancienne Bourse abritant le musée Nobel. Les Allemands, un sourire hébété aux lèvres, leur emboîtèrent le pas d'une démarche hésitante. Au-dessus de leur tête, le soleil trouait par endroits les écharpes de brume et des rafales de vent s'engouffraient en tourbillonnant dans les ruelles pavées des alentours.

Confortablement installés au *Chokladkoppen*, ils commandèrent des petits pains à la cannelle et du jus de framboise maison. Sylvia ne quittait pas l'Allemande des yeux, fascinée par sa beauté.

— Je suis tellement contente d'avoir fait votre connaissance, s'écria-t-elle en serrant sa voisine contre elle. Je veux absolument garder un souvenir de cette journée. Mac, tu crois que le magasin dans lequel on a repéré ce rayon bijouterie serait encore ouvert ?

Mac leva les yeux au ciel.

— Mon Dieu, soupira-t-il. Je vais encore y laisser un bras.

L'Allemand sortit son portefeuille pour régler l'addition, mais Mac l'arrêta d'un geste.

— Pas question. Vous êtes nos invités.

Le petit groupe prit la direction des quais qu'il longea jusqu'au parc du Kungsträdgården où la jeune Allemande se rua sur le stand d'un marchand de glaces, l'appétit aiguisé par la marijuana.

Tandis qu'elle léchait goulûment sa glace, Sylvia se glissa contre l'Allemand.

— C'est une fille super, déclara-t-elle en désignant la jeune femme dont la glace à moitié fondue coulait sur ses vêtements. À ta place, je lui ferais un petit cadeau pour lui marquer ma reconnaissance.

L'Allemand lui adressa un sourire gêné. Il n'était pas mal non plus, avec son physique de méchant pour film de guerre hollywoodien.

— Lui marquer ma reconnaissance... Qu'est-ce que tu veux dire ?

Sylvia l'embrassa sur la joue en lui prenant le poignet gauche.

— J'ai noté que sa montre n'était pas terrible.

Il y avait foule dans les allées du grand magasin NK, et il leur fallut prendre un ticket devant le rayon bijouterie. Pendant que les garçons choisissaient une montre, Sylvia entraîna l'Allemande au rayon cosmétique où elles achetèrent toutes les deux le même flacon de parfum, J'Adore de Dior.

La jeune femme poussa de petits cris de joie en déballant le paquet que venait de lui offrir son compagnon. Tandis qu'elle s'extasiait sur la montre, Sylvia entra en coup de vent dans un Systembolaget, la chaîne de magasins d'État ayant le monopole de la vente d'alcool en Suède, et se procura deux bouteilles de Moët & Chandon.

— Il faut fêter l'événement, roucoula-t-elle en glissant un bras autour de la taille de l'Allemand. Allons boire ça dans un endroit où nous serons tranquilles !

Sylvia éclata d'un rire léger en voyant la mine gênée de l'Allemand.

— Pas tous les deux, précisa-t-elle. Tous les quatre. Où pourrions-nous aller ?

L'homme posa les yeux sur sa poitrine généreuse et avala sa salive.

— Nous avons loué une petite maison dans l'archipel. La voiture se trouve dans un garage tout près d'ici.

Sylvia l'embrassa sur la bouche en prenant soin de faire courir sa langue sur ses dents.

— Alors, qu'est-ce qu'on attend ? lui glissa-t-elle à l'oreille.

13

C'était l'heure du déjeuner et la rédaction était quasiment déserte. Forsberg, le chef de service de Dessie, mâchonnait un stylo-bille en lisant des dépêches. Deux spécialistes de l'identité judiciaire se tournaient les pouces dans la salle du courrier, prêts à intercepter une lettre éventuelle des assassins.

Assise à son bureau, Dessie était plongée dans la lecture des articles publiés depuis le début des meurtres. Elle était arrivée à 7 heures du matin et la police lui avait recommandé de ne pas bouger jusqu'à la distribution du courrier du soir. À la demande de son responsable, elle tuait le temps en rédigeant un résumé des crimes précédents à l'intention du collègue chargé de signer le papier final.

Le double meurtre de Berlin était particulièrement terrifiant.

Les meurtriers ne s'étaient pas contentés d'assassiner les Australiens, ils leur avaient fait subir des mutilations dont Dessie ne parvenait pas à mesurer la nature exacte à la lecture des papiers publiés au lendemain des faits.

Elle prit l'article suivant, tiré d'un journal espagnol, et le déchiffra du mieux qu'elle le put.

Les meurtres de Madrid rappelaient ceux de Berlin, les mutilations en moins. Deux Américains, Sally et Charlie Martinez, avaient été retrouvés égorgés dans leur chambre de l'hôtel Lope de Vega. Ils étaient venus passer leur lune de miel en Espagne, le pays que les parents de Charlie avaient fui au moment de la dictature franquiste, et devaient reprendre le chemin des États-Unis le lendemain.

La carte postale, envoyée à un journaliste du quotidien *El País*, représentait les arènes de Las Ventas. Dessie examina longuement la mauvaise reproduction publiée dans le journal. On y voyait un bâtiment circulaire affublé de deux tours surmontées de drapeaux, des passants et quelques voitures. Aucune indication sur le contenu de la carte.

La journaliste exhuma d'un tiroir une copie de sa propre carte postale. Au-delà des gens et des voitures, du fait que les deux vues représentaient des lieux touristiques, certaines similitudes étaient frappantes et…

— Alors, Dessie? Tu as réussi à les coffrer?

Elle reposa la photo.

— Pourquoi? Tu es jaloux? demanda-t-elle en posant les yeux sur Alexandre Andersson, l'un des journalistes vedettes du quotidien.

Andersson s'installa tranquillement sur un coin du bureau sans s'inquiéter le moins du monde des documents qu'il froissait.

— Je me posais une petite question, reprit-il d'une voix douce. Pourquoi les assassins se sont-ils adressés à toi en particulier?

Dessie ouvrit des yeux ronds.

— Tu as trouvé ça tout seul?

Le sourire du journaliste se crispa.

— Tiens, si ça t'amuse, poursuivit Dessie en lui tendant une poignée d'articles. Personne ne sait pourquoi ils font ça, mais rien ne t'empêche de leur poser la question par voie d'annonce.

Andersson se redressa en faisant tomber un carnet et plusieurs stylos.

— Comme tu n'écris jamais d'article digne de ce nom, répliqua-t-il, tu comprendras mon étonnement...

Dessie poussa un soupir, préférant ne pas se montrer désagréable. Andersson était un mufle patenté. Tout du moins avec ceux qu'il écrasait de sa supériorité.

Elle abandonna la lecture des articles glanés sur le Net et prit un exemplaire de l'*Aftonposten* du jour. Rien sur la fameuse carte postale. Sous la pression des enquêteurs, la direction du quotidien avait décidé de faire l'impasse sur l'information, ce qui n'avait pas empêché Andersson de signer un mauvais papier sur le périple sanglant des meurtriers. En employant une débauche de termes chargés tels que terrible, atroce ou massacre, il se contentait de survoler les faits.

Dessie reposa le journal.

« Ça fait six mois que je cours après ces monstres. Personne n'en sait autant que moi sur leur compte. »

Elle s'étonnait du silence de Jacob Kanon, surtout après son impatience de la veille. Pour quelle raison avait-il changé d'avis ?

Elle s'étira et regarda autour d'elle.

C'était de sa faute. Elle avait le don de faire fuir les gens par sa brusquerie, son refus systématique de baisser la garde.

Mieux valait ne pas y penser. Elle récupéra un article qui avait glissé sur la moquette quand Andersson s'était relevé et caressa d'un doigt les photos des victimes.

Il s'agissait du couple assassiné à Rome.
Un visage souriant, presque timide, encadré de cheveux blonds et bouclés.
Kimberly Kanon.
La fille de Jacob Kanon.

14

Le vent était tombé et la maison des Allemands était baignée de soleil. Les voiles blanches des yachts faseyaient au milieu de l'archipel. Sylvia adressa un signe de la main à un homme âgé, installé au poste de pilotage de son bateau.

Mac s'emplit les poumons d'air pur et écarta généreusement les bras, embrassant d'un geste les îlots, les arbres, l'eau, le soleil.

— C'est magnifique, s'écria-t-il. J'adore la Suède !

Sylvia lui répondit par un sourire en lui lançant les clés de voiture.

— Tu sauras retrouver la route ?

Mac éclata de rire, jeta le sac à dos sur la banquette arrière du coupé de location, retira ses gants de caoutchouc, se glissa derrière le volant et démarra.

Il tourna à gauche sur un petit chemin recouvert de gravillons tandis que Sylvia descendait sa vitre afin de mieux s'imprégner du paysage. Un paysage magnifique d'austérité et de rigueur. Les feuilles des arbres étaient d'un vert tendre, le bleu du ciel d'une transparence lumineuse, et les premières fleurs qui émergeaient timidement du sol gelé se balançaient dans le sillage de la voiture.

Ils croisèrent deux véhicules juste avant de franchir le pont permettant de regagner la terre ferme, mais les conducteurs ne leur prêtèrent aucune attention particulière.

— Il faudra fêter ça ce soir, proposa Sylvia en caressant le cou de son compagnon.

— J'ai envie de toi. Ici, tout de suite, gronda Mac en retour.

Elle glissa la main sur son sexe afin de mesurer son érection.

Une fois sur l'autoroute, Sylvia enfila une nouvelle paire de gants et entama le tri des affaires des Allemands.

— Regarde. Un Nikon D3X. Pas mal, non? dit-elle en brandissant un appareil numérique dernier cri avant de s'intéresser aux bijoux de l'Allemande. Rien de génial, à part cette émeraude.

Elle sortit une bague à la lumière afin d'en examiner le scintillement.

— J'ai vu qu'il avait une carte American Express Platinum, remarqua Mac en jetant un coup d'œil aux objets éparpillés sur les genoux de Sylvia.

— Elle aussi, répondit la jeune femme en brandissant une carte de crédit argentée.

Un petit sourire s'afficha sur les lèvres de Mac.

— Sans oublier la montre Omega, reprit Sylvia en montrant à son compagnon le cadeau qu'avait reçu la jeune Allemande quelques heures plus tôt. Avec son écrin.

— Quand je pense que cette espèce de radin voulait lui payer une Swatch, grinça Mac.

Et c'est en riant à gorge déployée qu'ils contournèrent le centre-ville de Stockholm.

Trente-cinq minutes plus tard, Mac s'engageait sur le parking longue durée de l'aéroport d'Arlanda. Par mesure de précaution, Sylvia essuya toutes les surfaces qu'ils avaient pu toucher, depuis les lève-vitres jusqu'au tableau de bord en passant par le volant et les sièges, puis ils abandonnèrent la Ford gris foncé au milieu d'un océan de véhicules anonymes. Il faudrait des mois pour que quelqu'un finisse par se soucier de sa présence.

La navette permettant de rallier l'aéroport était quasiment vide. Sylvia prit place sur le premier siège venu, Mac debout à côté d'elle, le sac à l'épaule, sans que personne s'intéresse à eux.

Ils descendirent au terminal 5, celui des vols internationaux, et gagnèrent le hall de départ. Sylvia avait parcouru plusieurs dizaines de mètres lorsqu'elle sentit que Mac ne se trouvait plus derrière elle. Elle se retourna et le vit en contemplation devant l'un des écrans géants sur lesquels s'affichaient les vols de la journée.

Elle le rejoignit en quelques enjambées.

— Mon chéri, murmura-t-elle en se collant contre lui. Qu'est-ce que tu fais ?

Mac semblait littéralement hypnotisé par les destinations qui clignotaient au-dessus de sa tête.

— Et si on prenait un avion ?

Sylvia lui glissa une langue frondeuse dans l'oreille.

— Allez, mon amour, dit-elle à voix basse. Il nous reste encore plein de choses à faire ici. Ce soir, on fait la fête !

— Pourquoi ne pas rentrer chez nous ?

Elle l'enlaça et l'embrassa tendrement dans le cou.

— Le train part dans quatre minutes, annonça-t-elle.

Mac se laissa entraîner jusqu'au niveau inférieur où ronronnait un train, rangé le long du quai. Sylvia attendit que les portes se soient refermées et que le convoi se soit ébranlé en direction du centre-ville pour lui lâcher la main.

15

Dimanche 13 juin

Lorsque l'agent de sécurité en uniforme, debout dans une cabine en verre à gauche de l'entrée, appuya sur un bouton, une réponse métallique incompréhensible résonna dans le haut-parleur.

— Je suis désolé, je ne parle pas le suédois, s'excusa Jacob Kanon. Je voudrais voir Dessie Larsson.

— C'est à quel sujet ?

— C'est à propos des assassins à la carte postale, expliqua-t-il en tendant son badge du NYPD.

De l'autre côté de la vitre, le type tira sur la ceinture de son pantalon en rentrant le ventre.

— Je vais vous demander de patienter. Vous avez des sièges, dit-il en désignant des bancs en bois près de la porte.

Les dalles de pierre du hall de l'*Aftonposten*, salies par la pluie apportée par les visiteurs, étaient glissantes, et Jacob faillit s'étaler avant de retrouver l'équilibre par miracle. Il redressa les épaules et s'affala sur le banc le plus proche en grognant.

Il avait trop bu, une fois de plus. Jamais il ne s'était laissé aller de la sorte tout au long des années passées avec Kimmy. Il n'avait gardé de la veille qu'un souvenir très vague, au milieu des vapeurs de vodka et d'aquavit. Les Suédois buvaient un truc plus dévastateur encore, le *brännvin*, un alcool de pommes de terre. *Pourvu que je ne vomisse pas*, pensa Jacob en se prenant la tête dans les mains.

Les assassins étaient tout près, il le savait, malgré sa gueule de bois. Ils arpentaient sous la pluie les mêmes rues que lui. Sans doute avaient-ils déjà jeté leur dévolu sur les prochaines victimes, s'ils ne les avaient pas encore égorgées…

Un long frisson lui parcourut l'échine. Il était trempé, ses mains étaient crasseuses. La chambre qu'il avait prise à l'auberge de jeunesse n'avait ni douche ni WC, et il n'avait même pas cherché à savoir où se trouvait la salle de bains commune.

Aménagée dans une ancienne prison, cette chambre était une cellule parfaitement déprimante datant des années 1840 qu'il partageait avec un poète finlandais. Les deux hommes, serrés sur la couchette du bas, avaient éclusé successivement la vodka, l'aquavit et le *brännvin* avant que le poète ne parte danser le tango quelque part en ville.

Jacob avait passé le reste de la nuit à vomir dans la corbeille à papier, malheureux comme les pierres. Tout l'alcool de Suède n'aurait pas suffi à étouffer les souvenirs qui l'obsédaient.

Il se cogna le front de ses poings.

Voilà que ses propres faiblesses le rattrapaient au moment où il allait coincer ces salopards.

Il se releva et s'approcha de la cage de verre en veillant à ne pas glisser. Les semelles de ses chaussures avaient eu le temps de sécher, mais il préféra écarter légèrement les bras afin de préserver son équilibre.

Le petit bureau transparent était vide ; le gardien avait dû s'absenter.

Jacob appuya sur un bouton, faisant retentir une sonnerie de l'autre côté de la vitre, sans effet.

Il tenta d'écarter les portes en verre permettant d'accéder aux locaux du journal, en vain.

Plaçant ses mains autour de ses yeux, il essaya de voir si quelqu'un se trouvait à l'intérieur du bâtiment. Mais tout avait l'air vide. Quel canard digne de ce nom pouvait être aussi désert, même un dimanche ?

Il sonna une nouvelle fois au bureau du gardien sans obtenir de réponse. Il insista, enfonçant le bouton jusqu'à en avoir mal au doigt. L'homme s'approcha enfin, un mug de café et un gâteau à la main.

— S'il vous plaît, le héla Jacob. Pourriez-vous signaler ma présence à Dessie Larsson ?

Le gardien regarda dans sa direction, puis se retourna et entama une conversation muette avec un interlocuteur invisible.

Jacob cogna du plat de la main contre la glace.

— S'il vous plaît ! hurla-t-il. C'est une affaire de vie ou de mort !

— Vous arrivez trop tard, déclara une voix derrière lui.

Il se retourna et se retrouva nez à nez avec la journaliste. Elle était blême, les traits tirés, des cercles noirs sous ses yeux verts.

— J'ai reçu la photo ce matin, enchaîna-t-elle. Les gens de la police scientifique l'ont emportée avec eux.

Il fit un pas en avant et ouvrit la bouche, mais la question qu'il avait au bord des lèvres ne voulait pas sortir.

— Un homme et une femme, dit-elle. Égorgés tous les deux.

16

Dessie débloqua la porte de la rédaction à l'aide d'une carte magnétique et d'un code.

— Je ne vous offre rien à boire, dit-elle par-dessus son épaule. Si vous étiez venu hier, j'aurais pu vous proposer une tasse de café, mais vous avez laissé passer votre chance. Venez, c'est par ici.

Elle bifurqua à droite et zigzagua entre les bureaux en direction du sien.

— Je ne suis pas venu ici pour boire du café, résonna la voix de Kanon dans son dos. On a retrouvé les corps ?

Il était d'une humeur de dogue et sentait plus mauvais que jamais. *Vraiment un type charmant.*

— Pas encore.

Elle lui désigna une vieille chaise métallique et s'installa derrière son bureau.

— Quand la lettre a-t-elle été postée ? demanda-t-il.

— Hier après-midi, à la poste centrale de Stockholm. Il n'y a pas de courrier le dimanche en temps ordinaire, mais la poste a fait une exception, à la demande de la police.

Il se laissa tomber sur la chaise et se pencha vers elle, les coudes plantés sur les genoux.

— Vous avez vu la photo ? Comment était-elle ? Vous avez remarqué quelque chose de particulier ? Un indice qui permette d'identifier le lieu du crime ?

Dessie l'observa longuement. Il était plus pitoyable encore que la veille, sur le palier plongé dans la pénombre. Ses cheveux partaient dans tous les sens et ses vêtements étaient sales, mais son regard brillait avec une intensité qui illuminait son visage.

— Un simple Polaroid, rien d'autre.

Elle détourna les yeux en lui tendant une copie de la photo. Jacob la prit à deux mains, hypnotisé par les corps.

Dessie s'efforçait d'avoir l'air calme. La violence ne lui avait jamais fait peur, mais cette photo... Les victimes étaient si jeunes, leur mort si glaçante...

— Un décor scandinave, remarqua le policier. Des meubles clairs dans un environnement clair, des victimes aux cheveux clairs. Ils ont pris l'enveloppe ?

La gorge de Dessie se serra.

— La police scientifique, vous voulez dire ? Oui, bien sûr.

— Ils vous en ont donné une copie ?

Dessie lui tendit la photocopie d'une enveloppe ordinaire de format allongé. L'adresse était rédigée au recto en caractères bâtons.

DESSIE LARSSON
AFTONPOSTEN
115 10 STOCKHOLM

— Ils ne trouveront rien, affirma Jacob Kanon. Ils ne laissent jamais d'empreintes et veillent à ne jamais lécher les timbres. Quelque chose au verso ?

Elle répondit non de la tête.

Il brandit la photo.

— Vous pourriez m'en faire une copie ?

— Sans problème, acquiesça Dessie en lui désignant l'imprimante, installée un peu plus loin, avant de lancer le tirage en quelques clics de souris. Je vais chercher du café, ajouta-t-elle en se levant. Vous en voulez ?

— Je croyais avoir laissé passer ma chance, rétorqua Kanon en allant prendre la photo dans le bac de l'imprimante.

Dessie se dirigea vers la machine à café en se demandant si elle n'était pas en train de vivre un cauchemar. Elle appuya sur la touche du lait en commandant son café avant d'en préparer un autre, bien noir cette fois, pour son visiteur qui semblait en avoir le plus grand besoin.

— Ils finiront par commettre une erreur, déclara Jacob en saisissant le gobelet qu'elle lui tendait. Les tueurs en série font preuve de négligence, tôt ou tard, ils deviennent trop sûrs d'eux.

Dessie repoussa son gobelet plein d'un liquide laiteux imbuvable et dévisagea l'Américain.

— J'ai beaucoup de questions à vous poser, mais je commencerai par celle-ci : Pourquoi moi ? Pourquoi m'avoir choisie ? Vous avez votre petite idée ?

Au même moment, son portable vibra sur le bureau. Elle regarda l'écran et lut le prénom Gabriella.

— C'est la police, s'excusa-t-elle.

— Quelqu'un qui s'occupe de l'enquête ? Allez-y, répondez !

Elle décrocha et fit pivoter son fauteuil afin de tourner le dos à Kanon.

— On a retrouvé les victimes, expliqua Gabriella à l'autre bout du fil. Un couple allemand dans une maison de Dalarö.

17

Dessie retint sa respiration.

— Qui a découvert les corps ? s'enquit-elle en suédois.

Jacob Kanon contourna le bureau et se planta devant elle.

— La femme de ménage, répondit Gabriella à l'autre bout du fil. On vient d'être alertés par la voiture de patrouille appelée sur les lieux.

— On a retrouvé les victimes ? interrogea Jacob.

Dessie lui tourna le dos.

— Tu es sûre que ce sont les mêmes que sur la photo ? poursuivit la journaliste en suédois.

— On les a retrouvés, c'est ça ? On les a retrouvés ? insista l'Américain.

— Il y a quelqu'un avec toi ? s'étonna Gabriella.

— L'analyse sanguine pratiquée par le médecin légiste révélera la présence de plusieurs substances, poursuivit Kanon à voix haute. Du THC et de l'alcool, mais également une drogue connue sous le nom de…

— Quand les meurtres ont-ils été commis ? demanda Dessie en se bouchant l'oreille afin d'échapper aux commentaires de son voisin.

— Je m'inquiète pour toi, répliqua Gabriella. Ces gens-là sont dangereux. Je voudrais que tu fasses…

Jacob Kanon fit pivoter le fauteuil de Dessie et coinça les genoux de la jeune femme entre les siens.

— L'adresse, dit-il en la regardant droit dans les yeux. Demandez-lui l'adresse de la scène de crime.

— Tu peux me donner l'adresse de la scène de crime ? s'entendit dire Dessie, surprise.

La chaleur des jambes de son visiteur traversait la toile de son pantalon.

— Tu es au journal ? C'est ce cinglé d'Américain qui est avec toi ?

Gabriella avait posé la question d'une voix aiguë, sur un ton accusateur.

— Qu'est-ce qu'il fiche là-bas ? C'est toi qui l'as laissé entrer dans la rédaction ? Pourquoi ?

Dessie, furieuse, évita le regard de Kanon.

— L'adresse, Gaby. Je travaille pour un quotidien, au cas où tu ne t'en souviendrais pas. On va avoir besoin d'envoyer quelqu'un sur place.

— Depuis quand est-ce toi qu'on envoie en reportage ?

Les joues de Dessie virèrent au cramoisi, une réaction épidermique dont elle n'avait jamais pu se débarrasser depuis l'enfance.

— Tu préfères qu'on envoie Alexandre Andersson ?

À regret, Gabriella lui indiqua les coordonnées de la maison de Dalarö.

— En tout cas, je t'interdis d'emmener cet Amerloque avec toi, recommanda-t-elle à Dessie avant de raccrocher.

La journaliste lança son portable sur le bureau. Jacob, lâchant les bras du fauteuil qu'il agrippait toujours, recula alors d'un pas.

— Où ont eu lieu les meurtres ?

— À trois quarts d'heure d'ici, répondit Dessie en regardant sa montre. Une petite île au sud de Stockholm.

Elle se leva de son fauteuil, enfila son sac à dos, s'équipa d'un bloc et d'un stylo, et s'arrêta en face de Kanon.

— On y va ?

18

Il avait cessé de pleuvoir, mais le macadam était encore mouillé et les pneus de la Volvo crissèrent en slalomant entre les flaques à la sortie du garage. Dessie freina devant l'entrée principale et ouvrit la portière de droite afin de laisser monter Jacob.

L'Américain s'installa à côté d'elle, apportant avec lui une odeur pestilentielle.

— Putain…, dit-elle en descendant sa vitre. On ne vous apprend pas les vertus de l'eau et du savon, aux États-Unis ?

Il se contenta de boucler sa ceinture.

— On y sera presque en même temps que la police. Félicitations. Vous avez une informatrice performante.

Dessie enclencha la première et démarra. Elle hésita quelques instants avant de répondre.

— Il s'agit de mon ex.

L'Américain garda un moment le silence.

— Votre ex. Vous voulez dire… ?

— Mon ex-petite amie, oui, répliqua-t-elle en se concentrant sur sa conduite, malgré la circulation peu dense.

Pourquoi était-il si difficile d'en parler ? On était pourtant en 2010…

Elle appuya sur l'accélérateur en voyant le feu passer à l'orange. Elle examina le ciel à travers le pare-brise, tentant de deviner si la couverture nuageuse allait se dissiper, ce qui ne semblait pas être le cas. Elle alluma l'autoradio et fredonna l'air qui passait sur les ondes, faute d'en connaître les paroles.

— Et vous ? interrogea-t-elle alors que le silence menaçait de s'installer. Vous vivez avec quelqu'un ?

— Plus maintenant, lança-t-il en regardant droit devant lui.

— Peut-être qu'elle serait restée si vous preniez une douche de temps en temps.

— Elle a été assassinée. À Rome.

Merde de merde de merde. Quelle conne !

— Désolée, dit-elle sans quitter la route des yeux.

— Pas de souci, dit-il en se tournant vers elle. Kimmy était ma seule famille.

Dessie, échaudée, préféra s'abstenir de poser des questions sur la mère de la jeune fille.

La Volvo rejoignit la 73, passa la route de Tyresö et traversa la banlieue populaire de Brandbergen. Jacob Kanon leva des yeux étonnés en voyant défiler les immenses barres de béton.

— On se croirait en Union soviétique, remarqua-t-il.

— Ces quartiers font partie d'un programme d'urbanisme qu'on appelle le Million, à cause du million de logements construits par le gouvernement social-démocrate dans les années 1960 et 1970. C'est devenu un vrai nid de délinquants.

Kanon ne répondit pas.

Attentive aux panneaux indicateurs, Dessie prit la sortie de Jordbro et quitta la quatre voies pour s'engager sur une route nettement plus modeste.

Alors qu'ils approchaient du but, le cœur de la jeune femme se mit à battre plus vite. Elle avait l'habitude des cambriolages, mais c'était la première fois qu'elle se rendait sur une scène de crime.

— Qu'espérez-vous découvrir une fois sur place ? demanda-t-elle à son voisin.

Jacob Kanon posa sur elle un regard étincelant.

— Beaucoup de sang. La moindre tache de sang semble déjà énorme sur un plancher ou sur un meuble. Il suffit de voir les traces que laisse un moustique écrasé. Mais avec eux, je peux vous dire qu'on se trouve dans une autre dimension.

Dessie serra machinalement le volant entre ses doigts en prenant la direction de Björnö.

19

La maison se dressait au bord d'un bras de mer, juste en face de l'île d'Edesö. Une bâtisse jaune de dimensions modestes ornée de frises sculptées, au-dessus du porche, et d'une tourelle de forme hexagonale surmontée d'un fanion. Le jardin était entouré d'une clôture peinte en blanc dont la barrière donnait sur la route. Des bouleaux bourgeonnants encadraient le bâtiment auquel on accédait par une allée de gravillons bordée de soucis.

Un agent de police était occupé à barrer l'accès à la propriété à l'aide d'une bande bleue et blanche. L'un de ses collègues en uniforme téléphonait sur un portable dans un coin du jardin.

Dessie arrêta la Volvo devant la barrière. Tandis qu'elle prenait des clichés de la maison avec un petit appareil numérique, Jacob Kanon se glissa sous la bande plastique.

— Attendez, s'écria Dessie en remettant précipitamment l'appareil dans sa poche. Vous n'avez pas le droit…

— Eh vous ! l'apostropha l'agent qui nouait l'extrémité de la bande au tronc d'un sorbier. C'est interdit au public.

Kanon brandit son badge en se dirigeant d'un pas décidé vers la porte de la maison, suivi par Dessie dont les jambes flageolantes l'empêchaient de courir.

— Police de New York, ajouta Jacob à l'intention du flic. On m'a demandé de venir au sujet de l'enquête. Tout est arrangé.

L'agent qui téléphonait les regarda passer d'un air hébété.

— Jacob, insista Dessie. Je ne suis pas sûre que...

Mais l'Américain ne l'écoutait pas. Il prit pied sur le porche, regarda brièvement autour de lui et retira ses chaussures.

La porte de la maison était grande ouverte. Jacob s'arrêta sur le seuil, bientôt rejoint par Dessie qui se protégea instinctivement le nez et la bouche de la main.

— Putain, murmura-t-elle. C'est quoi, cette odeur ?

Une porte s'entrouvrait à droite vers une petite cuisine. Au-delà de l'entrée, plusieurs silhouettes s'agitaient dans le salon dans un crissement de lames de plancher.

— Bonjour, lança l'Américain en enfilant une paire de gants fins. Je m'appelle Jacob Kanon et je travaille pour le service de police criminelle américain chargé de ce dossier. Je demande l'autorisation d'entrer sur la scène de crime.

Tandis qu'il s'avançait, Dessie retira ses baskets à la hâte tout en continuant à se protéger la bouche et le nez. De loin, elle reconnut Mats Duvall, le commissaire qui l'avait longuement interrogée l'avant-veille. Il se retourna et posa sur eux un regard étonné. Il portait un costume gris clair avec une chemise mauve et une cravate rouge vif, avait enfilé des couvre-chaussures de couleur bleue et tenait à la main son agenda électronique. Debout près de la fenêtre derrière laquelle glissait silencieusement un yacht, Gabriella prenait des notes sur un carnet.

— Qu'est-ce que c'est ? questionna-t-elle, interloquée.

Jacob lui tendit son badge.

— Je ne suis pas ici pour saboter votre enquête, se justifia-t-il précipitamment. Je dispose d'informations qui pourraient se révéler cruciales pour vous.

Il s'effaça afin de laisser Dessie pénétrer dans la pièce. Elle se figea en apercevant le canapé.

Deux corps couverts de sang gisaient dans des poses irréelles. Le liquide noirâtre avait coulé sur le plancher et s'était insinué entre les lames de parquet avant d'être épongé par un tapis de couleurs vives.

Les cheveux blonds de la jeune femme, raides de sang, lui tombaient sur la poitrine. Son compagnon, assis par terre, avait la tête sur ses genoux, comme sur la photo envoyée à Dessie. Le trou béant qui lui traversait la gorge avait des allures d'ouïe de poisson. Le coup de couteau qu'il avait reçu l'avait quasiment décapité.

Dessie, les jambes en coton, se raccrocha au bras de Jacob pour ne pas tomber.

— C'est vous, Jacob Kanon ? demanda Mats Duvall en examinant l'Américain de la tête aux pieds. J'ai entendu parler de vous.

Il paraissait davantage curieux qu'agressif.

— Vous allez retrouver une bouteille de champagne vide quelque part, peut-être deux, précisa Jacob. Probablement du Moët & Chandon. Vous repérerez également quatre verres, avec des restes de cyclopentolate dans deux d'entre eux. Un composé de synthèse aux vertus paralysantes dont se servent les ophtalmologues pour dilater la pupille de leurs patients.

Gabriella se planta devant Kanon.

— Vous vous êtes introduit sans autorisation sur une scène de crime, déclara-t-elle en désignant la porte. Sortez immédiatement !

— Des gouttes pour les yeux ? résonna la voix de Mats Duvall derrière elle.

Jacob regarda les deux enquêteurs l'un après l'autre, bien décidé à ne pas bouger.

— Aux États-Unis, on en trouve sous des appellations diverses, expliqua-t-il. Les principaux sont l'Ak-Pentolate, le Cyclogyl et le Cyclate. Au Canada, ces gouttes sont vendues sous le nom de Minims Cyclopentolate. Je suis sûr qu'il y en a également en Europe.

La pièce se mit à tourner devant les yeux de Dessie, prête à vomir.

— Si je comprends bien, les meurtriers commencent par droguer leurs victimes, intervint Duvall en posant une main sur l'épaule de Gabriella. Ils mettent des gouttes dans leur champagne, c'est bien ça ?

L'inspectrice se dégagea en adressant un regard assassin à Dessie.

— Ils n'ont plus qu'à les égorger quand ils sont inconscients, acquiesça Jacob. Celui qui tue est droitier et se sert d'un instrument de petite taille, extrêmement acéré. Il opère en se positionnant derrière la victime. Il commence par enfoncer la lame dans la veine jugulaire avant de sectionner les tendons et la trachée.

Tout en parlant, il mimait les gestes de l'assassin.

Dessie entendait ses explications à travers un brouillard. Autour d'elle, le monde avait perdu toute couleur.

— Le cœur et la respiration s'arrêtent au bout d'une minute, à peu près, continua Jacob.

— Désolée, balbutia la journaliste. Je vais prendre l'air.

Elle se rua à l'extérieur, s'immobilisa sur l'allée de gravier, leva son visage vers le ciel et aspira l'air frais par bouffées.

20

— Ces assassins sont manifestement des gens charmants, affirma Jacob en s'étirant. Ils n'ont aucun mal à se faire de nouveaux amis partout où ils vont. Vous êtes sûre de ne pas vouloir ce petit gâteau à la cannelle ?

Dessie secoua la tête et l'Américain prit le dernier.

Ils étaient installés à la terrasse de l'hôtel Bellevue, à Dalarö. Une brise froide soufflait de la mer, mais Dessie n'avait pas voulu s'asseoir à l'intérieur afin de ne pas subir l'odeur de transpiration de Kanon. Surtout après l'épreuve qu'elle venait de traverser.

— Qu'est-ce qui vous fait dire qu'ils sont deux ?

Jacob hocha la tête en mastiquant son gâteau. L'horreur de ce qu'ils avaient vu un peu plus tôt ne semblait nullement affecter son appétit.

— Les gens se méfient moins d'un couple. Je dirais qu'ils sont jeunes, séduisants, et qu'ils jouent aux touristes en faisant volontairement connaissance de gens qui leur ressemblent. Des gens avec lesquels ils peuvent tranquillement boire du champagne, fumer de l'herbe, faire la fête...

Il but une gorgée de café.

— Et ils parlent probablement anglais, ajouta-t-il.

Dessie haussa les sourcils d'un air interrogateur.

— Les cartes postales. Leur ponctuation est toujours parfaite, et l'anglais était la langue maternelle de la majorité des victimes. Quant aux autres, ils le parlaient couramment.

Dessie ramena ses longs cheveux en chignon sur la nuque et les fixa à l'aide d'une barrette. Elle avait noirci plusieurs pages de son bloc en accumulant les informations sur les victimes, la nature des meurtres, le profil des assassins.

— À votre avis, demanda-t-elle, pourquoi envoient-ils des cartes postales ?

Jacob Kanon, les cheveux ébouriffés par les rafales de vent, regardait fixement l'horizon.

— C'est assez courant pour des tueurs en série de vouloir attirer l'attention sur eux. Je pourrais vous donner plusieurs exemples.

— Ils tuent pour faire la une des journaux, selon vous ?

Jacob Kanon prit le temps de remplir sa tasse avant de répondre.

— Aux États-Unis, on a déjà connu un cas similaire il y a plus d'un siècle. Le tueur s'appelait John Frank Hickey et s'en prenait à de jeunes garçons de la côte Est. Il a sévi pendant trente ans avant de se faire prendre. Il envoyait des cartes postales aux familles des victimes, et c'est ce qui a fini par le perdre.

Il vida sa tasse. Face à lui, Dessie était transie.

— Pourquoi moi ?

Jacob Kanon remonta la fermeture Éclair de son blouson de daim.

— Vous avez du talent, vous êtes ambitieuse, votre carrière passe avant votre vie privée. Vous avez fait des études, sans doute plus longues que ne l'exige le type de journalisme que vous avez choisi de faire, et ça ne vous dérange pas le moins du monde.

Dessie s'intéressa brusquement à sa tasse afin de dissimuler sa surprise.

— Pourquoi dites-vous ça ?
— Je me trompe ?

Elle s'éclaircit la gorge.

— Peut-être un peu.

Il lui lança un coup d'œil bienveillant.

— Pas besoin d'avoir un prix Nobel pour deviner ça, dit-il. Je crois avoir compris leur façon de procéder.

Dessie se recroquevilla sur elle-même afin d'échapper aux bourrasques.

— Je vous écoute.
— Le jour où ils décident de passer à l'acte, ils lisent les quotidiens locaux et choisissent le journaliste qui a signé l'article le plus important.

Dessie papillonna des yeux.

— Gentleman Bengt, murmura-t-elle. Mon interview de Gentleman Bengt a fait la une de l'*Aftonposten* jeudi dernier.

Jacob Kanon tourna son regard vers la mer.

— Mais pour le reste ? demanda la jeune femme. Le fait que je sois ambitieuse et que j'aie fait des études ?
— Vous vous intéressez en priorité à des délinquants de sexe masculin, ce qui nécessite du talent et pas mal d'entêtement de la part d'une femme. À New York, le journalisme d'investigation criminelle est assez mal considéré, bien qu'il fasse vendre beaucoup de papier. Ce qui explique que ses spécialistes ne se soucient guère de leur image.
— Ce n'est pas toujours le cas, le contredit-elle en pensant à son collègue Andersson.

Kanon se pencha vers elle.

— J'ai besoin de vous, lui dit-il. Vous seule pouvez m'aider. En travaillant avec vous, je pense pouvoir les coincer.

Dessie se leva en déposant quelques billets sous la cafetière afin d'éviter qu'ils ne s'envolent.

— Commencez déjà par prendre un bain et brûler vos fringues. Ensuite, on verra.

21

Le double meurtre de Dalarö monopolisait l'attention des journalistes de l'*Aftonposten* qui y voyaient l'occasion rêvée d'être cités sur CNN ou dans les colonnes du *New York Times*. Les photographes se bousculaient à la porte du service photo, Forsberg était pendu au téléphone en se triturant les cheveux, et Alexandre Andersson faisait salon à la rédaction en lisant à voix haute des extraits de ses articles. Pour la première fois de l'histoire du quotidien suédois, son rédacteur en chef, Anders Stenwall, était là un dimanche. Dessie en avait été la première étonnée en l'apercevant dans son box vitré, une tasse de café à la main.

Elle s'installa à son bureau, sortit son ordinateur portable et chargea les photos de la petite maison jaune au bord de l'eau avant de les expédier au service photo. Elle mit ensuite en ligne, sur le serveur du journal, l'ensemble des éléments qu'elle avait réunis sur les meurtriers afin que ses collègues puissent y avoir accès.

— Alors ? lui demanda Forsberg en apparaissant comme par magie à côté d'elle.

— C'était atroce, dit-elle sans quitter l'écran des yeux.

— Il s'agit des mêmes assassins que dans les autres villes ?

— Ça m'en a tout l'air, répondit-elle en tournant l'écran de sorte que son chef puisse lire les notes qu'elle tapait.

— Des gouttes pour les yeux ? s'étonna Forsberg.

— Ce n'est pas la première fois que des femmes sont droguées de cette manière. À Mexico, les prostituées s'en servent couramment pour sonner leurs clients. Je connais au moins cinq cas de types qui en sont morts.

— Morts d'avoir avalé des gouttes pour les yeux dans un cocktail ? s'exclama Forsberg d'un air dubitatif.

Dessie releva la tête.

— Certaines filles se mettent ces gouttes directement sur le bout des seins.

Forsberg, gêné, préféra changer de sujet de conversation.

— Qu'est-ce que tu as de publiable ?

— Pas grand-chose, répliqua Dessie. La police ne veut pas qu'on parle des gouttes, du champagne et des autres trucs trouvés sur le lieu du crime. On devra se contenter de la cause des décès et de l'identité des victimes. Les familles ont été prévenues ce midi.

Forsberg posa une fesse sur le bureau.

— Donne-moi ce que tu as sur les deux Allemands.

Dessie fit apparaître à l'écran les éléments glanés sur le couple.

« Claudia Schmidt, 20 ans, fiancée à Rolf Hetger, 23 ans. Tous deux originaires de Hambourg. Arrivés à Stockholm mardi après avoir trouvé la maison de Dalarö par le biais d'une agence sur Internet. Voiture louée à l'aéroport, une Ford Focus disparue sans laisser de trace. »

— Ils ont probablement rencontré les meurtriers en ville, précisa Dessie. *Die Zeit* nous envoie des photos, je te donne ça d'ici trois minutes.

— Quelles sont tes sources ?

Elle lui adressa un regard glacial.

— Confidentiel. Que fait-on au sujet de la carte postale et de la photo des corps ?

Forsberg se releva.

— Impossible de s'en servir, la police nous tient à l'œil. Tu as pu prendre des photos de la maison ?

— Le minimum syndical. Je les ai transmises au service photo. Quand je pense à ces malades…

Elle lui mit sous le nez la carte postale du bâtiment de l'ancienne Bourse.

— Tu sais comment les ont surnommés les Américains ? Les assassins à la carte postale.

— Pas mal comme titre.

Dessie regarda sa montre.

— Tu as un rancart ? se moqua Forsberg.

— Tu ne crois pas si bien dire. Même que je suis en retard.

22

Dessie ne mentait pas. Elle était bien invitée ce soir-là, ce qui ne lui était pas arrivé depuis une éternité. Au programme, dîner aux chandelles dans un restaurant chic, avec nappe et serviettes blanches.

Pourtant, elle aurait donné n'importe quoi pour avoir une bonne raison d'annuler.

Elle avait été contactée quelques semaines plus tôt par Hugo Bergman, un éditorialiste de renom, auteur de romans policiers à ses heures, qui l'avait sollicitée afin de donner plus de corps à l'un de ses personnages, un petit voleur servant de bouc émissaire au véritable coupable. Il lui avait promis une invitation à dîner en guise de remerciements.

Elle en avait été d'autant plus flattée que Bergman était riche, célèbre, et plutôt beau garçon.

Les choses s'étaient gâtées lorsqu'elle avait découvert l'intrigue de son roman, une histoire abracadabrante de chevaux de course trafiqués génétiquement, avec en toile de fond un Premier ministre plongé dans le coma et une pop star mégalomane.

Elle avait bien tenté de faire comprendre à Bergman que toutes les titulaires de thèses de doctorat de la planète ne suffiraient jamais à rendre crédible son petit voleur, mais il avait fait la sourde oreille et s'était empressé de l'inviter à l'Operakällaren, l'un des lieux les plus chics de la ville.

Le hasard avait voulu que la date tombe ce soir-là.

Dessie rangea son vélo devant l'entrée de l'établissement. L'odeur obsédante des corps de Dalarö ne l'avait pas quittée de la journée. Elle retira son casque, secoua ses cheveux et poussa la porte du restaurant en ayant conscience de faire tache avec son vieux pantalon et son T-shirt poisseux, faute d'avoir trouvé le temps de repasser chez elle se changer.

Le maître d'hôtel lui ouvrit le chemin. En traversant l'immense pièce décorée de tableaux, avec ses plafonds à caissons et son lustre imposant, elle se faisait l'effet d'une cousine de province en visite à la ville.

— Dessie !

Le visage d'Hugo Bergman s'éclaira et il se leva aussitôt afin de l'embrasser sur les deux joues.

— Ravi de vous revoir.

Dessie lui adressa un sourire forcé.

— Je suis navrée d'être aussi en retard, mais j'ai couvert un double meurtre et…

— Ah ! l'interrompit l'écrivain. Les rédacteurs en chef ! Ils passent leur temps à se repaître de la mort d'autrui. Même si je suis bien mal placé pour le leur reprocher.

Il conclut sa plaisanterie par un petit rire.

— La journée a vraiment été rude, insista Dessie en s'asseyant en face de lui. Les victimes étaient un jeune couple de Hambourg qui…

— Parlons d'autre chose, la coupa à nouveau Bergman en lui servant d'autorité un verre de vin rouge. Je viens d'apprendre que mon agent avait négocié un nouveau contrat avec un éditeur hollandais. Fêtons la chose dignement !

La jeune femme remarqua que la bouteille était déjà bien entamée. Bergman ne s'était manifestement pas morfondu en l'attendant.

— J'ai déjà commandé, dit-il en reposant son verre. J'espère que vous aimez la viande.

Dessie lui répondit par un sourire.

— J'ai bien peur que non. Je suis hostile à toute forme d'exploitation des animaux.

— Ce n'est pas grave, répliqua Bergman, plongé dans la carte des vins. Vous vous contenterez de leur purée de pommes de terre, je doute qu'elles soient exploitées. Que diriez-vous d'un château Pichon-Longueville Baron de 1995 ?

La dernière phrase s'adressait au sommelier qui s'était approché discrètement de la table.

— J'espère simplement que la traduction hollandaise de mon bouquin sera meilleure que celle de l'édition française, poursuivit le romancier une fois le sommelier reparti. Vous n'avez pas idée du nombre d'imbéciles qu'on trouve au mètre carré dans le monde de l'édition. Sinon, avez-vous lu l'article que je viens de consacrer au métier de procureur ? Jusqu'à présent, je n'ai reçu que des réactions enthousiastes.

À force de sourire, Dessie avait des crampes aux lèvres. Elle faisait de son mieux pour paraître bien élevée, avec tous les battements de cils nécessaires, s'efforçant de rire poliment aux moments idoines.

Heureusement, la nourriture était bonne. Du moins, la purée de pommes de terre.

Ayant commandé plusieurs vins aux prix extravagants, Bergman se trouva extrêmement gai à la fin du repas, au point qu'il eut du mal à trouver la ligne sur laquelle apposer sa signature au bas de l'addition.

— Vous êtes une jeune femme ravissante, Dessie Larsson, dit-il d'une voix pâteuse en retrouvant l'air du Kungsträdgården, situé aux portes du restaurant.

Dessie, assaillie par l'haleine chargée d'alcool de son compagnon, jugea que la plaisanterie avait assez duré.

— Merci pour tout, dit-elle en retirant l'antivol de son vélo.

— Je serais ravi de vous revoir, poursuivit-il en faisant mine de l'embrasser.

Dessie enfila son casque à la hâte dans l'espoir d'éteindre sa flamme, mais Hugo Bergman refusait de s'avouer vaincu.

— J'ai un petit pied-à-terre dans la vieille ville qui me sert pour écrire, lui glissa-t-il à l'oreille.

Dessie enfourcha sa bicyclette.

— Merci pour cette excellente soirée, lança-t-elle en s'éloignant à grands coups de pédale.

La malédiction se répétait, une fois de plus. Il fallait toujours qu'elle tombe sur des partenaires possessifs ou des crétins égocentriques.

Elle jeta un coup d'œil par-dessus son épaule et constata que Bergman n'avait pas bougé. Un portable à la main, il tanguait périlleusement. Sans doute l'avait-il déjà oubliée.

La nuit était fraîche. Les nuages s'étaient dissipés et le ciel était encore clair alors qu'il était presque 23 heures. Des promeneurs arpentaient les quais au milieu des rires et des éclats de voix, déambulant devant les cafés aux terrasses équipées de couvertures et de braseros.

Dessie sentit quelque chose fondre en elle. Le bloc de glace qui lui avait serré la poitrine tout au long de l'hiver venait enfin de céder la place à une sensation d'apaisement.

Respirant à pleins poumons cette belle nuit d'été, elle passa devant le Palais royal, franchit le Slussen et grimpa le Götgatsbacken en forçant sur les pédales, descendit de vélo, monta les marches conduisant à Urvädersgränd, ouvrit la porte de son immeuble et cadenassa la bicyclette dans la cour.

Elle venait de déverrouiller la porte de son appartement lorsqu'elle sursauta en découvrant une silhouette dissimulée dans la pénombre.

23

Son cœur fit un bond dans sa poitrine.

— J'ai suivi vos instructions, lui annonça Jacob Kanon en sortant de l'ombre, les bras écartés.

Elle remarqua qu'il s'était rasé et qu'il avait les cheveux propres.

— Merci à H&M, expliqua-t-il.

Il n'avait pas été jusqu'à changer de jean et de blouson. Et s'il avait enfilé un nouveau T-shirt, il l'avait choisi noir, comme le précédent.

— Génial, approuva Dessie. Quelle métamorphose !

— J'ai même trouvé un rayon où ils vendaient du savon, plaisanta-t-il.

— J'espère que vos ablutions ne vous ont pas totalement épuisé. Que voulez-vous ?

Il posa sur elle son regard lumineux.

— La police suédoise risque fort de faire des conneries si elle refuse de m'écouter. Ils ne les attraperont jamais comme ça, même s'ils tombent dessus par hasard. Les Allemands n'ont pas réussi alors qu'ils avaient pris leurs précautions.

Dessie referma la porte de son appartement.

— Ces enquêtes-là sont toujours les plus difficiles, poursuivit l'Américain. Les victimes sont choisies au hasard, il n'existe pas de lien entre elles et les assassins, ni mobile, ni histoire commune. Les assassins se font passer pour des touristes, personne ne remarque leurs allées et venues, nul ne fait attention à eux...

Il avait bu et portait en lui une certaine tristesse, mais il émanait de son être une sincérité absolue. Rien dans son discours n'était calculé. Peut-être Dessie ne l'aurait-elle pas remarqué si elle n'avait pas été confrontée ce soir-là à l'autosuffisance d'Hugo Bergman. Débarrassé de sa crasse, Kanon ne manquait pas de charme.

Méfie-toi, pensa-t-elle en croisant les bras.

— Pourquoi venir me raconter tout ça? demanda-t-elle.

Son interlocuteur lui montra un petit sac de sport qu'elle n'avait pas remarqué jusque-là.

— On sait comment ils opèrent, c'est tout. J'ai des copies de la plupart des photos des meurtres, et de presque toutes les cartes postales. Les assassins nous *parlent* à travers ces photos, mais je n'arrive pas à comprendre ce qu'ils veulent nous dire. Je me suis dit que vous pourriez m'aider.

— Je ne connais rien aux tueurs en série, se défendit-elle.

Il éclata d'un rire sinistre.

— Je n'ai personne d'autre à qui m'adresser.

C'était pourtant simple. Il attendait devant sa porte parce qu'il n'avait nulle part où aller.

— Écoutez, dit-elle, je suis fatiguée et je dois me lever tôt.

La minuterie du palier s'éteignit mais Dessie ne prit pas la peine de la rallumer.

— Vous rentrez tard, constata Jacob Kanon dans l'obscurité. Il s'est passé quelque chose?

Elle s'aperçut à sa grande surprise qu'elle avait la bouche sèche.

— J'avais rendez-vous avec quelqu'un.

La silhouette de son visiteur se découpait devant la fenêtre à vitraux de l'escalier.

— Je dînais avec Hugo Bergman, ajouta-t-elle. Un auteur de romans policiers, vous en avez peut-être entendu parler.

Kanon appuya sur la minuterie et le palier fut à nouveau inondé de lumière.

— Le temps nous est compté, insista-t-il. Les assassins restent rarement plus de quelques jours sur place après un meurtre. Ils se trouvent sûrement encore à Stockholm, mais ils finiront par s'en aller...

Il fit un pas vers elle.

— C'est comme si Kimmy mourait à chaque fois. Il faut impérativement les arrêter.

Dessie recula.

— Demain, proposa-t-elle. Venez demain au journal. Avec un peu de chance, je vous offrirai un café.

Il frotta ses yeux de sa main libre et donna brièvement l'impression qu'il allait parler. Il dut changer d'avis, car il se retourna et disparut dans l'escalier.

24

Dessie referma la porte de l'appartement derrière elle avant de donner un double tour de clé et de serrer les poings.

Elle se déshabilla en jetant ses vêtements au hasard et hésita à prendre une douche, avant de renoncer et se glisser sous les couvertures sans même allumer la lumière de sa chambre.

La pièce était plongée dans l'obscurité, mais il ne faisait pas vraiment noir. Le soleil, à peine couché, ne tarderait pas à se lever. Allongée dans la pénombre, elle examina l'un après l'autre les objets dont elle avait hérité : les rideaux de dentelle du salon de sa mère, l'armoire et les chaises de bois brut taillées à la main. Autant de choses qui avaient traversé les siècles, de génération en génération, et qui finiraient à la salle des ventes le jour où elle mourrait...

Incapable de trouver le sommeil, elle repoussa les couvertures, enfila sa robe de chambre et se rendit dans la cuisine. Elle but un verre d'eau au robinet et gagna la minuscule chambre de bonne dans laquelle elle avait aménagé son bureau, derrière la cuisine. Elle mit en route son ordinateur et finit par ouvrir le fichier contenant sa thèse inachevée.

Trouverait-elle un jour le courage de la terminer ?

Elle poussa un soupir. Le sujet de ses recherches la passionnait, elle n'avait aucune raison valable de rester bloquée. Elle avait consacré plusieurs années de sa vie à cette foutue thèse, à l'époque où elle faisait ses études, passant des heures à décrypter le mode de pensée et les mobiles des petits délinquants.

Comment devenait-on un voleur ? Comment pouvait-on choisir de basculer dans l'exclusion sociale ?

Cette question la taraudait depuis toujours.

Depuis son enfance, à l'époque où elle vivait dans une ferme au cœur de la forêt de Norrland, au nord de la Suède.

La plupart de ses proches n'avaient jamais mené une existence honnête.

Sur l'écran défilaient les pages dont elle lisait des paragraphes au hasard. Elle pouvait très bien s'y remettre, finir son travail, soutenir sa thèse. Pourquoi avait-elle tant de mal à s'y replonger ? Pourquoi ne faisait-elle jamais rien complètement ? Elle n'allait jamais jusqu'au bout des choses, qu'il s'agisse de son travail ou de sa vie affective.

Elle éteignit l'ordinateur et regagna la cuisine.

Le conjoint idéal n'existe pas. Elle le savait d'autant mieux qu'elle avait passé sa vie à étudier la chose. La notion même d'âme sœur tenait du mythe. La vie de couple n'était qu'une longue suite de compromis, une forme d'allégeance à l'esprit d'indulgence et de tolérance.

En plus d'être belle, sexy et passionnément amoureuse d'elle, Gabriella était une fille bien. Dessie n'avait rien à reprocher à Christian non plus. Elle vivrait toujours avec lui s'il n'avait pas demandé le divorce. Quant à savoir si ce serait une bonne chose...

Elle avala un nouveau verre d'eau et regarda l'horloge fixée au mur. 1 h 43. Pourquoi avoir dit à cet Américain qu'elle avait un rendez-vous ? Pourquoi lui avoir parlé de Bergman ? Était-ce une façon de lui dire qu'elle sortait aussi avec des hommes ? Quel besoin avait-elle de le lui faire comprendre ?

Elle reposa le verre sur l'égouttoir et s'aperçut qu'elle avait faim.

À moins de trouver des petits pains grillés dans le placard, elle allait devoir ressusciter sa vieille botte de carottes.

25

Le poète était retourné dans sa Finlande natale et Jacob s'était retrouvé seul dans la cellule qui lui servait de chambre. La pièce étant trop exiguë pour accueillir une table ou même une chaise, il déposa son arme de service et le portrait de Kimmy sur le rebord de la meurtrière faisant office de fenêtre.

Il caressa d'un doigt le sourire figé de sa fille. Il s'agissait de la même photo transmise à la presse après le meurtre, celle prise le jour où elle avait été acceptée à la Juilliard School.

Il se leva, prit dans son sac de voyage une bouteille de vin, la déboucha et se planta devant la fenêtre, les yeux perdus dans la nuit d'été.

Sur une petite plage, quelques ados venus fêter la fin de leurs études secondaires s'amusaient à s'arroser tout habillés.

Le regard de l'Américain s'envola au-dessus des eaux sombres.

Kimmy n'avait jamais aimé nager. Quand tous les gamins du quartier se donnaient rendez-vous à Brighton Beach, elle préférait les forêts de Staten Island, avec leur faune débordante. Un vrai garçon manqué. En salopette la plupart du temps, elle collectionnait les araignées et les scarabées.

Mais elle entretenait une passion plus dévorante encore pour le piano de la tante Martha et passait ses après-midi chez elle, en sortant de l'école, au lieu de traîner et de faire des bêtises.

Cela n'avait pas empêché Jacob d'être horrifié le jour où elle lui avait annoncé son intention de s'inscrire à la Juilliard School, l'une des meilleures écoles de musique au monde. Le concours d'entrée y est extrêmement sévère et jamais personne de Bay Ridge n'y avait été accepté. Jacob s'était renseigné et on lui avait confirmé que le taux de réussite au concours était de cinq pour cent.

Mais Kimmy l'avait remporté. Par amour pour Franz Liszt, l'un des compositeurs les plus ardus du répertoire, elle avait choisi le *Concerto pour piano n° 1* lors de son audition.

Jacob avait été si fier qu'il avait fondu en larmes lorsque la lettre était arrivée, quelques jours plus tard. C'était pourtant rare qu'il pleure, à l'époque.

Le jour même de son entrée à l'école, Kimmy avait fait la connaissance d'un jeune compositeur nommé Steven. Ils s'étaient fiancés peu après, prenant la décision d'attendre leur diplôme pour se marier.

C'était un garçon très bien. Kimmy et lui ne connaissant pas grand-chose du monde, Jacob leur avait offert ce voyage à Rome en guise de cadeau de Noël.

Ils avaient été assassinés la veille de leur retour à New York. Jacob était venu les attendre à l'aéroport JFK lorsqu'on lui avait annoncé la nouvelle. Il lui était depuis impossible de se souvenir comment il avait quitté l'aérogare.

Il prit longuement sa respiration et se força à revenir au présent, dans le cadre austère de sa cellule. Sur la plage, les ados avaient disparu et leurs cris s'étaient tus. Il se laissa tomber sur la couchette du bas, le portrait de Kimmy serré contre lui.

Il avait identifié son cadavre dans la chambre froide d'une morgue située dans la banlieue de Rome. Le jour de l'an. Le premier jour de l'année la plus cruelle de toute son existence.

Il saisit son Glock et glissa le canon de l'arme dans sa bouche, comme il avait maintenant l'habitude de le faire. Le même goût rassurant de métal et de poudre lui confirma qu'il lui restait encore cette solution. Une simple crispation du doigt et il pourrait enfin faire son deuil.

Mais le moment n'était pas venu. Pas encore.

26

Lundi 14 juin

L'*Aftonposten* se trouvait embarqué dans une spirale infernale depuis de longs mois.

Le tirage n'arrêtait pas de baisser, provoquant la désaffection croissante des annonceurs. La baisse des recettes entraînait à son tour des réductions d'effectifs préjudiciables à la qualité du journal, et donc au tirage. La direction tentait de mettre un terme à ce cercle vicieux en imaginant des plans novateurs, mais ils portaient rarement leurs fruits.

Les bons jours, tout le monde était prêt à donner un coup de collier pour que le journal puisse enfin relever la tête.

C'était le cas ce lundi-là.

Dessie avait entamé la semaine en compulsant à son bureau la première édition du journal, largement consacrée aux meurtres de Dalarö.

Un grand titre barrait la une : « Nouvelle boucherie des assassins à la carte postale. » Il était accompagné d'une photo de Claudia Schmidt et Rolf Hetger dans les bras l'un de l'autre, riant face à l'objectif.

Dessie se rendit directement aux pages six et sept où l'attendait un autre titre accrocheur : « Mort au cœur de l'archipel. » L'illustration choisie cette fois était l'un des clichés de la petite maison jaune qu'elle avait pris la veille. Une photo efficace, soulignant la contradiction entre le porche paisible et les épais nuages dans le ciel. L'article portait la signature de Susanna Gröning, une autre journaliste vedette du journal.

Le rappel des meurtres précédents figurait en page huit, accompagné de dessins et d'une carte d'Europe, la page de droite étant réservée à un long papier d'Alexandre Andersson titré : « Les assassins à la carte postale tuent pour le plaisir. »

Citant des « sources anonymes proches de l'enquête », Andersson proposait un « portrait détaillé des assassins ».

À le lire, il s'agissait de deux individus de sexe masculin, souffrant très probablement d'un syndrome post-traumatique aigu. Selon ses sources, ils tuaient par plaisir et jouissaient de la souffrance de leurs victimes. L'un des deux au moins était doté d'une force peu commune, à en juger par les mutilations infligées à ses proies. Le fait que ces dernières soient des touristes fortunés faisait dire à Andersson que les meurtriers souhaitaient dénoncer les valeurs de l'Occident, à l'image de nombreux terroristes.

Dessie lut l'article une seconde fois avec un étonnement croissant, puis elle se leva et rejoignit ses collègues qu'elle trouva en train de rire, attroupés autour de Forsberg.

— Alexandre, demanda-t-elle en brandissant l'article, où as-tu pêché toutes ces infos ?

Le journaliste haussa les sourcils en ébauchant un sourire.

— Tu veux me piquer mes sources, maintenant ?
— Il faudrait déjà que ce soit des sources crédibles, rétorqua-t-elle.

Le sourire d'Andersson se figea et il se leva de son siège. Tous les regards étaient braqués sur Dessie.

— Tu écris n'importe quoi, poursuivit la jeune femme. Ce parallèle avec le terrorisme et cette affirmation qu'ils tuent par plaisir... C'est exactement le contraire.

— Je te trouve drôlement bien informée sur tes petits copains depuis qu'ils t'envoient des cartes postales.

Quelques rires fusèrent ; Dessie sentit le sang lui monter à la tête.

— En tout cas, tu te trompes sur toute la ligne. Si tu as vraiment une source, je doute qu'elle soit proche de l'enquête.

Forsberg se leva à son tour et lui prit le bras.

— Allons, s'interposa-t-il, il est temps de voir ce que tu peux faire aujourd'hui.

Alexandre Andersson s'avança.

—, Pourquoi ne pas écrire ton propre papier, puisque tu sais tout ?

Dessie se dégagea de l'emprise de Forsberg et se retourna.

— Tu vas avoir du mal à le comprendre, dit-elle sèchement, mais mon but dans la vie n'est pas de faire la une des journaux.

Sur ces mots, elle retourna à son bureau, Forsberg sur les talons.

— Tu devrais faire gaffe à Alexandre, ajouta-t-elle à l'intention de ce dernier. Il écrit vraiment n'importe quoi.

— Dessie, écoute-moi. J'ai un boulot pour toi. Tu as lu le papier d'Hugo Bergman sur le surmenage des procureurs ?

Dessie battit des paupières.

— Les déclarations de Bergman font des vagues, insista Forsberg en tendant à la jeune femme une pile d'articles. Commence par l'appeler avant de joindre les procureurs de la région pour savoir s'ils ont effectivement beaucoup de dossiers sur les bras en ce moment.

Dessie revit dans sa tête le Bergman pitoyable qu'elle avait planté devant l'Operakällaren la veille au soir.

— Tu as décidé de m'éloigner des meurtres ?

Forsberg s'assit sur le bureau.

— Certaines personnes se demandent pourquoi la carte postale t'était adressée, Dessie, dit-il à mi-voix. Les gens te soupçonnent d'avoir des contacts avec la pègre.

— Je suis ici aujourd'hui uniquement parce que la police me l'a demandé, répondit-elle, la gorge nouée. Je te rappelle que je suis normalement en congé le lundi et le mardi. Je n'ai peut-être aucun droit sur ces meurtres, mais si…

Elle fut interrompue par un tumulte et des cris provenant du hall d'entrée.

Forsberg se dressa aussitôt.

— Qu'est-ce que c'est, encore ?

Des éclats de voix leur parvinrent à travers la cloison. Une voix d'homme au comble de l'énervement.

— Attends-moi, dit Dessie avant de se précipiter vers le hall.

27

Elle déclencha d'un doigt fébrile l'ouverture de la porte et se rua sur un Jacob Kanon au comble de l'énervement, tapant du poing sur la vitre de la cabine dans laquelle était réfugié Albert, le gardien du journal.

— Vous l'appelez immédiatement, hurlait l'Américain. Décrochez votre putain de téléphone et prévenez-la tout de suite que je suis là, espèce de…

— Qu'est-ce que vous faites ? lui demanda Dessie, essoufflée, en l'agrippant par l'épaule.

Jacob se calma instantanément et se tourna vers elle.

— Vous avez des nouvelles de l'enquête ? lui demanda-t-il. Que disent les enquêteurs ?

Dessie jeta un coup d'œil en direction de la salle de rédaction, puis elle prit son interlocuteur par le poignet et l'entraîna vers la porte tournante.

— Votre cote n'est déjà pas à son maximum, dit-elle en le poussant dans la rue baignée de soleil. Ce n'est pas en piquant une crise que vous allez arranger les choses. Qu'est-ce que vous avez cassé ?

— J'ai démoli un banc qui s'est brisé contre un radiateur, avoua le policier.

Elle lui lança un regard sceptique avant d'éclater de rire.

— Vous êtes cinglé, laissa-t-elle tomber.

Ils s'éloignèrent vers Fridhemsplan. Tout en marchant, elle sentait son regard peser sur elle. Quelques instants plus tard, ils entraient dans un petit café fréquenté par des chauffeurs de taxi, à quelques centaines de mètres du journal.

— Je vous assure, la police suédoise est bien trop rigide, affirma l'Américain, une tasse de café à la main. Ils n'arriveront jamais à les coincer en s'y prenant de la sorte.

Dessie remua son café en faisant tinter la porcelaine avec sa cuillère.

En matière de rigidité, elle se posait là, elle aussi. La façon dont elle avait agressé Andersson quelques minutes plus tôt n'était guère habile. Elle allait devoir apprendre à mettre de l'eau dans son vin.

— Je ne peux rien pour vous, déclara-t-elle à l'inspecteur. Je ne travaille plus sur les meurtres, mon chef de service a confié l'affaire à mes confrères.

Jacob Kanon se pencha au-dessus de la table, les yeux brillants.

— Vous n'avez aucun moyen de le faire changer d'avis ?

Dessie l'observa. Contrairement à elle, il se vouait corps et âme à la mission qu'il s'était fixée.

Qu'avait-elle à perdre ? Elle pouvait bien s'intéresser à une affaire criminelle, pour une fois.

— Je pourrais vous interviewer au sujet de Kimmy, suggéra-t-elle d'un air pensif.

L'idée n'était pas mauvaise. Les réactions d'un père inconsolable exprimant son chagrin…

Elle sortit aussitôt un carnet et un stylo.

— Parlez-moi d'elle. Votre réaction quand on vous a dit qu'elle…

Kanon frappa du poing sur la table avec une telle violence que les tasses se soulevèrent. Dessie laissa échapper son stylo de stupeur et la serveuse, derrière le comptoir, tourna la tête avant de regarder brusquement ailleurs.

— Je ne donne pas d'interview sur Kimmy, gronda Jacob.

Dessie resta silencieuse un long moment.

— C'était une façon de…

— Je suis flic, la coupa-t-il. Je veux bien discuter, mais je ne suis pas là pour donner des interviews.

— Ce n'est pas le policier qui m'intéresse, c'est le père.

Il posa sur elle son regard lumineux, puis il fouilla le petit sac de sport qui ne le quittait jamais, feuilleta une liasse de documents et posa brutalement une photocopie devant la journaliste.

— Voilà Kimmy, dit-il méchamment.

Dessie eut un haut-le-cœur.

28

La photo représentait deux jeunes gens gisant par terre dans une chambre d'hôtel. Ils avaient été égorgés avec la même brutalité que les victimes de Dalarö. De leurs blessures béantes s'étaient échappés des flots de sang qui formaient une mare rouge sombre sur le sol.

La bouche sèche, Dessie sentit son cœur s'emballer.

— Le sang est encore frais, remarqua-t-elle. Ils viennent de mourir.

Elle s'obligea à calmer sa respiration.

Jacob posa devant elle une autre photo.

— Karen et Billy Cowley, commenta-t-il.

Les deux Australiens venus oublier en Europe la mort de leur petit garçon n'avaient pas seulement été égorgés. Assis côte à côte, la nuque posée sur ce qui était probablement une tête de lit, ils avaient tous les deux l'œil gauche crevé. Du sang, mêlé à un liquide indéfinissable, leur sortait des orbites.

— Le couple d'Amsterdam a eu l'oreille droite coupée, expliqua Jacob en sortant une troisième photo. Ils s'appelaient Lindsay et Jeffrey Holborn.

Elle examina longuement les photos en tentant de les déchiffrer, au-delà de tout ce sang et de cette violence insoutenable.

— Ils veulent nous dire quelque chose, gronda Jacob. Les assassins nous parlent à travers ces photos. Regardez celle-ci, prise à Florence.

Un grand lit, avec une jeune femme à gauche et un jeune homme à droite. Le cliché ayant été pris en plongée, le photographe avait dû se mettre debout sur le lit, entre les victimes.

— Qu'est-ce que vous voyez? demanda Jacob.

Les deux corps étaient disposés de la même façon, les jambes légèrement tournées vers la gauche, la main droite sur la poitrine et la gauche à hauteur du sexe.

— Ils n'ont pas pu mourir dans cette position, répondit Dessie.

Jacob hocha la tête.

— D'accord, mais pourquoi?

La jeune femme prit la photo des meurtres de Paris, sur laquelle les victimes, adossées à la tête de lit, avaient les mains croisées sur le ventre.

— On dirait qu'ils ont trop mangé, balbutia-t-elle.

Toutes les photos étaient posées. Les victimes figuraient quelque chose.

La journaliste releva la tête.

— Montrez-moi celle qu'ils m'ont envoyée.

Lorsqu'il lui tendit la photo prise à Dalarö, l'odeur étouffante du salon remonta aux narines de la jeune femme.

Claudia, l'Allemande, s'appuyait contre l'arrière du canapé, avec sur les genoux un coussin qui avait dû être blanc. Elle penchait la tête vers Rolf, dont le visage reposait sur le coussin.

La position de l'Allemand était très étrange, les genoux pliés, les doigts écartés sur la poitrine à l'emplacement du cœur. Il tenait à la main quelque chose qui ressemblait à une spatule.

— Ils ont soigneusement fait poser les cadavres, remarqua Dessie.

— Ça vous dit quelque chose ?

Elle étudia longuement la photographie.

— J'ai déjà vu ça quelque part, mais je suis incapable de dire où. Je n'arrive pas à mettre le doigt dessus.

— Essayez, la poussa Jacob.

Elle scruta la photo jusqu'à ce que les formes deviennent floues.

— Désolée, je ne vois pas, s'excusa-t-elle.

Il l'observa quelques instants de son regard étincelant, puis il rassembla les photos et la quitta sans un mot.

29

Jacob descendit du bus sur Kungsholmen, au cœur de Stockholm.

Le soir de son arrivée, il avait fait plus de six fois le tour de l'immense îlot qui abrite le siège de la police suédoise. Les ailes ajoutées à mesure des besoins, tout au long du XXe siècle, donnaient à l'ensemble un air disparate confinant à la schizophrénie. Vers l'est, on aurait dit un château à la Disney alors que les bâtiments sud abritaient des unités modernes et fonctionnelles. Du côté nord s'élevait un monstre de béton que déséquilibrait l'aile ouest, une horreur de type soviétique, contemporaine de la banlieue sinistre traversée en compagnie de Dessie lorsqu'il s'était rendu à Dalarö.

En dépit de l'éclectisme de leur cadre de travail, les enquêteurs suédois n'étaient pas un modèle de souplesse, ainsi que Jacob avait pu s'en apercevoir. Les adjoints de Duvall refusaient de prendre ses appels et la standardiste sur laquelle il était tombé à maintes reprises s'évertuait à lui passer le répondeur réservé aux dénonciations.

La plaisanterie avait assez duré. Jacob était bien décidé à entrer, coûte que coûte. Il serra les poings et se lança à l'assaut de la forteresse.

L'entrée se trouvait dans la partie soviétique. Il éprouva une impression de déjà-vu en découvrant dans le hall les mêmes dalles, les mêmes lambris de bois clair et le même bureau vitré qu'à l'*Aftonposten*. Il pria le ciel pour que la ressemblance s'arrête là et se racla la gorge en montrant son badge à l'accueil.

— Jacob Kanon, police de New York, se présenta-t-il. Je viens voir le commissaire Mats Duvall au sujet des meurtres de Dalarö.

La fonctionnaire de l'accueil, une femme replète, examina le badge avec une attention respectueuse.

— Vous avez rendez-vous ?

— Il devrait m'attendre, répondit Jacob sans mentir tout à fait.

— Je vais le prévenir, déclara la grosse femme en décrochant son téléphone.

— Ne prenez pas cette peine, l'interrompit Jacob. Son bureau se trouve bien au cinquième ?

Il avait compté sept niveaux de bureaux en observant le bâtiment depuis l'extérieur.

— Au quatrième, le corrigea la femme en reposant son téléphone, avant de libérer la gâche électrique de la porte permettant d'accéder à l'intérieur du bâtiment.

Bingo !

Il sortit de l'ascenseur au quatrième et suivit un couloir étroit et bas, parcouru de néons qui grésillaient doucement, avant de frapper à une porte au hasard et de passer la tête.

— Excusez-moi. Rappelez-moi où se trouve le bureau de Duvall.

Une femme à lunettes avec une queue-de-cheval posa sur lui un regard étonné.

— Il est en réunion au sujet de l'affaire de Dalarö. En salle C, je crois.

— Merci.

Et il rebroussa immédiatement chemin, se souvenant être passé devant la salle indiquée.

Les principaux acteurs de l'enquête se trouvaient là : Mats Duvall, Gabriella Oscarsson, une femme d'une cinquantaine d'années en tailleur-pantalon, deux autres femmes nettement plus jeunes et cinq de leurs collègues masculins, assis autour d'une table sur laquelle s'alignaient des thermos de café et des boissons fraîches.

Kanon entra d'autorité et referma la porte derrière lui sans se soucier des regards abasourdis que déclenchait son arrivée inopinée. Les tasses de plusieurs des participants s'étaient figées en plein mouvement.

— Votre enquête est mal partie, annonça-t-il tout de go en tirant une chaise à lui.

30

Un silence glacial accueillit sa remarque. Il avait réussi à monopoliser leur attention, mais il disposait de dix secondes, tout au plus, pour les convaincre de ne pas le mettre à la porte comme un malpropre.

— Vous aurez sans doute remarqué que les passeports et les portefeuilles des victimes avaient disparu, ainsi que leurs bijoux, appareils photo et autres objets de valeur. Leurs comptes en banque ont été vidés, les cartes de retrait utilisées jusqu'à la limite autorisée. En vérifiant les transactions effectuées avec les cartes de crédit, vous constaterez qu'au moins un achat important a été réalisé avant les retraits d'argent.

Il s'arrêta. Autour de la table, personne ne pipait mot.

— Le profil des meurtriers est celui d'un couple de vingt-cinq ans environ, poursuivit Jacob. Peut-être même plus jeune. Un homme et une femme de langue anglaise, présentant bien, probablement de race blanche, se faisant passer pour des touristes ordinaires.

Mats Duvall s'éclaircit la gorge.

— Laissez-moi au moins vous présenter à mes collaborateurs. Ce monsieur fait partie de la brigade criminelle de New York. Il s'appelle Jacob Kanon et suit l'enquête depuis le nouvel an. Il a des raisons personnelles...

— Ma fille Kimberly figure au nombre des victimes, le coupa Jacob. Elle a été assassinée à Rome.

Il fit des yeux le tour de la table. La surprise initiale laissait place chez certains à de la colère rentrée. L'un des participants, un homme chauve d'un certain âge en costume trois-pièces, semblait particulièrement mécontent de son intrusion.

— Nous sommes en Suède et les meurtres de Dalarö sont l'affaire de la police suédoise, s'emporta-t-il. Nous ne sommes pas ici pour recevoir des leçons du FBI ou d'un quelconque cow-boy.

— La coopération entre tous les différents services de police est pourtant cruciale si nous voulons arrêter les assassins, répondit Jacob. Leur mode opératoire est le seul indice dont nous disposions, et c'est en coordonnant les efforts de tous que...

— Pas forcément, l'interrompit son contradicteur. Nous avons surtout besoin d'une enquête méticuleuse, ce que la police suédoise est parfaitement capable d'accomplir.

Jacob se leva si précipitamment que sa chaise se renversa.

— Je ne suis pas venu ici pour participer à un concours de quéquette, déclara-t-il d'une voix rauque.

L'homme en costume trois-pièces se leva à son tour. Le front moite, il plissait les paupières d'un air mauvais.

— Evert, laisse-le s'exprimer.

L'ordre était venu de la femme en tailleur-pantalon. Elle avait parlé d'une voix neutre, sans hausser le ton, et elle quitta son siège pour s'approcher de Jacob.

— Sara Höglund, se présenta-t-elle en lui tendant la main. Je suis responsable du Service national de recherche criminelle. Je vous demanderai de bien vouloir excuser le procureur Ridderwall qui est l'un de nos magistrats les plus avisés.

Le procureur se rassit alors en se passant la main sur le crâne d'un geste furieux.

Sara Höglund examina Jacob de la tête aux pieds.

— Vous travaillez pour le NYPD, déclara-t-elle. Dans quel district ?

— Le 32e, répliqua Jacob.

Les yeux de Höglund s'éclairèrent.

— Harlem, conclut-elle.

Il acquiesça. Son interlocutrice connaissait visiblement bien la police new-yorkaise.

Elle se tourna vers Duvall.

— Dans une affaire telle que celle-ci, toute aide est précieuse. Je vous demanderai de régulariser la situation de M. Kanon auprès d'Interpol. Il faut arrêter ces monstres au plus vite.

Jacob serra les poings. Il semblait parvenir à ses fins.

31

Washington ayant apporté sa caution et la police allemande confirmé qu'il avait bien travaillé avec elle sur les meurtres de Berlin, Jacob Kanon se vit officiellement accepté au sein de l'enquête, avec les restrictions d'usage.

— Vous ne disposez d'aucun mandat de police sur le territoire suédois, lui notifia Mats Duvall. En outre, il vous est interdit d'être armé ; je vous demanderai de bien vouloir me remettre votre arme de service. Enfin, vous serez accompagné à tout moment par un collègue suédois.

Jacob l'affronta du regard.

— Je n'ai pas mon Glock sur moi, dit-il. Avec qui souhaitez-vous m'affecter ?

Duvall regarda autour de lui.

— Gabriella, puisque vous suivez l'affaire depuis le début ?

La jeune femme serra les dents sans répondre.

— Parfait, reprit le commissaire en distribuant des documents à la ronde.

L'atmosphère de la réunion était loin d'être détendue. Il est rare qu'une enquête de cette importance ne froisse pas les susceptibilités de certains, et la présence de Jacob n'était pas pour arranger les choses.

Duvall toussota, puis il commença à relater en détail les transactions effectuées avec les cartes de crédit des victimes.

Les derniers achats dataient du samedi, à l'heure du déjeuner, dans le grand magasin NK. Claudia Schmidt avait fait des emplettes au rayon parfumerie pendant que Rolf Hetger s'arrêtait au rayon bijouterie. Plusieurs heures s'étaient ensuite écoulées avant les retraits d'argent.

Jacob examina les relevés. Ils étaient rédigés en suédois, mais l'heure et les montants étaient suffisamment parlants.

Il avait fallu moins de six heures aux meurtriers pour droguer les victimes, les tuer, prendre leurs cartes bancaires et voler leurs effets personnels avant de s'enfuir à bord de leur véhicule de location et de vider leurs comptes.

— Les deux Allemands ont été tués entre le moment où ils ont effectué leurs achats dans ce grand magasin et l'heure des retraits en liquide, déclara-t-il.

Le procureur Ridderwall se pencha au-dessus de la table.

— Les premiers rapports d'autopsie n'ont pas permis de déterminer avec précision l'heure du décès, remarqua-t-il. En sommes-nous vraiment réduits à jouer aux devinettes ?

Jacob reposa les papiers qu'il avait en main et dévisagea le petit homme dont la mine et les yeux trahissaient l'hostilité. Il était temps de mettre les choses au clair.

— Nous avons le choix, proposa-t-il au procureur. Soit nous travaillons ensemble sur cette enquête, soit nous allons tout de suite régler nos comptes dans la cour. À vous de décider.

Gabriella laissa échapper un soupir en marmonnant ce qui ressemblait à « mon Dieu ».

Comme le procureur restait coi, Jacob reprit l'examen des pièces.

Rolf Hetger avait dépensé vingt-deux mille cinq cent quatre-vingt-dix couronnes au rayon bijouterie, soit près de trois mille dollars.

— Sait-on ce qu'il a acheté ? demanda Sara Höglund.

— Nos hommes interrogent actuellement le personnel des magasins NK, répondit Duvall.

Ils s'intéressèrent alors aux retraits d'argent liquide. Les adresses exactes des distributeurs de billets étaient de peu d'utilité à Jacob.

— Où se trouvent les machines en question ? s'informa-t-il.

— Au centre-ville.

Il hocha la tête. Cela confirmait les habitudes des assassins.

— Certains distributeurs sont équipés de caméras de surveillance, souligna Gabriella Oscarsson. Nous avons demandé à visionner les bandes sur les horaires concernés.

— Qu'ont donné les vidéos dans les autres villes ? s'enquit Duvall.

Jacob tira de son sac de sport un petit carnet, mais il n'eut pas besoin de l'ouvrir car il connaissait par cœur la réponse.

— Elles montrent un homme de grande taille avec des cheveux bruns, une casquette et des lunettes noires. Il est vêtu d'un manteau mi-long de couleur sombre et de chaussures claires.

— À chaque fois ? s'étonna le commissaire.

— À chaque fois, répéta Jacob.

Ils passèrent au détail des objets de valeur volés aux victimes à Dalarö.

— On parle d'un appareil photo sans préciser la marque, nota Jacob. De même, quelle valeur avait la bague ?

— Les familles sont en train de rechercher les factures, répliqua Gabriella sur un ton exaspéré. Ces gens-là viennent de perdre leurs gamins. On peut au moins faire preuve d'un peu de compréhension…

Jacob la regarda en serrant les mâchoires.

Un épais silence enveloppa l'assistance, que Sara Höglund fut la première à rompre.

— Que faire à présent ? Des suggestions ?

Jacob se balança sur son siège à plusieurs reprises avant de rétorquer.

— Nous devons les forcer à changer de mode opératoire. Les pousser à la faute.

Sara Höglund haussa les sourcils.

— De quelle façon ?

— En se servant du mode de communication qu'ils ont eux-mêmes choisi, déclara Jacob.

Sa proposition fut accueillie par des regards sceptiques.

— La carte postale adressée à l'*Aftonposten*, insista-t-il. Les assassins cherchent à nous dire quelque chose. Je propose de leur répondre.

Gabriella leva les yeux au ciel, mais Duvall engagea Kanon à poursuivre d'un mouvement du menton.

Celui-ci scruta les visages de chacun de ses interlocuteurs avant de reprendre la parole.

— Demandez à Dessie Larsson d'adresser une lettre ouverte aux assassins, par l'intermédiaire du journal de demain. Elle pourrait leur proposer une interview.

Evert Ridderwall ricana d'un air outré.

— Au nom de quoi voudriez-vous que ces gens-là acceptent ?

Jacob le regarda droit dans les yeux.

— Il suffit de leur promettre une grosse somme d'argent.

32

Sylvia adressa un signe au serveur d'une main soigneusement manucurée.

— Vous pourriez nous redonner la liste des vins? demanda-t-elle.

Elle se pencha vers la Hollandaise assise à côté d'elle.

— On ne devrait pas boire de vin à l'heure du déjeuner, lui glissa-t-elle à l'oreille avec un petit gloussement. Ça me fait tout drôle, pas vous?

Sa voisine gloussa à son tour en hochant la tête.

Ils se trouvaient au Bistro Berns, un restaurant français chic et branché à l'atmosphère rococo situé au centre-ville, à côté du parc Berzelii. Les deux femmes avaient commandé un chèvre chaud accompagné d'une salade de betterave aux noix. De leur côté, les garçons avaient opté pour un bœuf bourguignon, et la première bouteille de vin était vide.

— Je suis persuadé que la crise aura le mérite de faire un sérieux nettoyage sur les marchés financiers qui en ont bien besoin, affirma le Hollandais d'un air plein d'assurance.

Il tentait d'impressionner Mac qui jouait le jeu, feignant d'être intéressé.

— C'est une façon positive d'envisager l'avenir, répondit-il. D'un autre côté, on ferait mieux de regarder le passé d'un peu plus près. Les problèmes financiers de la fin du XIXe ne se sont vraiment manifestés qu'après la Première Guerre mondiale. Et il aura fallu attendre la fin de la suivante pour que la grande dépression des années 1930 soit jugulée.

— Ce que vous êtes ennuyeux! geignit Sylvia en appelant une nouvelle fois le serveur. Je crois que je vais prendre un petit dessert. Quelqu'un d'autre?

La Hollandaise l'imita en commandant une crème brûlée tandis que leurs compagnons se contentaient d'un café.

— Vous avez entendu parler de cette horrible histoire? demanda Sylvia en remplissant les verres. Deux touristes assassinés sur une petite île, tout près d'ici.

La Hollandaise ouvrit de grands yeux.

— C'est vrai? balbutia-t-elle d'un air horrifié. Où avez-vous vu ça? Dans les journaux?

Sylvia haussa les épaules.

— Je ne parle pas le suédois. Non, c'est la fille de l'hôtel qui nous en a parlé. C'est bien ça, Mac? Deux touristes assassinés sur une île?

Son compagnon hocha la tête.

— Oui. Deux Allemands. Une histoire horrible, apparemment. Ils ont été retrouvés égorgés.

Ce fut au tour du petit ami de la Hollandaise d'écarquiller les yeux.

— Égorgés? On a connu un truc du même genre en Hollande, il n'y a pas longtemps. À Amsterdam. Tu te souviens, Nienke?

— Pas vraiment, répliqua la Hollandaise en léchant sa cuillère. Quand ça?

— La presse leur a donné un nom : les assassins à la carte postale, reprit Mac. À chaque fois, ils envoient aux journaux une carte postale. Ils ont fait la même chose ici.

— Des malades, décida la Hollandaise en raclant le fond de sa cassolette. Je me demandais où tu avais trouvé ton chemisier, ajouta-t-elle à l'intention de Sylvia.

Elle avait déjà oublié le sort des deux Allemands.

— Chez Emporio Armani. Tout près d'ici, sur Biblioteksgatan.

Elle se leva, contourna la table et se jucha sur les genoux de Mac.

— Mon chéri, roucoula-t-elle, il fait tellement beau. Tu ne veux pas m'acheter un petit cadeau en souvenir de cette journée de rêve?

— Non, riposta Mac en se levant précipitamment.

Surprise, Sylvia faillit tomber.

— Quoi? dit-elle en riant alors que le petit ami de la Hollandaise l'aidait à se remettre d'aplomb. Tu as peur que ce soit trop cher?

— Ce n'est pas ça, Sylvia. Pas maintenant. Pas aujourd'hui, rétorqua-t-il avec une moue agacée.

Sa compagne choisit d'en rire et prit le Hollandais par le bras.

— Oh là là! Quel rabat-joie! Tu es nettement plus rigolo que lui, lui déclara-t-elle en se hissant sur la pointe des pieds afin de poser un baiser sur sa bouche.

— Allez, Sylvia, il est temps d'y aller, réagit Mac en lui agrippant un coude.

— Attendez! intervint le Hollandais en tendant sa carte à Mac. N'hésitez pas à nous passer un coup de fil si vous avez envie de dîner un de ces soirs.

— Sans faute ! assura Sylvia que Mac entraînait déjà vers la porte du restaurant.

Lorsqu'ils arrivèrent sur le trottoir, la jeune femme se dégagea.

— J'espère que tu as une bonne raison de faire ça, dit-elle à son compagnon en lui caressant le bras.

Il ne répondit pas.

Les allées du parc Berzelii regorgeaient de cyclistes, de parents avec des poussettes, de promeneurs suçant des glaces.

Elle se colla contre Mac et l'embrassa dans le cou.

— Tu m'en veux ? lui murmura-t-elle à l'oreille. Comment puis-je me rattraper ?

— Nous avons du pain sur la planche, répliqua-t-il avec brusquerie.

Elle poussa un soupir dramatique et lui prit une main dont elle suça l'index avant de l'embrasser sur la bouche.

— Je suis toute à toi, chuchota-t-elle.

Ils traversèrent Strömmen et s'engagèrent dans les rues de la vieille ville. Sylvia, accrochée des deux bras à la taille de son compagnon, buta à plusieurs reprises sur les pavés du quai. Mac, finissant par se dérider, lui passa un bras autour des épaules.

Ils firent halte à la supérette Seven Eleven de Västerlånggatan, curieusement coincée au pied d'un très vieil immeuble, où Sylvia se procura un exemplaire de l'*Aftonposten* du jour tandis que Mac achetait une demi-heure d'Internet dans l'espace cybercafé.

— Tu trouves quelque chose sur Oslo ? s'enquit la jeune femme.

Les doigts de Mac couraient sur le clavier de l'ordinateur.

— Rien.

Elle en profita pour feuilleter le journal et s'arrêta sur une double page en reconnaissant la petite maison jaune de Dalarö.

— Tu sais quoi ? On a laissé les Hollandais payer l'addition.

Mac lui répondit par un petit rire, puis il entra un code et se mit au travail.

33

La vendeuse du rayon bijouterie des grands magasins NK se prénommait Olga. C'était une femme de quarante ans originaire de Riga. Elle avait les cheveux blonds décolorés et de grandes boucles d'oreilles, possédait un diplôme en orfèvrerie et parlait couramment cinq langues, mais pas le suédois. Ce n'était cependant pas un handicap pour elle puisqu'elle avait été engagée pour l'été dans le seul but de s'occuper de la clientèle étrangère.

Deux jours plus tôt, elle avait vendu une montre Omega à Rolf Hetger. Un modèle Double Eagle acier-or, présenté dans un boîtier de nacre.

Assise dans une salle d'interrogatoire au quatrième étage des locaux de la police de Stockholm, elle semblait mal à l'aise.

Jacob, debout dans un coin de la pièce, la dévisageait depuis un moment. Elle faisait nettement plus que son âge. Il se demandait surtout ce qui pouvait bien la rendre si nerveuse.

— Racontez-nous comment s'est passée votre rencontre avec Rolf Hetger, lui suggéra Mats Duvall en anglais.

La Lettonne passa une langue rose sur ses lèvres sèches.

— Il voulait regarder les montres, commença-t-elle. Il était accompagné d'un autre client qui lui parlait en anglais. Deux jeunes gens très élégants.

Elle rougit.

— Pourriez-vous nous décrire l'autre client?

— L'Américain? Il avait des cheveux d'un blond très clair. Un physique de vedette de cinéma, avec énormément de charme. Très poli, et beaucoup d'humour.

Elle fixa ses mains.

Jacob sentit ses muscles se tendre. Le tueur était donc un Américain charmeur.

— Qu'est-ce qui vous fait dire que celui qui avait les cheveux blonds était américain? poursuivit le commissaire.

Olga tripota l'une de ses boucles d'oreilles.

— Il parlait avec l'accent américain.

— Vous en êtes sûre?

Elle était cramoisie.

— On aurait dit... il ressemblait très fort à... à cet acteur. Celui qui a les cheveux longs et qui joue dans *Légendes d'automne*...

Mats Duvall afficha une mine perplexe.

— Brad Pitt, lui souffla Jacob.

Le commissaire se retourna et posa sur lui un regard étonné.

— Que s'est-il passé ensuite? demanda-t-il en revenant à son interlocutrice.

— Ils ont examiné les montres. Au départ, l'Allemand voulait acheter une Swatch, mais l'Américain l'a convaincu de prendre autre chose, ce qu'il a fait.

Plus de vingt mille couronnes pour un caprice! pensa Jacob.

— Quand Rolf Hetger a payé avec sa carte de crédit, a-t-il signé la facturette, ou bien s'est-il servi de son code ?

Olga prit longuement sa respiration.

— Il s'est servi de son code.

— Où se trouvait l'Américain à ce moment-là ?

— À côté de lui.

— Vous pourriez le reconnaître si vous le croisiez dans la rue ?

Elle hocha la tête après une hésitation.

— Comment pouvez-vous en être sûre ? insista Duvall.

Olga posa sur lui un regard gêné.

— Je ne comprends pas.

— C'est simple. Vous voyez des centaines de clients tous les jours. Pourquoi avoir gardé en mémoire ces deux-là en particulier ?

— Je n'en vois pas des centaines, le corrigea Olga. Et la plupart n'achètent pas des montres aussi chères.

Lorsqu'elle baissa les yeux, Jacob comprit qu'elle ne disait pas toute la vérité. Elle se rappelait d'eux parce qu'ils étaient jeunes, riches, beaux, et qu'ils avaient flirté avec elle.

Il croisa les doigts. C'était l'erreur qu'il attendait depuis si longtemps... Ils avaient fini par baisser leur garde en se faisant remarquer.

— Vous êtes équipé d'un système de portrait-robot électronique ? demanda-t-il à Duvall.

— Au deuxième, répliqua celui-ci.

L'interrogatoire terminé, un inspecteur conduisit la vendeuse vers un spécialiste dont l'ordinateur débordait de nez, d'oreilles, d'yeux et de fronts de toutes sortes.

— Je suis plutôt satisfait, remarqua le commissaire en regagnant son bureau avec son collègue américain.

Nous tenons enfin une piste. Comme quoi les enquêtes à l'ancienne ont parfois du bon.

— Je ne serai pas aussi optimiste, répondit Jacob. Olga ne nous a pas tout dit.

Duvall fronça les sourcils.

— Je suis convaincu qu'elle n'est pas lettonne, poursuivit Jacob. Elle vient de Russie ou d'Ukraine, ce qui signifie qu'elle est entrée ici avec un faux passeport. Et elle n'a pas quarante ans, je la crois plus proche de la cinquantaine. À votre place, je la coincerais.

Le commissaire s'installa derrière son bureau et alluma son ordinateur.

— Dans ce pays, on ne « coince » pas les gens aussi facilement, et certainement pas sur la foi de simples suppositions au sujet de leur passeport.

— Je ne vous parle pas de son passeport, répliqua Jacob le plus calmement possible. Vous lui avez fait la peur de sa vie et je peux vous garantir qu'elle va s'évanouir dans la nature à la première occasion.

Mats Duvall pianota sur le clavier de son ordinateur sans répondre.

Jacob se pencha alors vers son interlocuteur, par-dessus son écran.

— C'est la première fois qu'un témoin a vu le tueur et se souvient de lui avec précision. Si elle nous file entre les doigts, nous perdons toute chance de pouvoir l'identifier.

Duvall regarda sa montre.

— Il est l'heure de retourner à l'*Aftonposten*, indiqua-t-il.

34

Dessie n'en croyait pas ses oreilles.

— Vous plaisantez ! s'écria-t-elle.

Assise dans la salle de réunion située derrière le service des sports, elle faisait face à Jacob Kanon, Gabriella et Mats Duvall, ainsi que Forsberg et le rédacteur en chef du journal, Anders Stenwall.

— Je ne vous demande pas d'être d'accord, intervint Stenwall. À partir du moment où le comité de rédaction a donné son feu vert, la messe est dite. Cette lettre ouverte paraîtra dans le journal de demain.

Dessie se leva.

— Vous êtes prêts à donner du fric à ces salopards ? Que faites-vous de notre code de déontologie ?

— Nous sommes convaincus que c'est le meilleur moyen d'entrer en contact avec les meurtriers, lui expliqua Duvall. Ils sont manifestement avides de notoriété, sinon ils n'enverraient pas ces photos et ces cartes postales.

Dessie dévisagea ses interlocuteurs. Aucun ne la regardait en face, signe que leur décision était prise.

— Je regrette, mais ce n'est pas le boulot des médias de prendre la place de la police, reprit-elle. Nous sommes censés rendre compte des crimes, et non les élucider.

— Nous tenons là une occasion unique de faire les deux à la fois, répliqua son rédacteur en chef d'un ton sec.

La journaliste croisa les bras sur sa poitrine.

— Dans ce cas, libre à vous de signer la lettre, dit-elle. Pourquoi devrais-je y associer mon nom ?

Forsberg, homme de consensus dans l'âme, se tortilla sur sa chaise en constatant qu'on se dirigeait vers une impasse.

— Parce que c'est vous qu'ils ont choisie, expliqua Mats Duvall. La manœuvre n'aurait pas le même impact si la lettre portait une autre signature.

Elle baissa la tête.

— C'est mal, dit-elle à mi-voix. C'est mal de vouloir leur donner de l'argent après ce qu'ils ont fait.

— Enfin, Dessie ! intervint Gabriella. Il n'est pas question de leur donner quoi que ce soit ! C'est uniquement un moyen de leur tendre un piège.

— Et si je refuse ?

Jacob se dressa, lui saisit l'avant-bras, franchit la porte et l'entraîna dans un coin isolé du service des sports. En jetant un coup d'œil par-dessus son épaule, Dessie constata que son rédacteur en chef affichait un air étonné et que Gabriella faisait la moue.

— Pour l'amour du ciel, lui intima Jacob. Vous ne pouvez pas nous laisser tomber. Jamais nous n'avons été aussi près de les attraper. Le journal ne fait que son devoir en publiant cette lettre. Votre direction sait ce qu'elle fait.

— Mon cul, oui ! s'écria Dessie en se dégageant. Stenwall sait que ça va faire exploser le tirage et ça l'excite d'avoir son nom dans le *Washington Post*. C'est tout ce qui l'intéresse. Ce genre de manœuvre va à l'encontre des principes moraux les plus élémentaires !

Le regard de l'Américain se voila.

— Vous me parlez de principes moraux quand je vous parle de sauver des vies humaines, reprit-il. Si vous acceptez de jouer le jeu, vous pouvez les obliger à sortir du bois, et c'est tout ce qu'on attend.

Ses yeux étincelaient comme jamais.

— Vous vous rendez compte de ce que vont dire mes collègues si je fais ça ? demanda-t-elle.

Il ouvrit de grands yeux incrédules.

— Vous pensez que votre carrière est plus importante que la vie de tous ces jeunes gens ?

Dessie battit plusieurs fois des paupières.

— Non, ce n'est pas ce que j'ai voulu dire…

— C'est *exactement* ce que vous dites. À vous entendre, votre réputation est plus importante que le fait d'attraper les assassins de Kimmy.

Il se passa la main dans les cheveux d'un geste rageur et se détourna, prêt à donner un coup de pied vengeur dans le premier objet qui arriverait à sa portée.

Dessie ne savait plus quoi penser. Et si Jacob avait raison ? L'aspect humain ne devait-il pas prendre le pas sur ses scrupules de journaliste ?

— Que comptez-vous mettre dans cette lettre ? demanda-t-elle enfin. En dehors de l'argent.

Il ferma les yeux quelques instants.

— Il s'agit de leur lancer un défi, répondit-il. Les bousculer dans leurs certitudes, les pousser à faire quelque chose d'irrationnel. Je suis tout disposé à vous aider.

— En quelle langue ? En suédois ou en anglais ?

— Vous pourriez faire les deux ?

— La thèse sur laquelle je travaille est rédigée en anglais.

Ils se regardèrent en silence.

— Je sais que je vais le regretter, marmonna Dessie.

35

Mardi 15 juin

Sylvia arrangea confortablement son oreiller et déplia l'*Aftonposten* en laissant échapper un petit grognement de déception.

— Ce n'est pas du tout ressemblant, dit-elle en regardant le portrait-robot de Mac qui s'étalait en page six. Tu es beaucoup plus beau que ça en vrai.

— Fais-moi voir ? demanda Mac en tentant de lui prendre le quotidien des mains.

— Attends une seconde, protesta Sylvia d'un air agacé en s'agrippant au journal. Laisse-moi d'abord lire ce qu'ils disent.

Contrarié, Mac se rendit dans la salle de bains. La jeune femme en profita pour jeter un regard admiratif à ses fesses alors qu'il pénétrait dans la douche, puis elle repoussa le plateau du petit déjeuner qui encombrait le lit.

La lettre, rédigée en anglais et en suédois, était adressée aux « assassins à la carte postale » sous le titre « Chiche ! ». Sylvia commença par regarder qui avait signé la missive.

— Hé, s'exclama-t-elle en direction de la salle de bains. Notre copine Dessie Larsson nous a écrit une lettre.

Seul le bruit de la douche lui répondit.

Tant pis pour lui, pensa-t-elle.

« Vous m'avez écrit, à mon tour de prendre la plume. Contrairement à vous, je n'hésite pas à apposer ma signature au bas de ce courrier. Loin de me cacher, je suis prête à assumer la responsabilité pleine et entière de mes actes. Avec l'accord de l'*Aftonposten*, j'ai décidé de répondre à votre lettre en… »

Sylvia lut la suite en diagonale. À en croire la journaliste, la police était à leurs trousses et ne tarderait pas à les arrêter, au prétexte qu'ils avaient commis leurs premières erreurs à force de se montrer trop sûrs d'eux. Ils se perdraient d'ailleurs eux-mêmes, et le double meurtre de Dalarö signalait la fin de leurs aventures sanglantes.

Debout sur le seuil de la salle de bains, une serviette autour du cou, Mac l'observait.

— Que dit la lettre ?

— Des conneries, répliqua Sylvia, mais la fin peut nous intéresser. Elle veut nous interviewer.

Mac émit un ricanement.

— Quelle idiote. Pourquoi voudrait-elle qu'on accepte ?

Sylvia lui tendit le journal.

— Ils sont prêts à nous verser cent mille dollars.

Mac ouvrit de grands yeux.

— Pas question, décida-t-il en agrippant l'*Aftonposten* des deux mains avant de se jeter sur le lit défait. Merde, cent mille dollars, c'est quand même pas mal !

Sa compagne s'approcha de la fenêtre. Elle leva les bras au-dessus de la tête et bâilla bruyamment, pleinement consciente que n'importe qui pouvait la voir nue depuis la rue.

Sur le trottoir d'en face se dressait un bâtiment de style national romantique, un genre architectural suédois contemporain de l'Art nouveau. Agrémenté de tours et surmonté d'un toit en cuivre, la façade de la cour de justice de Stockholm était parcourue de fenêtres grillagées qui brillaient dans le soleil du matin.

C'était donc là que la société mettait en scène le repentir de ses délinquants les moins glorieux…

En se hissant sur la pointe des pieds, Sylvia aperçut la silhouette jaune pâle, le clocher et les lourdes balustrades du siège de la police où de misérables enquêteurs sans imagination se trituraient vainement les méninges dans l'espoir de les faire trébucher.

— On pourrait peut-être y réfléchir, reprit Mac. Elle nous promet l'anonymat et jure de ne jamais révéler ses sources. Cet argent ne peut pas nous faire de mal. Il y a même un numéro de téléphone.

La jeune femme caressa des yeux la façade austère de la cour de justice.

— Bonne idée, approuva-t-elle en se retournant. Mais pourquoi s'arrêter à cent mille dollars ?

— Tu crois qu'ils sont prêts à nous donner plus ?

Sylvia lui sourit.

— Tu as encore la carte que t'a donnée le Hollandais ?

Mac lui répondit par un battement de cils.

— Pourquoi ?

Elle se mit à quatre pattes sur le lit et s'approcha de lui. Elle jeta un coup d'œil à la carte, la posa sur la table de nuit, mordilla l'oreille de son amant et se lova amoureusement contre son corps chaud et humide.

36

Le tintement de la vieille sonnette en cuivre était à l'image du lieu; en pénétrant dans la galerie d'Österlånggatan, Dessie retint son souffle.

— Il y a quelqu'un? demanda-t-elle d'une voix méfiante.

Elle éprouvait toujours une impression d'impureté lorsqu'elle se trouvait dans ce lieu dont le sol, les murs et le plafond étaient peints d'un blanc parfait. Même les toilettes réservées à la clientèle et l'escalier conduisant jusqu'aux bureaux étaient immaculés. Il s'agissait de « piéger la lumière » afin de « rendre justice aux tableaux », ainsi qu'on le lui avait expliqué un jour.

— Christian? Tu es là?

Elle avait peur de faire voler en éclats toute cette pureté en parlant trop fort.

— Dessie! résonna une voix derrière elle. Qu'est-ce que tu fais là?

La jeune femme pivota sur elle-même.

Christian, son ex-mari, était vêtu d'un polo noir, d'un pantalon de toile sombre et de mocassins silencieux, comme à son habitude. Une caricature de propriétaire de galerie d'art. Dessie et lui entretenaient des relations pour le moins tendues, et cela depuis le jour où Christian, en rentrant chez lui, avait trouvé sa femme au lit avec Linda, une ancienne copine de fac.

— Désolée de te déranger, s'excusa-t-elle avec un sourire forcé. J'ai besoin de ton aide.

Ils étaient restés mariés quatre ans. En échange de son amour, Christian avait offert à Dessie une existence sociale. Des sorties, des relations.

Il la regarda avec étonnement.

— Très bien. En quoi puis-je t'aider ?

L'idée était insensée. Elle en avait les mains moites.

— C'est un peu compliqué, commença-t-elle. C'est une idée qui m'est venue…

Elle s'arrêta au milieu de la phrase et prit longuement sa respiration. Au point où elle en était, autant ne pas y aller par quatre chemins. Elle ne pourrait jamais tomber plus bas dans l'opinion de Christian.

— C'est au sujet d'une toile. Je voudrais que tu m'aides à identifier un tableau.

Christian écarta les mains d'un air interrogateur.

— Tu as apporté une photo ?

Dessie hésita.

— Pas exactement. C'est un tableau qui représente une femme assise avec un coussin sur les genoux et un homme dont la tête repose sur le coussin.

Son ex-mari afficha une moue dubitative.

Dessie se débarrassa alors de son sac à dos et de son casque de vélo, puis s'assit à même le sol.

— La femme est dans cette position, expliqua-t-elle en s'allongeant, et l'homme est comme cela.

Elle replia une jambe, écarta les doigts d'une main et tendit l'autre bras.

Christian papillonna des yeux.

— À quoi joues-tu, Dessie ?

Cette dernière se plaça en position assise. Elle avait bien pris la précaution d'emporter dans son sac à dos la photo des deux victimes de Dalarö, mais elle avait des scrupules à la montrer à Christian qui avait une sainte horreur du sang. À l'époque où ils étaient mariés, il avait déjà du mal quand elle avait ses règles.

— Je ne sais pas s'il s'agit d'une photo célèbre ou d'un tableau, mais on y voit deux personnes dans la position que je viens de te mimer.

Comme il l'observait d'un air pensif, elle mima à nouveau la scène en tendant le bras droit.

— Le type tient une pelle ou un truc du même genre à la main. Je n'arrive pas à retrouver ce que c'est. Peut-être une pochette de CD.

— Dessie, demanda-t-il d'une voix douce. Pourquoi viens-tu me voir ?

La journaliste sentit le feu lui monter aux joues. Son ex semblait convaincu que cette histoire de tableau était un simple prétexte.

Elle se releva précipitamment, ouvrit la poche de son sac à dos et sortit la photo.

— Tu ferais mieux de t'asseoir, lui recommanda-t-elle.

Il avança d'un pas.

— Dis-moi pourquoi tu es là, insista-t-il avec un sourire plein d'espoir.

Lorsque Dessie lui tendit la reproduction, elle le vit blêmir, les yeux écarquillés, et le rattrapa juste avant qu'il ne perde l'équilibre.

— Seigneur Jésus, balbutia-t-il. Ces gens sont... ils sont encore... ?

— Non, ils ne le sont plus, répliqua-t-elle froidement. Tu as remarqué leur position ? Ça ne te rappelle rien ? Où est-ce que j'ai déjà vu ça ?

— Je t'en prie, l'implora-t-il en fermant les yeux. Range-moi ça.

— Non, insista Dessie. Regarde bien la photo. Surtout le type.

Elle l'aida à s'asseoir par terre. Il respirait difficilement et dut poser quelques instants la tête sur ses genoux repliés.

— Montre-moi, dit-il enfin en prenant la photo avant de la repousser un peu plus tard. *Le Dandy mourant*, ajouta-t-il aussitôt. Un tableau de Nils Dardel datant de 1918 qui se trouve au musée d'Art moderne.

Dessie serra les paupières. La toile apparut alors devant ses yeux fermés, sortie d'un recoin de sa mémoire. Bien sûr !

Elle se pencha et embrassa son ex-mari sur la joue.

— Merci, murmura-t-elle.

37

Jacob avançait le long de Kungholmsgatan avec la curieuse impression d'être un ovni dans le paysage judiciaire du Vieux Continent.

Faute de disposer d'une agence fédérale comparable au FBI, les polices nationales de l'Union européenne ne coopéraient pas de façon régulière, ce qui limitait d'autant leur efficacité.

Il y avait bien Europol et Interpol, mais l'une comme l'autre étaient lentes et limitées dans leurs moyens.

Europol ne disposait pas de l'autorité nécessaire ; ses agents n'avaient pas le droit d'arrêter ou d'interroger le moindre suspect, ni même de mener une enquête digne de ce nom. Quant à Interpol, elle était d'une lourdeur insupportable lorsqu'il s'agissait de transmettre des informations cruciales aux polices de la planète.

Chaque fois qu'une affaire exigeait la coopération de plusieurs services de police, il fallait impérativement mettre sur pied une ECE, une Équipe commune d'enquête, comme l'avait fait la police allemande. Les autorités suédoises attendaient que Berlin leur transmette ses conclusions, mais Jacob avait peu d'espoir.

Les assassins n'avaient laissé aucune trace jusqu'à présent. Ou plutôt, aucune des nombreuses traces relevées à la suite de chaque double meurtre n'avait pu leur être attribuée. Ils opéraient systématiquement dans des résidences hôtelières ou des hôtels de standing moyen, bien tenus en apparence, qui fourmillaient d'empreintes. Rien qu'à Paris, les signatures ADN de vingt individus différents avaient été découvertes sur la literie, sous forme de traces de sperme.

Quant aux empreintes digitales, on n'avait jamais identifié les mêmes dans deux lieux différents.

Les corps des victimes n'avaient livré aucun ADN utilisable, tous ayant été soigneusement nettoyés à l'aide d'un produit bactéricide.

En passant devant Amaranten, un établissement à la modernité cossue situé à deux pas des locaux de la police, Jacob se fit la réflexion qu'il aurait été agréable de pouvoir y louer une chambre, mais il n'en avait pas les moyens.

Les deux victimes de Dalarö étaient les dix-septième et dix-huitième depuis que toute cette folie s'était déclenchée à Florence, le 27 novembre.

Ils finiraient bien par commettre une erreur. Les êtres humains sombrent invariablement dans la routine, un jour ou l'autre. Même les assassins.

Si seulement il avait pu percer le mystère de leurs mises en scène macabres…

Il s'arrêta dans un bureau de tabac pour acheter l'*Aftonposten*. La une du journal était consacrée à la lettre de Dessie aux assassins ; il s'immobilisa pour en lire le texte une nouvelle fois.

Son plan allait fonctionner. Il était convaincu que quelque chose allait se passer. Ils ne pouvaient que réagir, l'appât était trop beau.

Le numéro de téléphone figurant au bas de la lettre était celui d'un standard spécial à la brigade criminelle.

Les enquêteurs allaient devoir faire le tri parmi des centaines de farceurs et de cinglés, mais il n'était pas exclu que les meurtriers décident de téléphoner.

Il replia le journal, le glissa dans sa poche et regarda autour de lui. De jeunes parents avec leurs poussettes, des femmes d'un certain âge en train de faire du jogging en écoutant leur iPod, des adolescentes mâchant du chewing-gum, des couples de touristes bras dessus bras dessous, un plan de la ville à la main… Les prochaines proies des tueurs se trouvaient peut-être parmi ces gens.

Car ils étaient toujours là, Jacob en était certain. Ils étaient tout près, il le sentait.

Requinqué, il se dirigea d'un pas décidé vers le siège de la police.

38

Dessie, essoufflée, attacha son vélo devant l'entrée du musée d'Art moderne, sur l'île de Skeppsholmen. Le soleil se reflétant sur la façade ocre du bâtiment, elle dut plisser les yeux.

C'était la première fois qu'elle venait là depuis son divorce.

Le hall d'entrée, avec ses murs blancs et son éclairage violent, n'était pas sans rappeler la galerie de Christian. Les parois de verre, le bar à expresso, les lampes chromées, rien n'avait changé.

Sa dernière visite remontait à quelques semaines avant leur séparation, à l'occasion d'une réception dans ce même hall.

Elle se revoyait au milieu d'un petit groupe avec une robe fourreau noire, discutant de l'éthique artistique d'un point de vue judiciaire, un cocktail à la main dans un verre tarabiscoté, avec l'envie d'être n'importe où ailleurs.

Elle s'approcha du bureau d'accueil derrière lequel se tenait une femme habillée de noir.

— Excusez-moi. Je voudrais voir un tableau qui s'appelle *Le Dandy mourant*.

— Quatre-vingts couronnes, répliqua la femme.

Elle aurait dû s'en souvenir : les musées n'étaient plus gratuits depuis l'arrivée au pouvoir d'un gouvernement de droite.

Dessie s'acquitta de ses quatre-vingts couronnes et saisit le ticket qu'on lui tendait.

— Le tableau se trouve à cet étage, lui précisa l'employée. Vous prenez le couloir de gauche jusqu'au bout, vous tournez à droite, c'est la première salle sur votre gauche.

Dessie avait oublié la raison officielle de cette fameuse réception. Un anniversaire, peut-être, ou alors une exposition. Elle préféra ne plus y penser et suivit les indications de la femme en noir.

Le musée était quasiment désert. Des voix lui parvenaient des entrailles du bâtiment, mais elle ne voyait personne.

Elle trouva enfin la salle qu'elle cherchait et reconnut aussitôt le tableau.

Le Dandy mourant, huile sur toile, 1918, un mètre cinquante sur deux, Nils Dardel. Le peintre suédois le plus célèbre de son siècle.

Elle s'arrêta au pied de la toile, curieusement émue.

C'était une œuvre impressionnante de mouvement, vibrante de couleurs. Un personnage efféminé poussant son dernier soupir sur un coussin, un miroir à la main. Plusieurs amis sont réunis autour de lui, manifestement affectés par son sort. Tous affichent des mines compassées, mais seul l'homme en veste violette et chemise orange, en haut à gauche, est en larmes. La femme qui tient le mourant sur ses genoux a presque un sourire amusé aux lèvres.

Le doute n'était plus permis, le tableau avait servi de modèle au double meurtre de Dalarö. Les assassins connaissaient l'œuvre. Ils étaient peut-être même venus ici. Ils s'étaient tenus au même endroit qu'elle, en se posant les mêmes questions : s'agissait-il d'une allégorie sur la créativité ? Dardel avait-il voulu donner une représentation cryptée de l'homosexualité ?

Une idée lui traversa l'esprit. Retenant son souffle, elle parcourut des yeux le plafond de la salle. Son cœur fit un bond dans sa poitrine lorsqu'elle aperçut là-bas, au-dessus de la porte, une caméra de surveillance. Quelque part dans le bâtiment, le moindre de ses mouvements était enregistré.

Dessie sortit vivement son portable et composa le numéro de Gabriella.

39

— Vous êtes en train de me dire qu'ils reproduisent des tableaux ? s'enquit Jacob sur un ton dubitatif.

Dessie tenait d'une main une reproduction en couleurs de l'œuvre de Dardel, de l'autre la photo du meurtre de Dalarö.

Son intuition était la bonne.

Les cartes postales et les photos de Jacob étaient toutes étalées sur le bureau de Gabriella, à côté de reproductions de tableaux trouvées sur Internet. L'inspectrice, les yeux brillants, les examinait les unes après les autres.

— C'est fou, murmura-t-elle en prenant la photo des deux Allemands assassinés.

— Qu'est-ce qui est fou ? lui demanda Jacob. De quoi parlez-vous ?

La crinière en bataille, on aurait dit qu'il avait passé la matinée à s'arracher les cheveux.

— Ils disposent les corps de façon à reproduire des œuvres célèbres, lui expliqua Dessie en s'emparant de la photo prise à Paris.

Emily et Clive Spencer, assis sur le lit l'un à côté de l'autre, avaient tous les deux les mains croisées sur le ventre.

— Maintenant, regardez la Joconde, poursuivit Dessie en plaçant à côté une reproduction du tableau de Léonard de Vinci.

Jacob lui arracha les documents des mains en les chiffonnant à moitié.

La Joconde au sourire énigmatique était en effet dans la même position que les deux cadavres.

— Putain, murmura-t-il. Vous avez raison. Ils imitent des tableaux.

— Observez Karen et Billy Cowley, continua Dessie en désignant la photo des victimes de Berlin. De profil, leur œil mutilé soigneusement caché à l'objectif. Et voici le buste de Néfertiti, que l'on trouve à l'Altes Museum de Berlin. La statue la plus célèbre de l'Égypte ancienne.

Gabriella se pencha afin de mieux regarder la reproduction du buste, les pommettes en feu. Dessie lui adressa un regard en coin.

Elles avaient visité ce musée de Berlin lors de leur premier voyage ensemble.

Jacob prit la photo de la statue et l'étudia longuement.

— D'accord, mais pourquoi leur avoir crevé l'œil? demanda-t-il.

— Parce que le buste de Néfertiti a perdu l'œil gauche, lui répondit Gabriella.

40

Dessie s'intéressait assez peu à la peinture, ce qui ne l'empêchait pas de posséder des bases solides en histoire de l'art, un reliquat de l'époque où elle vivait avec Christian et n'entendait pas passer pour une petite paysanne du Norrland lors des vernissages auxquels son mari l'entraînait. Ce manque d'affinité avec la peinture était avant tout la marque de son incapacité à ressentir la moindre émotion face à un tableau.

Gabriella, aux antipodes de Dessie, s'était toujours très bien entendue avec Christian. Mieux que son ex-femme ne s'était jamais entendue avec lui.

— Les meurtres d'Amsterdam, continua la jeune femme en prenant la photo du tableau suivant. Vincent Van Gogh, ça vous dit quelque chose ?

Jacob posa sur elle un regard amusé.

— Les Américains ne sont pas tous des barbares, professa-t-il.

— Il s'agit de l'un de ses autoportraits. Il se trouve normalement à Londres, mais il a été prêté au musée Van Gogh d'Amsterdam au printemps dernier. En réalité, Van Gogh s'est coupé l'oreille gauche, mais les assassins ne devaient pas le savoir puisqu'ils ont coupé…

— ... l'oreille droite de leurs victimes, enchaîna mécaniquement Jacob. Putain de merde.

Brisant un lourd silence, Jacob se mit à tambouriner des doigts sur la table, comme chaque fois qu'il était plongé dans ses pensées.

Gabriella en profita pour comparer les photos des autres meurtres aux œuvres récupérées sur Internet.

— À Florence, c'est *La Naissance de Vénus* de Botticelli ?

— À la galerie des Offices, acquiesça Dessie.

— Et Salzbourg ? Tu n'as pas retrouvé l'œuvre correspondante ?

— Non, je ne sais pas ce que c'est. Même chose pour Athènes. À Madrid, il me semble qu'il s'agit de *La Maja nue* de Goya, qui se trouve au musée du Prado. Votre avis, Jacob ?

L'Américain, pâle comme un linge, ne l'écoutait plus, le regard perdu au milieu des arbres du parc Kronoberg.

— Et Kimmy ? demanda-t-il. Quelle œuvre ont-ils voulu reproduire ?

Dessie, mal à l'aise, fouilla parmi les reproductions et tendit une photo au policier d'une main moite.

— Le plafond de la chapelle Sixtine, répondit-elle d'une voix à peine audible. *La Création d'Adam*, de Michel-Ange...

Imprimée sur une grande feuille, la fresque montrait Dieu allongé au milieu d'une armée de chérubins dans ce qui ressemblait à un cerveau humain, tendant la main en direction d'Adam. Une autre photo révélait le détail des deux doigts se touchant presque.

Jacob posa sur Dessie deux yeux d'un bleu vif dans lesquels brillait un chagrin indicible.

Elle lui mit instinctivement la main sur le bras.

— Maintenant qu'on sait ce qu'ils font, reste à comprendre ce qu'ils cherchent à nous dire, intervint Gabriella. S'il s'agit de nous expliquer qu'ils sont complètement cinglés, on le savait déjà.

Elle s'était exprimée d'une voix pincée, sur un ton péremptoire. Dessie la regarda d'un air étonné et retira aussitôt sa main du bras de Jacob.

— Ils nous disent bien autre chose, poursuivit l'inspecteur, redevenu brusquement lui-même. C'est une façon pour eux de nous défier et d'afficher leur mépris. Ils étalent leur supériorité en prouvant qu'ils possèdent le pouvoir de vie et de mort, que le meurtre est leur manière de faire de l'art.

L'interphone placé sur le bureau de Gabriella grésilla.

— La vidéo du musée d'Art moderne se trouve à l'accueil de la Bergsgatan, annonça une voix.

Jacob se leva précipitamment.

— Demandez les bandes vidéo des musées des autres villes, dit-il.

Gabriella sursauta.

— Vous vous rendez compte de ce que vous me réclamez? Ça représente des centaines d'heures. Sans compter qu'elles ont pu être détruites, après tout ce temps.

Mais elle parlait dans le vide, car Jacob avait déjà quitté la pièce.

41

Les vidéos des caméras de sécurité du musée d'Art moderne étaient d'assez bonne qualité. En dépit d'un certain grain et de couleurs ternes, on voyait parfaitement le ballet muet des visiteurs sous les éclairages violents de la salle où était exposée l'œuvre de Dardel.

Barricadés dans une petite salle de projection au cœur des sous-sols du quartier général de la police, Jacob et Gabriella avaient devant eux une pile de disques durs dépourvus de dates et de numéros.

— Par lequel commence-t-on? demanda la jeune femme d'une voix résignée, face à l'ampleur de la tâche qui les attendait.

Jacob parcourut machinalement la pile en réfléchissant à voix haute.

— Les meurtres ont eu lieu samedi après-midi, mais ils ont forcément visité le musée auparavant.

— Pas sûr, répliqua Gabriella.

— Sûrement pas samedi matin, poursuivit Jacob en refusant de se laisser entraîner sur le terrain du pessimisme. J'imagine qu'ils avaient autre chose à faire.

— Ah bon? s'étonna Gabriella.

Il la regarda d'un air désolé.

— Il a bien fallu qu'ils achètent du champagne et de quoi fumer des joints.

Le temps de se partager les disques durs au hasard et ils entamèrent le visionnage des images.

Sur l'écran de Jacob s'affichèrent un jour et une heure : vendredi, 9 h 26. Un groupe d'enfants déambulait devant les œuvres. Lorsqu'il appuya sur la touche d'avance rapide, les gamins s'éparpillèrent dans tous les coins, comme dans un vieux film muet.

— Que pensez-vous de Dessie ? interrogea soudain Gabriella, les yeux rivés sur son propre écran.

Jacob la regarda, surpris.

Elle aussi visionnait les images en accéléré. L'écran indiquait la date de jeudi, à 14 h 23.

— Je la trouve plutôt intelligente, pour une journaliste. Pourquoi ?

La séquence qu'elle vérifiait s'acheva et elle prit un autre disque dur sur la pile. Le vendredi à 15 heures débutait par trois vieilles femmes, manifestement plus intéressées par leurs discussions que par les œuvres qui les entouraient.

Gabriella ralentit le lecteur et s'intéressa à un groupe de touristes japonais qui se prenaient en photo devant la toile de Dardel.

— C'est quelqu'un de très intègre, et elle l'exprime en se cachant derrière une carapace de dureté qui ne lui ressemble pas vraiment. Je me demande si on n'a pas eu tort de l'obliger à écrire cette lettre ouverte.

Gabriella se tut. Les touristes japonais étant passés à la salle suivante, elle appuya sur la touche d'avance rapide.

— Regardez, l'interrompit Jacob.

L'affichage indiquait 15 h 27. Un jeune couple pénétrait dans la pièce et se plantait devant *Le Dandy mourant*, de dos. La femme avait des cheveux longs, probablement brun foncé, même s'il était difficile d'en déterminer la couleur exacte en raison de la mauvaise qualité de l'enregistrement. Son compagnon était grand et bien fait. Il passa un bras autour des épaules de la jeune femme et celle-ci lui caressa le dos avant de glisser la main dans la ceinture de son jean. Ils s'approchèrent de la toile qu'ils examinèrent longuement.

— Vous croyez que... ? demanda Gabriella.

Jacob ne répondit rien.

Debout face au tableau, les deux visiteurs échangeaient de temps en temps leurs impressions. À aucun moment ils ne manifestèrent le plus petit intérêt pour les autres œuvres exposées dans la salle. Impatient de visionner la suite, Jacob dut faire un effort pour ne pas accélérer la vidéo, au risque de voir un détail lui échapper.

Le jeune couple resta là, enlacé, pendant près d'un quart d'heure.

Soudain, il fit demi-tour et se dirigea vers la sortie. La femme avait la tête baissée, mais au moment de passer dans la salle voisine, son compagnon rejeta ses cheveux en arrière. La caméra dévoila alors ses traits avec une précision photographique.

Gabriella sursauta.

— C'est lui ! s'écria-t-elle. Le type du portrait-robot.

Jacob fit un arrêt sur image.

— Je te tiens enfin, espèce d'ordure, prononça-t-il d'une voix rauque.

42

Dessie étala l'ensemble des éléments dont elle disposait sur le bureau de Gabriella. Elle avait été frappée par le fait que les assassins détroussaient leurs victimes, n'emportant que des objets faciles à écouler sur le marché noir : bijoux, appareils photo, iPods, téléphones portables…

Elle se carra sur sa chaise en mâchonnant son stylo à bille.

En faisant abstraction des meurtres et de ces horribles tableaux reconstitués, que pouvait-on dire des assassins ?

Qu'il s'agissait de voleurs ordinaires.

Dessie était bien placée pour savoir que les petits délinquants ont aussi leurs habitudes.

Les cambrioleurs, par exemple, commencent presque toujours par la chambre à coucher, car c'est là que se trouvent généralement liquide et bijoux. Ils s'intéressent ensuite au bureau, où sont rangés ordinateurs portables et caméscopes, avant de passer au salon pour y rafler la télévision et la chaîne stéréo.

L'étape suivante consiste à se débarrasser des objets volés, et c'est à ce stade que l'opération se pimente.

La plupart des cambrioleurs font appel à des receleurs qui achètent la marchandise à une fraction de sa valeur. C'est le prix à payer, et tous les cambrioleurs dignes de ce nom possèdent un réseau fiable.

Que faire en l'absence d'un tel réseau ?

Comment les meurtriers s'y prenaient-ils pour écouler la marchandise volée à leurs victimes ?

Le fait de changer constamment de ville leur ôtait toute possibilité d'avoir recours à un receleur ou de faire appel à des connaissances, et vendre leur butin à des inconnus était trop risqué. Restaient les prêteurs sur gages.

Dessie composa le numéro du standard et demanda à parler à Mats Duvall.

— Dessie Larsson à l'appareil. Désolée de vous déranger, mais j'ai une petite question à vous poser : avez-vous pensé à faire le tour des prêteurs sur gages ?

— Les prêteurs sur gages ? Pour quelle raison ? On ne sait même pas ce qui a été dérobé aux victimes, répondit-il avant de raccrocher.

Le combiné à la main, Dessie semblait perdue dans ses pensées.

Duvall se trompait. On savait très bien ce qui avait été volé.

Gabriella avait même noté la marque et le modèle de la montre sur son carnet : une Omega Double Eagle acier-or dans un boîtier de nacre.

Les prêteurs sur gages de la ville n'avaient pas dû en acheter beaucoup depuis samedi après-midi, surtout à l'état neuf.

La journaliste réveilla l'ordinateur de Gabriella, tapa les mots « prêteurs sur gages Stockholm » sur un annuaire en ligne et obtint un total de dix-huit réponses.

Elle saisit le téléphone et composa le premier numéro.

— Bonjour, je m'appelle Dessie Larsson. C'est un peu délicat, mais je suis passée samedi avec mon petit copain et j'ai mis au clou ma montre Omega toute neuve, une bague en émeraude et deux ou trois autres babioles. En fait, on avait un peu forcé sur la bière, mon copain a perdu le ticket et j'ai oublié l'adresse du magasin. C'était une Omega Double Eagle avec une boîte en nacre.

La nature humaine aidant, il y avait fort à parier qu'elle enregistrerait une réaction si elle tombait sur le bon interlocuteur.

— Désolé, ce n'est pas moi.
— Je vous remercie.

Dessie raccrocha et composa le numéro suivant.

43

Olga s'était vue contrainte de démissionner de son poste au rayon bijouterie. Elle en était la première désolée, elle se plaisait beaucoup chez NK, mais son mari avait été victime d'une attaque et il lui fallait rentrer chez elle de toute urgence afin de s'occuper de lui.

La direction du grand magasin, très compréhensive, lui avait versé l'intégralité de ce qu'elle lui devait pour le mois en cours, ainsi que ses congés payés, et elle était repartie pour Riga la veille.

Jacob frappa du poing le comptoir vitré, faisant trembler les bagues dans leur écrin.

— Bordel de merde ! grinça-t-il.

Les clients qui se trouvaient là s'écartèrent avec horreur.

Il s'était présenté quelques minutes plus tôt armé de la photo du meurtrier de Kimmy, et la seule personne capable de l'identifier s'était évanouie dans la nature.

— Vous a-t-elle laissé une adresse à Riga ? s'enquit Gabriella en lançant un regard assassin à son collègue américain.

La responsable du rayon bijouterie prit le temps d'aller vérifier dans son bureau, mais Jacob s'éloigna sans attendre son retour. L'adresse serait fausse, bien évidemment. Il n'y avait pas de mari, et encore moins d'attaque.

Il tenta de se calmer en respirant l'air du dehors en attendant que Gabriella le rejoigne. Les nerfs à fleur de peau, il se frotta les yeux avec les paumes de ses mains. La foule des piétons passait à côté de lui, indifférente. Les gens discutaient et riaient, quelqu'un jouait de l'harmonica un peu plus loin.

C'était pourtant bien lui. Le type blond de l'enregistrement vidéo du musée. Jacob en avait la conviction.

Il savait maintenant à quoi ressemblait l'assassin de Kimmy.

Gabriella sortit du magasin en trombe, son portable à la main.

— Je viens d'avoir un appel de Duvall, expliqua-t-elle à Jacob. Dessie a retrouvé la montre Omega.

Il ouvrit de grands yeux.

— Hein? Où ça?

— Dans le magasin d'un prêteur sur gages de Kungsholmstorg, une petite place à quelques rues du siège de la police.

— Ils ne manquent pas d'air, gronda Jacob en se précipitant vers le véhicule qu'ils avaient emprunté, une Saab qui avait connu des jours meilleurs.

Gabriella la déverrouilla à l'aide de la télécommande, grimpa au volant, colla un gyrophare sur le toit et mit la sirène en route en se faufilant au milieu de la circulation, dense à cette heure de l'après-midi.

La boutique, située sur un carrefour animé, avait l'allure triste et sale caractéristique de la plupart de ces commerces.

Gabriella rangea la Saab devant la vitrine, sur un passage clouté.

Un appareil photo numérique, un écrin contenant une émeraude et quelques bijoux, et une Omega acier-or dans sa boîte en nacre étaient posés sur le comptoir.

Mats Duvall, l'élégance même avec son blazer et ses mocassins, était penché au-dessus de l'ordinateur du propriétaire de la boutique. Dessie et deux inspecteurs l'accompagnaient.

— Il a été filmé par la caméra de surveillance? demanda Jacob, essoufflé.

— Espérons-le, répliqua le commissaire.

— Quelle identité a-t-il donnée?

Sans quitter l'écran des yeux, Mats Duvall lui tendit le livre de police du marchand.

Les articles alignés sur le comptoir avaient été déposés par un Américain qui avait fourni un permis de conduire de l'État du Nouveau-Mexique en guise de pièce d'identité. Il était au nom de Jack Bauer et l'homme avait reçu un total de seize mille quatre cent trente couronnes pour l'ensemble de la marchandise.

— C'est une plaisanterie? s'énerva Jacob. Comment peut-on prétendre s'appeler Jack Bauer[1]?

— Le voici, répondit Duvall en tournant l'écran en direction de l'Américain.

Ce dernier découvrit un personnage élancé aux cheveux bruns, portant un grand manteau et des lunettes noires, en train de signer le livre de police du magasin. Rien à voir avec un blond ressemblant à Brad Pitt.

Jacob aurait dû s'en douter.

— Je suppose que vous l'aurez reconnu, insista Duvall.

---

1. Jack Bauer est le nom du héros de la série *24 Heures chrono*. *(N.d.T.)*

L'inspecteur hocha sèchement la tête.
Il s'agissait du personnage filmé à plusieurs reprises dans les principales capitales européennes en train de retirer de l'argent avec les cartes volées aux victimes.

44

Le commissaire fit immédiatement saisir l'enregistrement vidéo et demanda à ce qu'il soit porté à la brigade criminelle avec l'ensemble des marchandises volées, puis il s'enferma avec Jacob, Dessie, Gabriella et les deux autres inspecteurs dans le bureau du prêteur sur gages.

— Le standard mis en place pour l'opération a recueilli près de huit cents appels, expliqua-t-il à son auditoire. C'est davantage que ce que nous pensions, mais aucun n'a été émis par les assassins jusqu'à présent.

Dessie n'écoutait Duvall que d'une oreille. Elle se sentait fatiguée et vidée. La recherche de la montre lui avait fait oublier temporairement l'appel lancé aux assassins, mais le sentiment de malaise qui l'étreignait depuis la parution de la lettre était de retour.

— Nous allons bien évidemment continuer à enregistrer les appels pendant quelques jours, poursuivit Duvall en consultant sa montre, mais je ne vois pas ce que nous pourrions faire de plus aujourd'hui. Des remarques ?

Dessie observa ses compagnons et arrêta son regard sur Jacob Kanon. Tous les visages étaient défaits, tous étaient silencieux.

— Très bien, conclut le commissaire. Je vous propose de nous retrouver demain matin dès 8 heures.

Sur ces mots, il quitta la pièce sans se retourner. Les deux inspecteurs lui emboîtèrent le pas et Dessie se retrouva seule dans le bureau en compagnie de Jacob et Gabriella. Sur une étagère il y avait un exemplaire de l'*Aftonposten* du jour qu'elle retourna afin de ne plus voir le mot qui barrait la une en caractères énormes : « Chiche ! »

— Il faut bien reconnaître que l'idée de la lettre n'était pas maligne, affirma Gabriella qui avait remarqué son manège.

Dessie remit son sac à dos en soupirant.

— À demain, dit-elle d'un ton brusque en se dirigeant vers la porte du magasin, son casque de vélo à la main.

— Je suis en voiture, l'appela Gabriella. Je peux te déposer, si tu veux.

— Non merci, répliqua Dessie sans s'arrêter.

— Je vous accompagne, intervint Jacob en la rattrapant, aussitôt suivi par Gabriella.

— Il suffit de mettre ton vélo dans le coffre, insista cette dernière.

Dessie se retourna.

— C'est bon, ça ira, répondit-elle. Merci quand même.

L'instant d'après, elle retrouvait la rue.

La journée touchait à sa fin. Le soleil était bas dans le ciel et l'air s'était rafraîchi.

— Comme tu veux, bougonna Gabriella en montant précipitamment dans la Saab avant de démarrer sur les chapeaux de roue.

Dessie eut un pincement au cœur en voyant s'éloigner la voiture.

— C'est vous qui l'avez quittée ? lui demanda Jacob.

Elle soupira.

— Vous avez faim ? continua l'Américain.

Le temps d'y réfléchir et elle hocha la tête.

45

Ils s'accordèrent sur un petit restaurant italien proposant pâtes et pizzas. Jacob demanda d'office un vin rouge de Toscane et remplit leurs verres.

Dessie trempa les lèvres dans le sien, se cala contre le dossier de sa chaise et ferma les yeux.

La lettre n'avait rien donné. La réflexion de Gabriella tout à l'heure était maladroite, mais elle avait sans doute raison. Dessie avait-elle eu tort d'accepter de l'écrire ?

— Vous avez fait le bon choix, affirma Jacob en lisant dans ses pensées. La lettre aura au moins servi à les bousculer dans leurs certitudes. Ils finiront par commettre une erreur. À la vôtre.

Jacob commanda du jambon de Parme et des spaghettis bolognaise tandis que Dessie choisissait une salade *caprese* et des cannellonis.

— Si je comprends bien, c'est vous qui avez retrouvé la montre, reprit l'Américain. Bien vu.

Dessie se sentit gênée.

— Ce ne sont pas uniquement des assassins, se justifia-t-elle. Ce sont aussi de vulgaires voleurs.

— Comment se fait-il que vous vous intéressiez tant à la petite délinquance ? demanda Jacob en remplissant à nouveau son verre.

Dessie lui répondit par un petit rire.

— Je suis de nature paresseuse, expliqua-t-elle. Je tiens le sujet de ma thèse depuis que je suis toute petite.

Il haussa les sourcils d'un air interrogateur. Ses traits étaient incroyablement expressifs. Son visage pouvait virer au noir lorsqu'il était en colère, s'illuminer quand il était heureux, ou encore se transformer en point d'interrogation, comme c'était le cas à cet instant précis.

— J'ai été élevée par une mère qui avait cinq frères. Elle a passé sa vie comme assistante à domicile, mais mes oncles étaient tous des bons à rien et des crapules. Sans exception.

Elle coula un regard dans sa direction afin d'observer sa réaction.

— Assistante à domicile ?

— Elle aidait les vieux et les malades. Aucun de mes oncles ne s'est jamais marié, ce qui ne les a pas empêchés d'avoir des tripotées de gosses avec des femmes différentes. J'ai toujours été entourée de cousins.

Jacob entama un petit pain.

— Comment s'appelle la ville où vous avez grandi ?

Jacob ouvrit des yeux étonnés en la voyant éclater de rire.

— Qu'est-ce que j'ai dit ? s'enquit-il.

— Je ne suis pas une fille de la ville. J'ai été élevée dans une ferme de la forêt d'Ådalen. Ça se trouve dans le Norrland, un coin où on faisait encore appel à l'armée dans les années 1930 pour tirer sur les ouvriers.

L'Américain la regarda froidement.

— Ils devaient avoir leurs raisons, se contenta-t-il de dire.

Dessie s'étouffa avec un morceau de mozzarella.

— Je vous demande pardon ?

— L'armée ne tire pas sur les gens sans motif valable, assura Jacob en avalant une gorgée de vin.

Dessie n'en croyait pas ses oreilles.

— Vous êtes en train de défendre les crimes d'État, c'est ça ? Vous passez votre vie à arrêter des gens qui décident de se faire justice eux-mêmes en tuant les autres, et vous me dites que le capitaine Masterton avait *raison* ?

Jacob la regarda d'un air buté tout en mâchant un morceau de pain.

— OK, dit-il. Changeons de sujet.

Dessie reposa ses couverts.

— Vous trouvez normal de tirer sur des gens qui manifestent parce qu'on vient de diminuer leur salaire ?

Jacob se défendit en levant les mains.

— Je ne savais pas que j'avais affaire à une communiste.

— Et moi, je ne savais pas que j'avais affaire à un fasciste, rétorqua la jeune femme en reprenant son couteau et sa fourchette.

46

Elle ne savait pas quoi penser de Jacob Kanon.

Elle n'avait jamais rencontré de type comme lui, à la fois démonstratif et fermé à double tour, maladroit, pataud et rustre. Elle n'aurait pas été plus choquée s'il s'était mouché dans sa serviette avant de la remiser sous son assiette.

— Parlez-moi de vos oncles, reprit-il.

Dessie repoussa son assiette de cannellonis.

— Les deux premiers étaient alcooliques et ont fini par en mourir. Quant à mon oncle Ruben, il a été battu à mort à la sortie de l'église de Piteå la veille du 1er mai, il y a trois ans. Il sortait tout juste de prison, après avoir passé plusieurs années à Persön, près de Luleå.

Jacob afficha une mine amusée.

— Vos oncles ont passé beaucoup de temps en prison ?

— Par intermittence. Ils n'ont réussi qu'un seul gros coup de toute leur pauvre carrière : l'attaque d'un fourgon blindé contenant beaucoup plus d'argent qu'ils ne le croyaient.

Le serveur les interrompit afin de leur proposer des desserts que tous deux déclinèrent.

— Ils ont été condamnés, pour l'attaque de ce fourgon ?

— Bien sûr, répondit Dessie en prenant l'addition d'office. Mais une partie de l'argent n'a jamais été retrouvée.

— C'est moi qui vous invite, l'interrompit Jacob.

— Arrêtez un peu votre cirque macho, dit-elle en sortant sa carte American Express. En Suède, ça fait quarante ans que les mecs ne paient plus quand ils sortent avec une fille.

L'Américain vida la bouteille dans les verres en souriant.

— Parce qu'on sort ensemble ? demanda-t-il, le regard pétillant.

Dessie fit une tête étonnée.

— Bien sûr que non.

— C'est pourtant ce que vous venez de dire.

Elle fut parcourue d'un frisson.

— Simple figure de style. Nous ne sortons pas ensemble et ça ne risque pas d'arriver. Allez, on y va.

Dehors les attendait une nuit qui n'en était pas tout à fait une.

— Où dormez-vous ? s'enquit Dessie alors qu'ils reprenaient le chemin du QG de la police sur Polhemsgatan.

— J'ai une chambre au Långholmen. Une auberge de jeunesse sinistre.

— C'est une ancienne prison, remarqua Dessie.

— Merci, je suis au courant.

Elle monta sur son vélo et commença à pédaler lentement à côté de son compagnon dans la nuit lumineuse. Les écharpes de brume qui flottaient au-dessus des eaux de Riddarfjärden étouffaient les bruits de la ville : la rumeur de la circulation, les cris de ceux qui avaient trop bu, la musique qui sortait des maisons par les fenêtres ouvertes. Elle l'accompagna jusqu'au pied de son immeuble, leva alors la tête et découvrit sa silhouette sur fond de clair de lune.

— À demain, dit-il en lui faisant au revoir de la main avant de disparaître en direction de Götgatan.

47

Mercredi 16 juin

La lettre parvint au journal dans le courrier du matin.

Dessie reconnut instantanément l'enveloppe et l'écriture. Cette fois, aucune carte postale n'était venue l'annoncer.

Elle l'ouvrit d'une main tremblante après avoir enfilé des gants, en présence des spécialistes de la police scientifique.

L'enveloppe contenait un Polaroid, comme la fois précédente.

— Je m'en charge, lui dit l'un des policiers en lui prenant la photo des mains.

Mais elle avait eu le temps de voir les corps et le sang.

Elle retourna dans son box et s'affala dans son fauteuil, l'estomac noué, les membres endoloris.

La lettre publiée la veille à la une du journal avait donc porté ses fruits.

Les assassins s'étaient laissé entraîner. Ils avaient commis un nouveau double meurtre à Stockholm au lieu de changer de cadre.

Oppressée, Dessie avait du mal à respirer. Deux autres innocents étaient morts à cause d'elle. Comment parviendrait-elle à s'en remettre ?

Forsberg, son chef de service, les yeux rouges de n'avoir pas assez dormi, s'installa à côté d'elle.

— Tu ne te sens pas bien ? demanda-t-il.

Elle le regarda sans répondre.

— Tu devrais peut-être prendre ta journée. Rentrer te détendre.

Elle posa sur lui des yeux éberlués. *Prendre ma journée ? Me reposer ?*

Il tambourina des doigts sur le bureau, puis se leva et retourna dans son coin.

Dessie n'avait pas bougé lorsque Mats Duvall, Gabriella et Jacob Kanon se présentèrent au journal.

— Qu'est-ce que j'ai fait ? gémit-elle en dévisageant Jacob. C'est à cause de moi.

Il eut un regard étrangement hautain.

— Vous n'avez pas l'impression de vous donner un peu trop d'importance ?

Elle se leva précipitamment pour rejoindre les toilettes, mais Jacob l'agrippa par le poignet.

— Arrêtez, lui lança-t-il d'une voix hargneuse. Je sais que ça vous a fichu un coup, mais ce n'est pas de votre faute. Vous feriez mieux de nous aider au lieu de vous apitoyer sur votre sort.

— Allons dans la salle de réunion, suggéra Duvall en ouvrant le chemin.

Il portait un costume gris clair au tissu brillant, avec une chemise bleu ciel.

Gabriella suivit son chef en adressant un regard mauvais à Jacob et Dessie. Cette dernière, s'apercevant brusquement que l'Américain lui tenait toujours le poignet, se dégagea et emboîta le pas aux policiers.

Mats Duvall manifesta son étonnement en la voyant prendre place au milieu des enquêteurs.

— L'enquête est confidentielle, fit-il remarquer.

— Ce sont peut-être les assassins qui m'ont entraînée dans ce cauchemar, mais vous vous êtes chargé de m'y maintenir, rétorqua Dessie. Alors je reste ici, que ça vous plaise ou non.

Le commissaire fronçait déjà les sourcils, mais Jacob écarta les bras.

— En quoi sa présence pose-t-elle un problème ? Elle nous a été très utile jusqu'ici, non ?

Duvall se raidit.

— Vous pouvez rester en qualité d'observatrice, mais interdiction d'écrire quoi que ce soit sur ce qui se dira ici. Nous sommes d'accord ?

— Si je comprends bien, je dois écrire uniquement quand ça vous arrange, répliqua Dessie d'une voix cinglante.

Le commissaire préféra ne pas insister. Sans attendre, l'un des inspecteurs fit circuler des photocopies couleurs de la photo reçue le matin même.

— Nous sommes donc en présence d'un nouveau double meurtre, même si les corps n'ont pas encore été retrouvés, commença Duvall. Dites-moi si vous reconnaissez l'endroit où a été prise la photo.

48

Dessie prit sa respiration avant d'examiner le cliché devant elle.

Un jeune homme entièrement nu reposait à plat ventre sur un canapé Chesterfield, les bras levés au-dessus de la tête. Une jeune femme était assise sur la partie gauche du canapé les mains sagement placées sur les genoux. On l'avait affublée d'oreilles de Mickey.

— Millesgården, commenta Gabriella.

Mats Duvall se tourna vers elle.

— Vous reconnaissez l'endroit ?

Elle secoua la tête.

— Non, je voulais parler de l'œuvre que les assassins ont tenté de représenter. L'homme figure le personnage qui s'envole dans les jardins. Quant à la femme, je pencherais pour la *Fille Lapin*, une statue qui fait partie de l'exposition actuellement présentée dans le parc.

— Filez tout de suite au Millesgården, ordonna le commissaire à l'un de ses inspecteurs qui s'éclipsa aussitôt. À votre avis, que signifie cette utilisation systématique d'œuvres d'art ?

— On n'en sait rien pour l'instant, répondit Gabriella.

Dessie plissa les yeux afin d'observer la photo de plus près. Soit elle était en train de devenir myope, soit la photo était floue.

— Je ne sais pas..., commença-t-elle d'une voix hésitante. Peut-être que...

— Quoi ? la pressa Jacob.

Elle montra du doigt une ombre près de la tête de l'homme.

— Ici. On dirait une balustrade ou une rambarde. Suffisamment en hauteur pour se situer sur le toit d'un grand bâtiment.

— Et alors ?

— Il n'y a pas beaucoup de balustrades de ce genre à Stockholm. Ce n'est donc pas un bâtiment ordinaire.

— Mais encore ?

Elle jouait machinalement avec son stylo, n'osant pas aller plus loin.

— Je peux me tromper...

— Putain ! s'exclama Jacob. Vous allez accoucher, oui ou non ?

Dessie laissa échapper son stylo de saisissement.

— On dirait le Palais royal, se décida-t-elle enfin.

Jacob battit des paupières.

— Le Palais royal ? Vous voulez dire que les assassins dorment chez le roi ?

Dessie secoua la tête en signe de négation.

— Si le Palais royal dessine une ombre, ça signifie que la scène de crime se trouve juste en face.

Mats Duvall se leva brusquement.

— Le Grand Hôtel ! s'écria-t-il en sortant précipitamment de la pièce.

49

Le Grand Hôtel, un luxueux établissement de sept étages situé près du port sur Södra Blasieholmshamnen, possédait un total de trois cent soixante et onze chambres, dont la moitié donnaient sur l'eau et le Palais royal.

La directrice de l'hôtel les accueillit avec calme, mais sans enthousiasme.

— Nous sommes très heureux de coopérer avec vous, naturellement, mais nous vous demanderons d'opérer avec la plus grande discrétion.

Mats Duvall réquisitionna aussitôt les inspecteurs dont il disposait pour procéder à une fouille en règle.

Gabriella et Jacob, préférant entamer les recherches avant l'arrivée des renforts, commencèrent par les chambres du premier étage, accompagnés par un employé équipé d'un ordinateur portable sur lequel figurait la liste des clients. Jacob toquait à chaque porte, allant à la suivante dès qu'il obtenait une réponse. Il était peu probable que les assassins attendent tranquillement d'être découverts près de leurs victimes.

En l'absence de réponse, c'est-à-dire le plus souvent, Gabriella ouvrait la porte à l'aide d'un passe. À ses côtés, Jacob retenait son souffle.

Les recherches au premier n'ayant rien donné, ils arrivèrent au deuxième étage.

— À quoi ressemblaient les hôtels précédents ? demanda Gabriella, légèrement essoufflée, peinant à suivre son compagnon. Il s'agissait toujours de palaces ?

Jacob frappa à la première porte au bout du couloir et fut accueilli par un « oui ? » agacé.

— Désolé, je me suis trompé de chambre, s'excusa-t-il avant de passer à la chambre suivante.

Cette fois, pas de réponse.

— Non, répondit-il enfin. Jamais dans un hôtel de cette catégorie.

Gabriella introduisit le passe électronique dans la fente et la porte s'ouvrit avec un clic. Jacob avait à peine fait un pas dans la pièce qu'une voix s'éleva du lit.

— C'est quoi, ce bordel ?

— Désolé, s'excusa-t-il en battant en retraite.

— Il y a des caméras partout, remarqua Gabriella en pointant le plafond du doigt.

— Ça aussi, c'est une première, répliqua Jacob.

Il s'apprêtait à frapper à une troisième porte lorsque le portable de Gabriella sonna. Elle décrocha avec son grognement habituel, écouta et replia l'appareil après une poignée de secondes.

— Troisième étage, dit-elle. Deux touristes hollandais.

50

Nienke Van Mourik et Peter Visser, domiciliés à deux adresses différentes à Amsterdam, étaient arrivés au Grand Hôtel le samedi précédent, 12 juin, pour quatre nuits.

Ils n'auraient jamais l'occasion de régler la note.

Jacob examina les corps en faisant abstraction de tout le reste. Il serait toujours temps de réfléchir par la suite à l'absurdité de ces vies détruites sans raison, une fois qu'il serait seul dans la cellule de prison qui lui servait de chambre, une fois que la nuit serait tombée et que l'alcool aurait fait son œuvre.

Sans connaître les statues évoquées par Gabriella une heure plus tôt, il ne faisait aucun doute que les cadavres avaient été soigneusement arrangés. Les énormes oreilles placées sur la tête de la morte réveillaient en lui de douloureux souvenirs. Kimmy avait toujours eu un faible pour Mickey; elle avait reçu le même jouet quand elle était petite. Il détourna le regard.

Le 32e District du NYPD est réputé pour avoir le taux de criminalité le plus élevé de Manhattan, mais il n'avait jamais rien vu de semblable. La froideur de l'exécution, le mépris des assassins à l'endroit de leurs victimes lui donnaient le tournis. À Harlem, les gens tuent par jalousie et par amour, pour de l'argent ou par esprit de vengeance. Ils s'entre-tuent pour de la drogue et de l'argent, pas pour réaliser une œuvre d'art morbide.

Il se passa la main sur le visage. Mats Duvall lança un coup d'œil dans sa direction et se tourna vers l'un de ses hommes.

— Je veux l'enregistrement vidéo du couloir. Renseignez-vous aussi sur les caméras disposées dans les ascenseurs et le hall d'entrée. On attend toujours le légiste ? J'ai besoin de connaître l'heure approximative de la mort le plus vite possible.

— J'ai trouvé deux bouteilles de champagne dans la salle de bains, annonça Gabriella. L'une est vide, l'autre à moitié pleine. Il y a aussi quatre verres avec un fond de liquide jaune pâle.

Si les meurtriers étaient restés fidèles à leur méthode, on retrouverait des restes de cyclopentolate dans deux d'entre eux.

Jacob poursuivit l'examen de la chambre. Une pièce de dimensions relativement modestes, pas plus de vingt mètres carrés. Certaines des chambres d'hôtel précédentes étaient plus spacieuses, mais jamais les assassins n'avaient agi dans un établissement aussi luxueux.

Ce n'était pourtant pas l'élément le plus significatif. Quelque chose d'autre clochait, sans qu'il puisse mettre le doigt dessus.

L'arrivée du médecin légiste l'obligea à s'exiler dans le couloir.

Au passage, il remarqua la pancarte « Ne pas déranger » accrochée à la poignée.

51

Dès la mi-journée, les mesures de sécurité étaient montées d'un cran dans l'ensemble des lieux touristiques de la région de Stockholm. Tous les policiers disponibles étaient à la recherche de personnes ressemblant de près ou de loin à celles figurant sur les photos récupérées au musée d'Art moderne et chez le prêteur sur gages de Fridhemsplan.

Lorsqu'un premier test sanguin apporta la preuve que le couple hollandais avait fumé de la marijuana avant de mourir, la police mobilisa tous les chiens spécialisés du pays. D'un bout à l'autre de l'agglomération, les sacs et les bagages des jeunes de plus de quinze ans étaient fouillés systématiquement, et personne ou presque ne songeait à protester.

Debout à la fenêtre du bureau de Gabriella, Dessie observait l'entrée du parc Kronoberg, couramment empruntée par les piétons souhaitant rejoindre le bord de l'eau, les boutiques voisines ou la station de métro de Fridhemsplan. Elle était actuellement bloquée par quatre agents en uniforme, accompagnés d'un berger allemand, qui contrôlaient aussi bien les paniers à pique-nique que les sacs de plage et les attachés-cases.

Loin de trouver la scène rassurante, elle éprouvait un curieux sentiment de culpabilité.

Jacob poussa la porte du bureau. Il apportait trois sandwiches poisseux enrobés de papier cellophane, achetés dans un distributeur.

— Où est Gabriella ?

— Elle est allée chercher la vidéo du Grand Hôtel au sous-sol, répondit Dessie en se laissant tomber sur une chaise.

Jacob déballa un sandwich thon mayonnaise qu'il entreprit de dévorer sous le regard dégoûté de la journaliste.

— Comment pouvez-vous avoir de l'appétit ? s'étonna-t-elle. Toute cette horreur ne vous fait rien ?

— Bien sûr que si, répliqua Jacob en s'essuyant le menton du revers de la main. Mais ce n'est pas en faisant une syncope que je ressusciterai ces malheureux Hollandais.

Dessie se prit la tête dans les mains.

— Je n'aurais jamais dû écrire cette saloperie de lettre.

— Je croyais que vous aviez dépassé le stade de l'autoflagellation, remarqua Jacob en continuant de mastiquer son sandwich.

Dessie lui désigna son portable.

— Ça a déjà commencé, dit-elle.

— Qu'est-ce qui a commencé ?

— Les coups de fil des associations de journalistes qui me demandent pourquoi je fais le boulot de la police.

Jacob lui montra d'un geste la photo du couple assassiné.

— La réalité est là, pas ailleurs. Et voilà que vous me sortez un bla-bla prétentieux.

— Exactement, approuva-t-elle. Et si c'était moi qui étais la cause de cette réalité ?

Il répliqua par un grognement.

— Vous savez très bien que j'ai raison, poursuivit Dessie. Vous me l'avez dit vous-même. Ils ont bousculé leurs habitudes en tuant une seconde fois dans la même ville. Si j'avais refusé d'écrire ce foutu papier, ces deux Hollandais seraient encore en vie.

— Vous n'en savez rien. Et s'ils n'étaient pas morts, ce serait un autre couple.

Elle releva brusquement la tête.

— Vous êtes en train de me dire que ces Hollandais ont été sacrifiés pour une noble cause, c'est ça ? Comment vous dites dans la police, déjà ? Des « victimes collatérales » ?

L'Américain s'essuya les mains sur son jean, la mine sombre.

— Ce n'est pas mon genre, se défendit-il. Pour moi, la mort de ces Hollandais est une nouvelle tragédie, mais ce n'est pas une raison pour lancer des accusations à l'emporte-pièce. Ce n'est pas vous qui les avez tués, ni moi. Ce sont les salopards figurant sur la vidéo et je peux vous dire qu'on finira par les avoir.

52

Le couple filmé par les caméras de surveillance du Grand Hôtel était le même que celui du musée d'Art moderne.

Il avait été surpris à quatre reprises : deux fois dans le hall de l'établissement, et deux fois dans le couloir du troisième étage.

Il était 14 h 17, l'après-midi du mardi 15 juin, lorsque l'homme blond et sa compagne brune avaient traversé le grand hall en compagnie de deux personnes rapidement identifiées comme les victimes, Peter Visser et Nienke Van Mourik, avant de s'engouffrer dans l'ascenseur.

Deux minutes plus tard, ils réapparaissaient dans le couloir du troisième étage et pénétraient tous les quatre dans la chambre des Hollandais, la 418.

Il fallait ensuite attendre quarante-trois minutes pour voir ressortir le blond et la brune. Deux minutes plus tard, ils sortaient de l'hôtel.

L'inspecteur chargé d'interroger le personnel du Millesgården n'était pas non plus revenu les mains vides.

Une jardinière avait reconnu le jeune homme. Lorsqu'elle l'avait aperçu en compagnie d'une femme dans le jardin des statues, elle avait tout d'abord cru qu'il s'agissait de Leonardo DiCaprio.

Quant aux enregistrements des caméras de surveillance de l'espace d'exposition, ils étaient en cours de visionnage au sous-sol.

Le procureur Evert Ridderwall indiqua qu'il avait signé un mandat d'arrêt par défaut.

— C'est complètement fou, déclara Gabriella.

Au comble de l'agitation, elle tournait comme une lionne en cage dans la salle de réunion, les joues cramoisies.

Des instantanés des bandes de surveillance devant lui, Jacob tirait sur ses cheveux.

Quelque chose ne collait pas.

Pourquoi les assassins avaient-ils brusquement cessé de prendre des précautions ? Pourquoi se montraient-ils au grand jour ? Tout ça était un peu trop facile.

— Nous les tenons, affirma Evert Ridderwall sur un ton très satisfait. Ils ne peuvent plus nous échapper.

Même Mats Duvall donnait l'impression d'être content du tour que prenait l'enquête.

— Nous ne tarderons pas à les arrêter, approuva-t-il.

Jacob examina une nouvelle fois les photos. On y distinguait clairement les visages de l'homme blond et de la femme brune. Un avis de recherche avait été lancé dans tout le pays, Interpol ferait de même dans le reste du monde d'ici une demi-heure, et toutes les patrouilles de police de la région de Stockholm disposaient de tirages de ces mêmes portraits.

Sara Höglund pénétra dans la pièce.

— Les photos ont été transmises à l'ensemble des médias. Elles seront sur Internet d'ici quelques minutes.

Mats Duvall se connecta aussitôt au site de l'*Aftonposten*.

— Ils vont vite quand ils veulent, remarqua-t-il en tournant l'écran de façon que les autres puissent le regarder.

À la une de l'édition électronique du journal, au-dessus d'une photo du couple, s'affichait un titre en caractères énormes :

« La police soupçonne ces deux individus d'être LES ASSASSINS À LA CARTE POSTALE. »

53

La place de la gare centrale de Stockholm grouillait de policiers avec des chiens.

Mac, un bras autour de l'épaule de Sylvia, se dirigea d'un pas tranquille vers l'entrée du bâtiment. Les radios des agents en uniforme grésillaient dans tous les coins.

Deux jeunes types chevelus qui se trouvaient un peu plus loin se firent prendre lorsque les flics découvrirent de l'herbe dans leurs poches. Bandes d'idiots.

— Désolée, les gars, murmura Sylvia.

Mac et elle étaient passés à travers les gouttes jusqu'à présent.

Personne ne leur avait demandé d'ouvrir leurs sacs, tout simplement parce qu'ils n'en possédaient pas.

Ils avaient consacré la journée à se promener, à admirer leurs reflets dans les vitrines des magasins. Mac avait essayé une veste en cuir chez Emporio Armani, Sylvia plusieurs parfums chez Kicks.

Lorsqu'une voiture de police roula lentement à côté d'eux, la jeune femme retira ses lunettes de soleil et adressa un sourire au conducteur qui lui répondit de la même façon avant de poursuivre sa route.

Une vieille dame indignée poussa des cris d'orfraie lorsque deux agents exigèrent de fouiller son sac à main.

Trois adolescents les dépassèrent en courant, poursuivis par deux policiers en civil.

— C'est le moment d'y aller, suggéra Sylvia alors qu'ils approchaient de l'entrée du bâtiment.

Mac fut pris d'une ultime hésitation, mais sa compagne l'embrassa sur la joue.

Main dans la main, ils se jetèrent alors dans la gueule du loup.

Les annonces se succédaient, signalant retards et annulations, dans la cacophonie des pleurs d'enfants et des aboiements. La foule se faisait de plus en plus dense à mesure qu'ils avançaient.

Le premier barrage les attendait dix mètres plus loin.

Mac se raidit en reconnaissant sa propre photo entre les mains d'un policier athlétique, un berger allemand à ses pieds. Sylvia s'approcha et tapota l'épaule de l'agent.

— Excusez-moi, demanda-t-elle. Mais qu'y a-t-il?

Le policier la regarda et sursauta.

— Je vois que vous tenez ma photo, ajouta-t-elle en ouvrant de grands yeux. De quoi s'agit-il?

54

Les suspects étaient deux Américains originaires de Santa Barbara en Californie, Sylvia et Malcolm Rudolph.

Leur arrestation se déroula le plus calmement du monde et ils furent conduits au commissariat sans rechigner.

Très calmes, partagés entre la curiosité et l'angoisse, bien décidés à dissiper ce malentendu, ils se disaient tout disposés à coopérer avec les autorités.

Les locaux de la police de Stockholm ne possédant pas de salles d'interrogatoire équipées de glaces sans tain, Jacob, Dessie, Gabriella et les autres avaient pris place dans une salle de visionnage où plusieurs écrans leur permettaient d'assister en direct à la confrontation.

Jacob, les mains tremblantes, la gorge sèche, s'était posté le plus loin possible des téléviseurs afin de ne pas risquer de passer sa rage sur l'un d'eux.

Le suspect blond, Malcolm Rudolph, se frottait nerveusement les mains, assis sur une chaise. Jacob ne le quittait pas des yeux, sûr de tenir le salaud qui avait tué Kimmy.

La porte de la salle d'interrogatoire s'ouvrit, et Mats Duvall et Sara Höglund s'installèrent face au jeune homme.

Duvall, conformément au règlement, commença par indiquer l'heure et le lieu avant de passer la parole à Höglund qui se pencha au-dessus de la table.

— Malcolm, dit-elle d'une voix douce. Vous savez pourquoi vous êtes ici ?

Le jeune homme se mordit la lèvre.

— Les policiers qui se trouvaient à la gare centrale avaient notre photo, répondit-il. Si on nous recherchait, c'est qu'on nous soupçonne de quelque chose, je suppose.

— Vous savez de quoi vous êtes soupçonnés ?

Il secoua la tête.

— C'est au sujet de Nienke Van Mourik et de Peter Visser, reprit le commissaire. Ils ont été retrouvés morts ce matin dans leur chambre du Grand Hôtel.

Malcolm Rudolph explosa.

— Morts ? C'est impossible ! Nous étions avec eux hier après-midi ! Nous avons même décidé de partir ensemble en Finlande ce week-end !

Jacob émit un bruit ressemblant à un ronronnement.

— Vous prétendez donc ignorer leur mort ?

— Ils sont vraiment morts ? s'étrangla le suspect avant d'éclater en sanglots.

55

Le jeune homme pleurait toutes les larmes de son corps.

— Vous croyez *vraiment* qu'on a quelque chose à voir là-dedans ? Vous croyez vraiment qu'on aurait pu faire du mal à Peter et Nienke ? Mais comment pouvez-vous penser une chose pareille ?

Sara Höglund et Mats Duvall lui laissèrent le temps de se calmer, puis lui demandèrent s'il souhaitait se faire assister d'un avocat, conformément à la loi suédoise.

L'Américain se contenta de secouer la tête. Il n'avait pas besoin d'avocat, il n'avait rien fait de mal et n'arrivait pas à comprendre qu'on puisse le soupçonner d'un crime aussi atroce. Les deux Hollandais étaient si heureux de vivre quand il les avait quittés avec Sylvia, la veille.

Dans ce cas, qu'étaient-ils allés faire dans leur chambre d'hôtel ? Avaient-ils bu ou mangé quoi que ce soit ?

— Non, renifla Malcolm Rudolph. Enfin, pas tout à fait. Peter a bu un Coca et m'en a donné une gorgée.

— Vous n'avez pas bu de champagne ?

— Du champagne ? En plein après-midi ?

— Avez-vous fumé ? De la marijuana, par exemple ?

— Je ne fume pas, et Sylvia non plus.

Malcolm fondit à nouveau en larmes.

— Quand êtes-vous arrivés en Suède ? Depuis combien de temps êtes-vous en Europe ?

— Ils étaient tellement drôles et tellement gentils. On se faisait une joie d'aller avec eux en Finlande. Nous avions déjeuné ensemble dans un restaurant de la vieille ville…

Les enquêteurs enchaînaient les questions précises, sans obtenir de réponses.

Où étiez-vous le 27 novembre dernier ? Et le 30 décembre ? Le 26 janvier de cette année ? Le 9 février ? Le 4 mars ?

Au bout de trente-trois minutes, l'interrogatoire prenait fin et Malcolm Rudolph était conduit dans une cellule de la prison de Kronoberg.

Jacob, faisant un énorme effort pour ne pas écraser son poing contre le mur de béton de la salle de visionnage, partit se calmer dans le couloir.

Il revint juste à temps pour voir la jeune femme prendre la place de son mari dans la salle d'interrogatoire.

Elle paraissait plus sereine que lui, énonçant des réponses claires d'une voix calme.

En apprenant que le couple de Hollandais avait été assassiné, elle enfouit son visage dans ses mains et pleura en silence pendant quelques minutes.

Le temps de recouvrer son sang-froid, elle confirma ce que Malcolm avait déjà assuré aux enquêteurs, évoquant le déjeuner avec Nienke et Peter ainsi que leur décision de se rendre en Finlande le week-end suivant.

— Comment avez-vous acheté les billets pour le bateau ?

— Nous avons fait la réservation par Internet, depuis un magasin Seven Eleven, expliqua-t-elle.

— Sur quelle compagnie ?

— Silja, répondit-elle avec un sourire. Je m'en souviens parce que c'est presque mon prénom…
— Où se trouve le Seven Eleven en question ?
— Dans la grande rue piétonne qui traverse la vieille ville. Vasterlang quelque chose.
— Västerlånggatan ?
— Oui, c'est ça.

L'un des inspecteurs quitta aussitôt la salle de visionnage afin d'aller vérifier.

— Où se trouve exactement le magasin ? insista Sara Höglund. Vous vous en souvenez ?

Jacob se frappa le front.

— Mais enfin ! s'écria-t-il. C'est quoi, ce cirque ? Elle se croit au catéchisme, ou quoi ? Il est temps qu'elle se montre un peu moins arrangeante, bordel de merde !

Gabriella se planta à côté de l'Américain. Ses yeux étaient rouges et une odeur de café parfumait son haleine.

— Reprenez-vous, lui intima-t-elle. Vous vous comportez comme un enfant de trois ans. Laissez donc Sara et Mats faire leur boulot.

— C'est justement ça qui me dérange, explosa Jacob. Qu'ils le fassent, leur putain de boulot, au lieu de lui servir la soupe !

— Doucement, Jacob, le calma Dessie en lui posant la main sur le bras.

Il se passa les doigts dans les cheveux en avalant bruyamment sa salive. Pendant ce temps, l'interrogatoire se poursuivait en direct sur les écrans.

— Où étiez-vous le 27 novembre dernier ?

Sylvia Rudolph entortilla machinalement une mèche de cheveux autour de son index en donnant l'impression de réfléchir.

— Je ne me rappelle plus exactement. Je peux regarder sur mon agenda, si vous voulez.

Mats Duvall alluma son agenda électronique.

— Essayons avec une date plus récente, proposa-t-il. Où étiez-vous le 9 février de cette année ?

Jacob se pencha vers l'écran le plus proche. Il s'agissait de la date des meurtres d'Athènes.

— En février ? répondit la jeune femme en fronçant les sourcils. En Espagne, il me semble. Oui, c'est ça. Nous étions à Madrid début février. Je m'en souviens parce que Mac avait une mauvaise grippe intestinale et qu'il est allé voir un médecin.

— Vous souvenez-vous du nom de ce médecin ?

Elle afficha une mine perplexe.

— Non, mais j'ai gardé la facture. La consultation était hors de prix et ça ne lui a fait aucun bien.

Jacob poussa un grognement.

Les questions se succédaient, auxquelles Sylvia répondait avec le même détachement.

— Pour quelle raison faites-vous ce tour d'Europe ?

— Nous sommes tous les deux étudiants aux beaux-arts, répliqua Sylvia.

Dessie et Jacob échangèrent un bref coup d'œil.

— Nous faisons nos études à UCLA et nous avons décidé de prendre une année sabbatique. Ça nous a permis de découvrir énormément de choses.

— Depuis combien de temps êtes-vous mariés ?

La jeune femme ouvrit des yeux ronds avant d'éclater de rire.

— Mariés ? Qui vous a dit que nous étions mariés ? Mac est mon frère jumeau.

56

À peine Sylvia Rudolph était-elle reconduite dans sa cellule que Dessie passait un coup de téléphone à Forsberg.

— Alors ? demanda son chef de service. Ils ont avoué ?

— Vous savez très bien que je ne suis pas autorisée à vous le dire, répondit Dessie. Quelles sont les réactions au journal ?

— On sort un cahier spécial dans l'édition de demain. C'est énorme et tout le monde s'y est mis. Les journaux du monde entier nous appellent pour en savoir plus. Un type du *New York Times* a même pris possession de ton bureau, j'espère que ça ne t'ennuie pas...

— Quand je parlais de réactions, je faisais allusion à ma lettre ouverte. Toute la profession est en train de m'assassiner sur le Net.

— À ta place, je ne m'inquiéterais pas de ça.

— Arrête ton baratin, insista Dessie. Que disent mes chers confrères ?

Forsberg hésita un instant avant de répondre.

— Alexandre Andersson n'est pas content et il le fait savoir à tout le monde. Il prétend que tu as trahi « toutes les règles déontologiques », que tu ferais « n'importe quoi pour avoir ton nom en première page », tu vois le tableau. Mais ne te fais pas de souci pour ça. Il est jaloux, c'est tout.

Dessie ferma les yeux.

— Et le reste des médias ?

— Cesse de penser à ça, Dessie. Les meurtriers se sont fait prendre et tout le monde est content. Tu ferais mieux d'aller boire une bière.

Sur ce conseil, il raccrocha.

Les meurtriers se sont fait prendre et tout le monde est content.

Dessie aurait tellement aimé que tout soit si simple…

57

Il était 20 h 30 lorsque Sylvia fit savoir aux enquêteurs qu'elle avait de nouveaux éléments à leur communiquer. L'interrogatoire reprit donc à sa demande.

Les traits tirés, elle avait visiblement beaucoup pleuré.

— J'ai honte de vous raconter tout ça, commença-t-elle. J'ai horreur des ragots, mais je m'aperçois que nous sommes dans le pétrin et je ne peux pas continuer à protéger plus longtemps…

Elle laissa la phrase en suspens, hésitante.

— Qui vouliez-vous protéger ? lui demanda Sara Höglund d'une voix compatissante.

Sylvia Rudolph essuya furtivement une larme avant de prendre une longue inspiration.

— Je ne vous ai pas dit toute la vérité, cet après-midi, déclara-t-elle.

Dans la salle de visionnage, Jacob et tous ceux qui observaient la scène en direct se rapprochèrent des écrans dans un même mouvement.

— Nous ne sommes pas venus en Europe uniquement pour faire le tour des musées. Il fallait à tout prix que je quitte Los Angeles et Mac a proposé de m'accompagner.

Mats Duvall et Sara Höglund attendirent qu'elle poursuive d'elle-même.

— Quelqu'un m'en veut, expliqua-t-elle d'une toute petite voix. Un ancien petit ami qui a toujours refusé d'accepter notre séparation. Il prétend qu'on est toujours ensemble, mais j'ai été obligée de le quitter. Il... il me battait.

Et elle se mit à pleurer en silence.

Sara Höglund posa une main rassurante sur le bras de la jeune femme.

— C'est horrible de dire du mal de quelqu'un comme ça, enchaîna Sylvia en serrant entre les siennes la main de la patronne de la police criminelle. Mais Billy serait capable de n'importe quoi pour me faire du mal.

58

Les principaux responsables de l'enquête s'installèrent pesamment sur les chaises et le canapé du bureau de Mats Duvall.

— On a fouillé leur chambre à l'hôtel Amaranten, commença le commissaire. On n'a rien contre eux. Bien au contraire.

Il fouilla dans ses papiers.

— Malcolm Rudolph a effectivement consulté le 9 février à Madrid, suite à une salmonellose. Le jour où était commis le double meurtre d'Athènes. Voici la facture d'honoraires du médecin.

Jacob serra les paupières et se couvrit le visage des deux mains, incapable d'en entendre davantage.

Pendant ce temps, Duvall poursuivait son compte rendu. Aucune trace de drogue n'avait été retrouvée parmi les affaires du couple, qu'il s'agisse de marijuana ou de gouttes contenant du cyclopentolate.

Interrogés, les gérants du Seven Eleven de Västerlånggatan avaient confirmé qu'un de leurs ordinateurs avait servi à réserver quatre places sur un bateau de la Silja Line à destination d'Helsinki. La transaction avait été effectuée le mardi à l'heure du déjeuner, et les noms des quatre passagers concernés étaient Peter Visser, Nienke Van Mourik, Sylvia Rudolph et Malcolm Rudolph.

La police n'avait pu mettre la main sur aucun des objets volés aux victimes, à Stockholm ou ailleurs, ni sur la moindre bouteille de champagne. Rien ne permettait de penser que Sylvia et Malcolm aient pu se trouver un jour en contact avec l'une ou l'autre des victimes, hormis les Hollandais.

La police berlinoise, après consultation du dossier complet qu'elle détenait sur les assassins, n'avait pu identifier les empreintes des jumeaux Rudolph sur aucune des scènes de crimes européennes.

À l'inverse, on trouvait des traces de leur passage à plusieurs endroits dans la chambre du Grand Hôtel.

Son exposé terminé, le commissaire dévisagea les membres de l'assistance l'un après l'autre.

— Des réactions ?

— Ce sont eux, déclara Jacob. J'en suis sûr. Je ne sais pas comment ils s'y sont pris, ni pourquoi ils ont monté ce petit numéro, mais ce sont eux les coupables.

— D'accord, mais comment le prouver ? réagit Sara Höglund. On les a vus dans différents musées, mais ce n'est pas un crime aux yeux de la loi. Ils font le tour des grandes villes européennes et se font des amis auxquels ils rendent visite dans leur chambre d'hôtel, mais c'est tout. Nous n'avons rien d'autre.

Dans sa tête, Jacob revit Höglund poser la main sur le bras de Sylvia.

— Il va falloir examiner à la loupe tous les objets qu'on leur a confisqués, suggéra-t-il. On a très bien pu passer à côté de quelque chose.

— N'oublions pas qu'ils se sont rendus de leur plein gré, ajouta Höglund. Ils se montrent très coopératifs et refusent la présence d'un avocat. Ils se disent horrifiés par la mort de leurs amis et disposent d'un alibi imparable pour le double meurtre d'Athènes.

La pièce retomba dans un silence gêné.

— Nous manquons cruellement de preuves, intervint le procureur Ridderwall. Il nous faut du concret. Je peux les garder jusqu'à samedi midi. Ensuite, il me faudra les remettre en liberté.

59

Jacob sortit du bâtiment comme un zombie.

Le pire des scénarios serait de voir les assassins repartir libres. Eux qui, non contents de tuer et d'humilier leurs victimes, trouvaient le moyen de se moquer de la justice.

Perdu dans un maelström de pensées sombres, il faillit faire tomber une moto garée sur le trottoir.

— À demain, lui lança Dessie en le dépassant, son casque de vélo à la main.

— Attendez, répondit spontanément Jacob en levant le bras en direction de la jeune femme. Une seconde…

Elle s'immobilisa, surprise.

Il la regardait, la bouche ouverte, sans trop savoir que dire.

Ne me laissez pas seul, je n'en peux plus.

Je suis incapable de retourner dans ma cellule de prison ce soir.

Ils se foutent de moi, vous ne voyez pas qu'ils se foutent de moi.

— Jacob, qu'est-ce qui ne va pas ? finit par demander la journaliste en s'approchant de lui.

Il avait du mal à respirer.

— Je… je me posais un certain nombre de questions. Vous n'auriez pas quelques minutes à m'accorder ?

Elle hésita.

— Je n'en ai pas pour longtemps, insista-t-il. Et puis, je suppose que vous allez grignoter quelque chose ? Ce soir, c'est moi qui vous invite.

— Je suis épuisée. On trouvera bien quelque chose sur le chemin.

L'instant d'après, ils se dirigeaient vers la gare centrale, côte à côte.

— Quand le procureur dit qu'il peut les garder « conformément à la loi suédoise », que veut-il dire exactement ? demanda Jacob.

— Qu'il a le droit de les maintenir en détention pendant trois jours, le temps d'établir un mandat d'arrêt.

— Ils peuvent demander à être libérés sous caution ?

— Non, ça n'existe pas chez nous. Vous avez déjà goûté au roulé suédois ?

— Au *quoi* ?

Ils firent halte devant une baraque où l'on vendait des hot-dogs et des hamburgers. Dessie passa la commande dans sa langue natale, incompréhensible pour son compagnon qui se contenta de payer.

La panique qui paralysait ce dernier depuis tout à l'heure commençait à s'estomper.

— Tenez, lui dit Dessie en souriant.

Elle lui tendit une sorte de crêpe enveloppée dans du papier d'aluminium, remplie d'un mélange de purée de pommes de terre, de hot-dog, de morceaux de cornichons et d'oignons, le tout assaisonné de moutarde, de ketchup et de crevettes mayonnaise.

— C'est quoi ce truc ?

— Vous verrez, c'est délicieux, le rassura la jeune femme.

— Je croyais que vous ne mangiez pas de viande, s'étonna Jacob.

Elle posa sur lui un regard surpris.

— Comment le savez-vous ?

Il respira profondément, dans l'espoir de décontracter les muscles de ses épaules.

— Je ne sais pas. J'ai remarqué ça machinalement.

— C'est pour ça que j'ai commandé un roulé végétarien.

— Que pensez-vous des Rudolph ? Vous croyez qu'il s'agit des assassins ?

— Probablement, concéda-t-elle.

Ils s'installèrent sur un banc, sous un abribus, le temps de manger les sandwiches dont la graisse leur dégoulinait sur les doigts. Jacob, grand spécialiste de sandwiches devant l'Éternel, dut admettre que sa compagne avait raison. Le roulé suédois était délicieux et il le dévora.

Dessie Larsson avait le don de calmer ses angoisses. Il l'observa à la lueur jaune des réverbères. C'était une très belle fille, mais pas de façon ostentatoire. Elle ne portait pas de maquillage. Pas même une touche de mascara. Son profil bien dessiné faisait songer à celui de Greta Garbo.

— Pourquoi pensez-vous que ce sont eux ? insista-t-il en guettant sa réaction.

Elle lui adressa un bref regard et s'essuya la bouche avec une serviette en papier.

— Je ne sais pas... Peut-être à cause de ce mélange étrange entre l'art et le réel. Ils sont étudiants en arts.

Il jeta le reste de purée collé au papier d'aluminium dans la poubelle de l'abribus.

— Qu'entendez-vous par « ce mélange étrange entre l'art et le réel » ? Soit c'est de l'art, soit c'est le réel, non ?

Dessie le dévisagea.

— Les étudiants en arts ont parfois tendance à mélanger les deux. On a eu plusieurs affaires de ce genre, l'année dernière. Une fille qui a simulé une crise de dépression au sein d'une unité psychiatrique dans le cadre de son diplôme. Tout le service a dû passer la nuit à s'occuper d'elle, alors que des malades et de véritables candidats au suicide patientaient.

— C'est une plaisanterie ? demanda Jacob.

— Pas du tout. On a également eu le cas d'un type qui a saccagé un wagon de métro en le couvrant de graffitis avant de casser une fenêtre. Il a filmé le tout en appelant ça *Marquage de territoire*, et le film a été projeté lors d'une expo. Les réparations ont coûté cent mille couronnes à la compagnie du métro.

— Moi qui croyais qu'on avait le monopole des cinglés aux États-Unis ! s'exclama Jacob en consultant sa montre. À propos d'Amérique, je voudrais vérifier deux ou trois petites choses. Vous savez où je pourrais trouver un ordinateur pour aller sur le Net ?

Elle posa sur lui deux grands yeux verts.

— Chez moi.

60

Cela faisait près de six mois que Jacob n'avait pas pénétré dans l'intimité d'un être humain et il en éprouvait une sensation étrange, proche du rituel.

Il retira ses chaussures à la porte en voyant que Dessie venait de le faire.

L'appartement était meublé de façon minimaliste, avec de hauts plafonds moulurés, des portes à miroir, et un poêle dans chacune des quatre pièces.

L'inspecteur ne put retenir un petit sifflement admiratif en pénétrant dans le salon : trois grandes portes-fenêtres s'ouvraient sur un immense balcon disposant d'une vue spectaculaire sur l'entrée du port de Stockholm.

— Wow ! Comment avez-vous fait pour dénicher un appartement aussi beau ?

— C'est une longue histoire. L'ordinateur se trouve dans la chambre de bonne, dit-elle en lui montrant du doigt le réduit derrière la cuisine.

— Vous n'auriez pas un verre de vin ? demanda-t-il.

— Non. Je bois rarement.

La pièce était si exiguë qu'elle le frôla pour mettre l'ordinateur en marche. Il remarqua son parfum fruité.

Jacob envoya un e-mail à Jill Stevens, son meilleur ami au NYPD, avant d'en rédiger un second à l'intention de Lyndon Crebbs, un ancien du FBI qui avait été son mentor.

L'inspecteur souhaitait en apprendre davantage sur Sylvia et Malcolm Rudolph, ainsi que sur Billy Hamilton, l'ancien petit ami de Sylvia. Sans s'étendre sur les raisons de sa requête, il précisait à ses deux contacts que le détail le plus infime pouvait lui être utile.

Sa tâche achevée, il regagna la cuisine.

— J'ai trouvé une bouteille de rouge, lui annonça Dessie. Gabriella a dû la laisser en partant, je ne sais pas si elle est encore bonne.

— Ne vous inquiétez pas pour ça, la rassura Jacob.

Comme elle se débattait avec le tire-bouchon, il déboucha lui-même la bouteille et ils s'installèrent sur le canapé du salon, sans avoir besoin d'allumer la lumière, adossés confortablement contre les coussins. Un bateau blanc glissait sur l'eau en direction du centre-ville.

— La vue est extraordinaire, s'exclama Jacob. Vous avez parlé d'une longue histoire.

61

Dessie fit rouler le verre entre ses doigts.

Elle n'avait jamais avoué à personne la façon dont elle avait acheté cet appartement. Pas même à Christian ou Gabriella. Pour quelle raison se livrerait-elle à Jacob Kanon ?

D'autant qu'il était flic.

— En mourant, ma mère m'a légué une grosse somme d'argent, dit-elle.

Jacob haussa un sourcil.

— Je croyais qu'elle travaillait comme aide à domicile chez des vieux et des malades ?

— C'était le cas.

Il afficha un sourire dédaigneux.

— Comme ça, vous êtes une petite-bourgeoise. Je ne l'aurais jamais cru.

Elle devina sa pensée. Il s'imaginait que sa mère exhibait ses bijoux sous les yeux des pauvres dans les galas de charité.

— Pas du tout, dit-elle. Vous voulez vraiment tout savoir ?

— Oui, vraiment.

Elle posa son verre sur la table basse.

— Vous vous souvenez de l'attaque du fourgon blindé dont je vous ai parlé hier ?

Il hocha la tête et vida son verre d'un trait avant de le remplir à nouveau.

— Le coup a été monté par mon grand-père avec trois de mes oncles. Ils ont raflé neuf millions de couronnes, c'est-à-dire vingt fois plus que ce qu'ils s'attendaient à trouver dans le fourgon, et ils ont paniqué. Ils ne savaient plus quoi faire de tout ce fric, alors ils en ont enterré une partie et ont mis le reste sur le compte-épargne de ma mère.

— Quoi? s'étrangla Jacob.

— C'était plutôt malin de leur part, parce que l'argent enterré a été retrouvé, mais pas celui qui était placé sur le compte de maman.

Elle était curieuse de savoir comment il allait réagir. De voir s'il allait s'enfuir en courant pour oublier à jamais cette fille perdue.

— Si vous voulez mon avis, répliqua-t-il, vos oncles n'étaient pas très nets.

Elle poursuivit en évitant de croiser son regard.

— Ils ont tous été condamnés à la même peine. Cinq ans et demi pour vol à main armée. Ils devaient sortir de prison au mois de mai, il y a quatre ans. Cet hiver-là, il a beaucoup neigé à Ådalen et ma mère a voulu aider les gens dont elle s'occupait à dégager la neige devant chez eux, contre l'avis de son médecin qui lui avait recommandé…

Dessie reprit son verre qu'elle tourna lentement entre ses mains.

— Elle est morte devant chez Hilding Olsson, une pelle à la main.

Elle but prudemment quelques gouttes de vin rouge.

— Elle n'avait pas touché à son compte-épargne et c'est moi qui en ai hérité.

— Putain, murmura Jacob.

Elle s'attendait à ce qu'il soit horrifié, mais il avait surtout l'air impressionné.

— Vos oncles ne sont pas venus vous réclamer l'argent en sortant de prison ?

Elle soupira.

— Bien sûr que si. Ils n'ont pas arrêté de me harceler, jusqu'au jour où j'ai fait appel à mon cousin Robert, qui vit à Kalix. En échange de deux cent mille couronnes et d'une bouteille d'Absolut tous les ans à Noël, il s'est arrangé pour que mes oncles me fichent la paix.

Jacob écarquilla les yeux.

— Wow !

— Il faut dire que Robert mesure deux mètres et qu'il fait cent trente kilos, expliqua Dessie.

— Je me doute que ça ne doit pas être un nain.

Elle releva la tête.

Cela faisait quatre ans que cette histoire la minait, qu'elle vivait dans la terreur que quelqu'un découvre la vérité. Elle se débarrassait enfin de son secret, et voilà que Jacob semblait trouver la chose parfaitement naturelle.

Elle se leva en serrant le verre de vin entre ses doigts.

— Il faut vraiment que j'aille me coucher, avoua-t-elle.

Jacob rapporta la bouteille presque vide à la cuisine, puis il enfila ses chaussures et s'immobilisa sur le seuil.

— Vous êtes une fille plutôt bien, murmura-t-il.

— Vous êtes un type plutôt étrange, répondit-elle. Vous en avez conscience ?

Il sortit sur le palier et referma silencieusement la porte derrière lui.

Le front appuyé contre le battant, elle écouta le bruit de ses pas disparaître dans l'escalier.

62

Jeudi 17 juin

Malcolm Rudolph se tenait avachi sur la chaise de la salle d'interrogatoire, les jambes écartées, un bras nonchalamment passé derrière le dossier de son siège, les cheveux en désordre, son col de chemise largement ouvert.

— On voulait se balader, se familiariser avec de nouvelles œuvres, de nouveaux modes de vie, déclarat-il à la caméra qui retransmettait les images dans la salle de visionnage.

Et se familiariser avec la mort, pensa Jacob, les yeux rivés sur l'un des écrans. *La mort avant tout, espèce de salopard.*

— Au début, c'était super, continua le jeune homme en bâillant. Mais depuis quelques semaines, on commençait à s'ennuyer un peu…

Tuer les gens, c'était drôle au début. Jusqu'à ce que la routine s'installe. Tu trouverais ça comment, si je te fracassais la tête en deux? Très drôle, ou à moitié drôle seulement?

Mats Duvall et Sara Höglund s'évertuaient à suivre les pérégrinations du frère et de la sœur à travers l'Europe au cours des six mois précédents.

Leurs passeports montraient qu'ils avaient atterri à l'aéroport de Francfort huit mois plus tôt, le 1er octobre.

À entendre Malcolm, ils s'étaient contentés de se balader d'un pays à l'autre en visitant les musées et en prenant du bon temps. En réalité, ils avaient eu l'intelligence de limiter leurs déplacements aux États de l'Union européenne concernés par les accords de Schengen, ce qui leur permettait de franchir librement les frontières sans visa. Faute de tampons, les enquêteurs allaient avoir le plus grand mal à retracer leurs mouvements.

Le frère et la sœur n'avaient pas de téléphone portable et ne pouvaient donc pas être localisés grâce à leurs appels.

Ils possédaient bien des cartes Visa, mais ils les avaient rarement utilisées, tirant du liquide à deux occasions, à Bruxelles le 3 décembre et à Oslo le 6 mai. Ils avaient également payé par carte la consultation du médecin madrilène en février, avaient réglé le 14 mars une facture d'hôtel à Marbella, dans le sud de l'Espagne, et acheté quatre places de théâtre à Berlin le 2 mai. Les cartes avaient servi une dernière fois le week-end précédent afin de régler les billets pour la Finlande.

Les mâchoires serrées, Jacob ne quittait pas le jeune homme des yeux, hypnotisé par l'écran. Dessie, assise à côté de lui, suivait l'interrogatoire avec la même attention.

— Le double meurtre de Berlin a eu lieu le 2 mai, chuchota-t-elle à son voisin. Vous croyez vraiment qu'ils sont allés au théâtre après ?

Il la fit taire d'un geste.

— Pour en revenir à Stockholm, reprit la voix de Sara Höglund dans les haut-parleurs, pourquoi la Suède ?

Malcolm Rudolph haussa les épaules d'un air léger.

— Sylvia voulait absolument venir ici, expliqua-t-il. Elle se passionne pour le design scandinave et la pureté des lignes en général. Personnellement, je trouve ça un peu surfait.

Il bâilla de nouveau. La mort brutale de ses amis hollandais semblait définitivement oubliée.

Mats Duvall redressa sa cravate.

— Vous êtes bien désinvolte. Vous êtes les dernières personnes à avoir vu Peter Visser et Nienke Van Mourik vivants. Vous comprenez ce que ça signifie ?

Jacob se pencha vers l'écran afin de voir de plus près le visage du jeune dandy. Cette espèce de petite merde était en train de *sourire*.

— Nous ne sommes pas les dernières personnes à les avoir vus vivants, se défendit Malcolm. Ils étaient encore en vie quand on les a quittés, c'est donc forcément quelqu'un d'autre qui les a tués. Vous n'avez pas dû regarder d'assez près les vidéos de surveillance.

Höglund et Duvall échangèrent un regard.

Quelqu'un avait-il pensé à visionner la suite de l'enregistrement ?

Mettant fin à l'interrogatoire, ils demandèrent à voir au plus vite les images des caméras de surveillance.

63

Ce mardi de juin, en plein après-midi, les couloirs du Grand Hôtel étaient quasiment déserts.

Au cours des quarante-trois minutes pendant lesquelles Sylvia et Malcolm Rudolph se trouvaient à l'intérieur de la chambre 418, seuls un plombier et deux femmes de chambre avaient traversé le champ de la caméra, ainsi qu'une cliente que l'on voyait repasser brièvement dans sa chambre avant de reprendre l'ascenseur.

La porte de la 418 s'ouvrait à 15 h 02. Un triangle de lumière en provenance de la pièce se découpait alors sur la moquette et le mur du couloir. Au bout de quelques secondes, Malcolm Rudolph sortait de la chambre, se retournait avec un sourire, prononçait quelques mots qu'il ponctuait par un rire.

Sylvia sortait à son tour, se retournait et passait la tête à l'intérieur de la chambre, comme si elle s'adressait à quelqu'un. Le frère et la sœur restaient là encore quatorze secondes à discuter avec des interlocuteurs invisibles, un sourire aux lèvres.

On les voyait ensuite se pencher et embrasser quelqu'un. La porte se refermait et ils se dirigeaient vers les ascenseurs.

— Les deux Hollandais étaient encore en vie quand ils sont sortis de la 418, affirma Sara Höglund.

— Et on ne les voit pas mettre la pancarte, ajouta Gabriella.

— Quelle pancarte ? demanda Dessie.

— « Ne pas déranger », lui répondit Jacob entre ses dents. Elle était accrochée à la poignée quand on a retrouvé les corps.

Sur la vidéo de surveillance, le couloir était à nouveau désert.

Jacob sentit monter une bouffée d'adrénaline.

— On ne pourrait pas passer l'enregistrement en accéléré ?

Gabriella s'exécuta.

À 15 h 21, un couple âgé sortait de l'ascenseur, s'engageait dans le couloir d'un pas lent et ouvrait l'une des chambres donnant sur l'arrière du bâtiment.

Quelques minutes plus tard, une femme de ménage poussant un chariot remontait le couloir sur toute sa longueur avant de disparaître.

— On ne peut pas aller plus vite ? insista Jacob, incapable de maîtriser son impatience.

Un couple traversa l'écran.

Puis un homme en costume et cravate avec un attaché-case.

Trois enfants turbulents en compagnie d'une mère visiblement épuisée et d'un père de mauvaise humeur.

L'inconnu, enfin.

Manteau mi-long, cheveux bruns, casquette, lunettes de soleil.

— Bordel de merde ! jura Jacob.

L'homme frappait à la porte des Hollandais et attendait quelques instants. La porte s'ouvrait, l'inconnu pénétrait dans la pièce et refermait le battant derrière lui.

— Quelqu'un l'a laissé entrer, commenta Sara Höglund.

— Prenez note de l'heure précise, recommanda Mats Duvall à ses collaborateurs.

16 h 35.

Sur l'écran, le couloir était à nouveau désert.

Les secondes s'écoulaient avec une lenteur telle que Jacob dut se retenir pour ne pas hurler.

La porte ne s'ouvrait que vingt et une minutes plus tard. L'homme au manteau sortait de la pièce, accrochait à la poignée la pancarte « Ne pas déranger », refermait la porte et s'éloignait précipitamment en direction des ascenseurs en veillant à ne jamais relever la tête.

— Nous n'avons pas arrêté les bons coupables, laissa tomber Evert Ridderwall.

64

L'équipe se trouvait réunie dans le bureau de Mats Duvall lorsque le responsable des relations publiques du Service national de recherche criminelle appela le commissaire au téléphone pour lui dire que la situation était intenable.

Des correspondants de presse et de télévision venus du monde entier, en particulier des États-Unis, avaient rallié Stockholm en flairant la bonne affaire. La détention discutable des Malcolm diffusait un parfum de scandale qu'aucun média digne de ce nom n'aurait pu laisser passer. Deux jeunes Américains, beaux comme des vedettes de cinéma, dont personne ne savait s'ils étaient des tueurs en série ou les victimes d'une erreur judiciaire. Dans un cas comme dans l'autre, c'était du pain bénit pour les journalistes.

Sara Höglund prit la parole.

— Nous allons devoir tenir une conférence de presse.

— Pour dire quoi ? demanda Jacob. Qu'on n'a trouvé aucun indice susceptible de les faire inculper ? Que le procureur est persuadé que nous avons arrêté de faux coupables ?

— Nous n'avons pas totalement les mains vides, intervint Duvall. Les premiers crimes coïncident avec leur arrivée en Europe.

— Sauf qu'ils possèdent des alibis pour plusieurs des meurtres, le contra Jacob. Ils se trouvaient vraiment à Madrid au moment des crimes d'Athènes et ils visitaient le sud de l'Espagne quand on a découvert le couple de Salzbourg. Quant aux pays dans lesquels ils ont tiré du liquide, c'est-à-dire la Belgique et la Norvège, aucun meurtre n'y a été commis.

— Vous les croyez innocents ? s'étonna Gabriella.

— Pas une seconde. Je dis simplement que nous n'avons aucune preuve de leur culpabilité.

— Nous ne pouvons pas nous permettre de ne rien déclarer à la presse, reprit Sara Höglund. Plusieurs grandes chaînes ont déjà diffusé des portraits des Rudolph, avec musique et tout le tralala.

Jacob se leva de sa chaise.

— Il faut mettre en pièces leur système de défense, dit-il. Les pousser à la faute.

Il se planta devant Sara Höglund.

— Laissez-moi les interroger. Avec Dessie. Laissez-nous les voir ensemble.

Höglund se leva à son tour.

— Décidément, ce n'est pas la modestie qui vous étouffe. Qui vous permet de croire qu'une journaliste et un père aux abois feraient mieux que des enquêteurs expérimentés ?

— Avec tout le respect que je vous dois, répliqua Jacob en s'efforçant de garder son sang-froid, je ne suis pas novice dans le métier. Je suis également américain, ce qui me permet de mieux apprécier certaines nuances de langage.

— Dessie Larsson aussi, peut-être ?
— Elle a rédigé une thèse de criminologie en anglais, ce qui n'est probablement pas votre cas.

La journaliste quitta son siège.

— J'ai une certaine expérience dans ce domaine, dit-elle d'une voix posée.

Jacob et Sara Höglund la regardèrent avec des yeux étonnés.

— J'ai interviewé des suspects à plusieurs reprises en présence de la police, poursuivit-elle. Sans prendre de notes et sans rien enregistrer, bien évidemment.

— Qu'a-t-on à y gagner ? demanda Duvall.
— Qu'avez-vous à y perdre ? rétorqua Jacob.

65

La conférence de presse dérapa dès les premières minutes.

Les chaînes américaines, parce qu'elles émettaient en direct, ne pouvaient se permettre d'attendre sagement que le procureur Ridderwall ait fini le compte rendu indigeste qu'il avait demandé à ses équipes de lui préparer. Il commençait tout juste à ânonner la première phrase dans un anglais approximatif que les questions fusaient de toutes parts. Pour arranger le tout, il était dur d'oreille et ne comprenait rien à ce que lui criaient les journalistes.

— Le manque d'humilité conduit toujours à la catastrophe, marmonna Dessie qui s'était réfugiée au fond de la salle avec Jacob.

— Nous en avons la preuve flagrante sous les yeux, approuva Jacob d'une voix amère.

Evert Ridderwall avait tenu à affronter la presse seul, arguant du fait qu'il dirigeait l'enquête.

Sara Höglund, debout sur l'estrade à côté de lui, s'empara brusquement du micro et prit le relais.

L'entendant s'exprimer avec l'accent new-yorkais, Jacob comprit pourquoi elle connaissait aussi bien le fonctionnement du NYPD. Elle y avait sans doute effectué un stage.

En quelques phrases, Höglund se contenta de déclarer que l'enquête suivait son cours et que la police disposait d'éléments importants qu'elle n'était pas en mesure de dévoiler à ce stade.

— Tu parles, railla un journaliste d'une agence de presse suédoise, juste devant Dessie. En clair, ça veut dire qu'ils ont que dalle.

— On ferait mieux d'y aller, suggéra Jacob à l'oreille de sa voisine.

Ils atteignaient la porte lorsqu'un journaliste du *Dagens Eko* reconnut la jeune femme.

— Dessie? la héla-t-il. Dessie Larsson?

Elle se retourna, étonnée.

— Oui? répondit-elle machinalement.

L'instant d'après, une main lui brandissait un micro sous le nez.

— Que pensez-vous des reproches qui vous sont faits?

La jeune femme regarda son interlocuteur, mal rasé et doté d'une haleine pestilentielle.

Ce n'est pas le moment de péter un plomb. Reste calme, ne lui tourne surtout pas le dos, il n'attend que ça.

— Quels reproches? Pouvez-vous préciser?

— Comment justifiez-vous le fait d'avoir adopté la pratique américaine qui consiste à donner de l'argent aux tueurs en série?

— Je ne crois pas que vous ayez bien compris, répliqua-t-elle d'une voix qu'elle voulait pleine d'assurance. Nous n'avons donné aucun argent à...

— Mais vous avez essayé! s'exclama le journaliste d'un air indigné. Vous avez voulu acheter une interview à des tueurs en série. Trouvez-vous moralement défendable de les récompenser de leurs crimes ?

La gorge de Dessie se serra.

— Primo, ils n'ont pas reçu un sou, et secundo, ce n'est pas moi qui ai décidé de...

— N'avez-vous pas le sentiment de vous être faite leur complice ? cria son contradicteur. Quelle différence y a-t-il entre donner de l'argent à quelqu'un pour commettre un meurtre et lui donner de l'argent pour vous le raconter ?

Dessie écarta le micro de la main et quitta précipitamment la pièce.

— Ne vous en faites pas, lui murmura Jacob à l'oreille.

Sans comprendre le détail de l'échange qui s'était déroulé en suédois, il en devinait la nature.

— Après un tel fiasco, Duvall voudra se raccrocher aux branches, poursuivit-il. Je ne lui donne pas dix minutes pour nous demander d'interroger les Rudolph.

Dessie s'obligea à oublier l'incident avec son confrère de l'*Eko*.

Et Jacob avait raison. L'appel de Duvall leur parvint sept minutes plus tard.

66

C'est en début d'après-midi que Malcolm et Sylvia furent conduits dans la salle d'interrogatoire où les attendaient Dessie et Jacob.

Sylvia poussa un petit cri de joie en retrouvant son frère, et les deux jeunes gens s'étreignirent brièvement avant que les agents chargés de les escorter ne les séparent.

Dessie s'était attendue à faire preuve d'une certaine nervosité, mais sa colère et sa détermination s'étaient chargées de dissiper son angoisse. La culpabilité des Rudolph ne faisait aucun doute à ses yeux.

Le tout était de les faire trébucher.

Elle les examina attentivement et fut surprise de leur trouver autant de charme. Malcolm possédait des muscles d'athlète, sans doute à force d'avaler des stéroïdes. Quant à Sylvia, elle était à la fois mince et pulpeuse, avec des seins siliconés. Le frère avait le teint moins mat que sa sœur, mais leurs yeux étaient du même gris clair, avec de longs cils. Ravis de se retrouver, ils prirent place de l'autre côté de la table, à la fois heureux et décontractés.

Jacob et Dessie laissèrent volontairement les jeunes gens s'installer tranquillement sans prendre la peine de se présenter, veillant à afficher une mine neutre.

La journaliste s'aperçut très vite qu'ils ne l'avaient pas identifiée, faute d'avoir vu la petite photo qui accompagnait parfois ses articles, ou d'avoir cherché son portrait sur Google avant de lui envoyer la carte postale.

Les jumeaux, un sourire aux lèvres, prirent le temps d'observer le décor qui les entourait. On les sentait nettement plus vigilants que lors des interrogatoires précédents.

— Alors, commença Sylvia, de quoi souhaitez-vous parler ?

— J'aurais quelques questions à vous poser sur votre passion pour la peinture, se lança Dessie sans changer d'expression.

Le frère et la sœur se redressèrent, un sourire plein d'assurance aux lèvres.

— Génial, approuva Sylvia. Que voulez-vous savoir ?

— Quel regard portez-vous sur les liens entre l'art et la réalité ? Je pense surtout aux meurtres d'Amsterdam et de Berlin, dont les mises en scène concernaient des personnes réelles, Néfertiti et Van Gogh.

Malcolm et Sylvia écarquillèrent les yeux et leur petit air satisfait laissa place à une expression nettement plus réservée.

— Je m'explique, enchaîna Dessie. Personne ne sait si la reine Néfertiti avait perdu l'œil gauche ou non. C'est néanmoins le cas du buste qui se trouve à l'Altes Museum, ce qui vous a poussés à arracher l'œil gauche de Karen et Billy sans savoir si cela était justifié ou non. En réalité, c'est l'œuvre d'art qui vous intéresse, et non le modèle. Je me trompe ?

Sylvia eut un petit rire.

— Tout ça me paraît très intéressant, dit-elle. Sauf que c'est complètement fou.

— Vous savez comment j'en suis arrivée à cette conclusion? poursuivit Dessie. Lindsay et Jeffrey, les deux Anglais que vous avez tués à Amsterdam. Vous leur avez coupé l'oreille droite alors que Van Gogh s'était coupé la gauche. Dans son autoportrait, le bandage se trouve à droite, bien sûr, puisqu'il a peint son reflet dans la glace. Vous cherchez donc à recréer les œuvres, et non les gens.

— À quoi rime toute cette histoire? s'impatienta Sylvia. Je croyais que vous aviez des questions à nous poser.

— C'est le cas, intervint Jacob en s'adressant à Malcolm. Où avez-vous caché votre déguisement?

67

Le frère et la sœur restaient parfaitement maîtres d'eux-mêmes, mais toute trace de dédain s'était évaporée. Dessie remarqua qu'ils se rapprochaient instinctivement l'un de l'autre à mesure que les questions se faisaient plus gênantes. Le duo qu'ils formaient était incroyablement soudé.

Malcolm éclata de rire.

— Mon déguisement ? Je ne comprends pas…

Dessie vit Jacob serrer les dents. Il faisait probablement un effort surhumain pour ne pas réduire en bouillie son interlocuteur.

— La perruque brune, la casquette, les lunettes de soleil et le manteau que vous enfilez quand vous videz les comptes en banque de vos victimes. Le déguisement que vous portiez quand vous avez vendu la montre de Claudia, celui que vous aviez en entrant dans la chambre de Nienke et Peter.

Malcolm écarta les bras dans un geste d'incompréhension.

— De quoi parlez-vous ?

— Et les gouttes pour les yeux, poursuivit Jacob. On ne les a pas retrouvées dans votre chambre d'hôtel, vous avez dû les cacher au même endroit.

Le jeune homme se tourna vers sa sœur.

— Tu comprends de quoi il parle ?

— Votre cinéma au Grand Hôtel n'était pas mal, mais il était loin d'être parfait. Tenez, continua Jacob en s'adressant cette fois à Sylvia. On voit immédiatement que vous faites semblant de les embrasser et de discuter avec eux. Mais vous n'avez pas pensé à l'ombre.

Sylvia secoua la tête. Son sourire commençait déjà à s'étioler.

— Désolée, mais je ne vois pas du tout où vous voulez en venir.

— Vous avez commis plusieurs erreurs, insista Jacob. Je veux parler de l'ombre des corps projetée par le soleil à travers la fenêtre.

Le regard de la jeune femme s'assombrit.

— C'est du harcèlement, protesta-t-elle.

— La statue du Millesgården, intervint Dessie. Celle dont on voit très bien l'ombre se dessiner dans le couloir quand vous ouvrez la porte. C'est de cette ombre qu'il vous parle.

— Nous voulons un avocat, répliqua Sylvia.

68

Le frère et la sœur avaient pris la décision de ne plus prononcer le moindre mot en dehors de la présence d'un avocat.

L'interrogatoire prit donc fin aussitôt et les deux Rudolph furent reconduits à leurs cellules, tandis que Dessie et Jacob regagnaient le bureau de Mats Duvall où les attendaient les enquêteurs.

Sara Höglund ne cachait pas sa satisfaction.

— Cette histoire d'ombre a superbement marché, remarqua-t-elle.

— Dommage qu'elle soit inventée, regretta Jacob. Sinon, nous aurions de quoi les faire condamner.

— Il n'y a plus qu'à espérer les voir s'embrouiller dans leurs mensonges, répliqua Höglund.

Duvall monta le son de la radio qui fonctionnait en sourdine dans un coin de la pièce en reconnaissant le jingle du flash de 16 h 45. L'arrestation « discutable » des deux étudiants américains faisait la une du journal, présenté par un reporter guindé.

« D'après le *Dagens Eko*, les suspects posséderaient des alibis pour plusieurs des doubles meurtres commis par le passé. Quant aux caméras de surveillance du Grand Hôtel, elles montrent que les deux victimes hollandaises étaient encore en vie lorsque le frère et la sœur ont quitté leur chambre, mardi après-midi. »

Une chape de plomb s'abattit sur les enquêteurs. Quelqu'un avait parlé.

Les regards s'étaient figés, personne n'osant observer personne.

Dessie se sentait particulièrement mal à l'aise. Tout le monde devait croire que la fuite venait d'elle. La loi suédoise interdisant aux autorités toute intervention auprès des médias, personne ne se permettrait de lui poser la question directement, mais elle savait déjà ce qu'ils pensaient. La journaliste, l'étrangère, faisait figure de traîtresse désignée et devait s'attendre à ne plus avoir sa place au sein de l'équipe.

Les traits de Duvall se durcissaient à mesure que le présentateur continuait son commentaire.

Le président de l'ordre des avocats de Suède avait vertement critiqué le fait que les « jeunes gens » aient obtenu un défenseur plus de vingt-quatre heures après leur arrestation.

Dans un extrait de la conférence de presse, Sara Höglund précisait d'un ton passablement agacé que l'enquête suivait son cours. L'extrait avait été soigneusement choisi à la fin de son intervention, alors qu'un journaliste lui posait la même question pour la énième fois.

Le présentateur enfonça le clou d'une voix qui laissait percer son indignation.

« La journaliste Dessie Larsson, de l'*Aftonposten*, n'a pas hésité à proposer une somme de cent mille dollars, près d'un million de couronnes, en échange d'un entretien exclusif avec les assassins. Anita Persson, présidente de l'Association des journalistes suédois, a évoqué un scandale. »

Le cœur battant à tout rompre, Dessie sentit le rouge lui monter au visage en entendant les propos de Persson :

« Dessie Larsson a jeté l'opprobre sur toute une profession. Je demanderai personnellement à ce qu'on lui retire sa carte de membre de l'Association des journalistes. »

Suivait une interview d'Hugo Bergman qui qualifiait sa jeune consœur de « journaliste sans intérêt » et de « poids plume ».

Tous les regards s'étaient tournés vers Dessie.

Comme quoi Bergman n'a pas apprécié que je refuse ses avances après m'avoir invitée dans un grand restaurant.

La jeune femme se leva et se dirigea vers la porte.

— Pour votre gouverne, je ne suis *pas* membre de l'Association des journalistes, précisa-t-elle avant de s'éclipser, suivie par Jacob.

69

On apercevait les paraboles des camions de la télévision depuis Götgatan.

Dessie s'arrêta, stupéfaite, la main posée sur le guidon de son vélo, en découvrant la meute des journalistes qui campaient devant son immeuble et bloquaient l'accès à Urvädersgränd.

Jacob laissa échapper un petit sifflement.

Au milieu de la foule des reporters, des correspondants radio avec leurs antennes dans le dos et des photographes armés de téléobjectifs gigantesques, elle reconnut plusieurs confrères de l'Association des journalistes.

— Quel succès! railla sèchement l'inspecteur.

— Je ne peux pas rentrer chez moi, balbutia Dessie.

— Ils finiront bien par avoir faim. Allons manger un morceau en attendant.

Ils prirent le chemin de Mariatorget sous un ciel lourd et menaçant, et jetèrent leur dévolu sur un restaurant de viande de Sankt Paulsgatan où Jacob commanda des travers de porc sauce barbecue tandis que Dessie se contentait d'un épi de maïs.

— C'est tout? s'étonna l'Américain en voyant arriver l'assiette de sa compagne.

— Je ne sais même pas si je pourrai avaler quoi que ce soit, répondit-elle d'une petite voix.

Il posa sur elle un regard qu'elle n'avait jamais vu auparavant. On aurait presque pu s'imaginer qu'il se faisait du souci pour elle.

— Je me doute que vous ne devez pas trouver ça très rigolo, mais je tenais à vous dire que vous avez fait votre devoir.

Elle vida son verre de vin d'un trait avant de le remplir.

Jacob posa la main sur celle de la jeune femme.

— Dessie, écoutez-moi. Ce sont ces monstres qui ont assassiné Kimmy et c'est en partie grâce à vous qu'on a pu les arrêter.

La main de l'inspecteur était brûlante. Elle releva la tête.

— Vous deviez beaucoup l'aimer, dit-elle sans réfléchir.

Il ferma les paupières et serra sa main dans la sienne. L'espace de quelques instants, elle crut qu'il allait se mettre à pleurer.

— Oui, murmura-t-il en glissant ses doigts entre ceux de la journaliste. Oui, je l'aimais beaucoup. Nous n'étions que tous les deux…

Dessie se laissa faire.

Jacob tourna la tête et regarda à travers la vitre.

— Et sa mère? poursuivit-elle. Que lui est-il arrivé?

— Lucy? Je me suis souvent posé la question.

Il retira sa main et Dessie frissonna, brusquement frigorifiée.

Il lui adressa un sourire timide.

— Ce n'est pas moi qui ai transmis l'info au *Dagens Eko*, dit-elle.

— Bien sûr que non, répondit-il en vidant son verre. C'est Evert Ridderwall.

— Comment le savez-vous ?

— Ce type-là est une vraie girouette. Il est totalement dénué de principes et cherche uniquement à éviter les reproches éventuels. Il voulait savoir ce que les médias pensaient des Rudolph, c'est tout.

Le genou de Jacob s'était retrouvé entre ceux de Dessie.

Aucun des deux ne songea à bouger.

— Vous savez qui ils ont choisi comme avocat ? interrogea Dessie en vidant son verre. Andrea Friederichs.

— Et alors ? réagit Jacob en lui versant du vin.

Dessie but une nouvelle gorgée.

— Friederichs n'est pas une spécialiste du droit criminel, mais du droit d'auteur. Vous ne trouvez pas ça bizarre ?

70

Non seulement les journalistes qui faisaient le siège de l'immeuble de Dessie n'avaient pas disparu, mais ils semblaient plus nombreux. Jacob repensa à toutes les occasions dans lesquelles il avait dû traverser une mer de micros et de caméras, chaque fois qu'une affaire d'importance se présentait à New York.

— Il faut croire qu'ils n'ont pas très faim, remarqua Dessie en soupirant.

Elle avait veillé à se placer derrière lui.

— Je n'ai pas vraiment envie qu'on me voie, à la télé et dans les journaux, rentrer chez moi comme une voleuse, s'inquiéta-t-elle à voix basse.

— Il y a une autre solution. Le type qui partageait ma piaule est retourné en Finlande. Si ma cellule de prison de Långholmen ne vous fait pas peur, vous êtes la bienvenue. La couchette du bas est libre.

Il avait veillé à faire la proposition sur un ton léger.

Elle hésita quelques secondes tout en continuant à l'observer.

— D'accord, se décida-t-elle en faisant demi-tour.

Ils venaient de passer Zinkensdamm et se trouvaient à mi-chemin de l'auberge de jeunesse lorsque la pluie se mit à tomber. Ils accélérèrent le pas et Jacob remonta le col de son blouson de daim, mais l'eau continuait à lui mouiller le cou et il frissonna de froid.

— Je pourrais vous prendre sur mon vélo, proposa Dessie.

— À l'arrière ?

Elle acquiesça.

Il prit place sur l'étroit porte-bagages et s'agrippa des deux mains aux hanches de la journaliste. Elle pédalait vite, enchaînant les mouvements de ses cuisses musclées, et ils passèrent comme l'éclair devant une grande église surmontée de deux flèches symétriques.

Jacob repensa brusquement au jour où Lucy l'avait ramené chez lui, à Brooklyn, de la même façon, un siècle ou un millénaire plus tôt, avant Kimmy et la drogue et la vie avec toutes ses complications.

Il sauta à terre devant l'entrée de l'auberge de jeunesse.

— Vous avez le droit de recevoir des femmes dans votre chambre ? Ce n'est pas contraire au règlement ? s'inquiéta Dessie en retirant son casque.

— Je n'ai pas l'intention de leur poser la question, répliqua Jacob. Je suis un grand garçon.

Il l'attira tout contre lui. Ses cheveux avaient un parfum de fruits frais et il ferma les yeux en s'abandonnant à sa chaleur, à sa respiration le long de son cou.

Il l'embrassa et découvrit dans sa bouche un goût de pluie et de maïs.

71

Ils se déshabillèrent avec une telle rage que leurs vêtements atterrirent en tas juste devant la porte de la petite chambre.

Dessie n'attendit même pas d'avoir atteint la couchette du Finlandais pour attirer Jacob en elle. Ce fut à même le sol qu'il se glissa entre ses cuisses sans rencontrer de résistance, les yeux dans ceux de la jeune femme. Il avait à peine pensé *non, non, non, pas tout de suite* qu'il jouissait en poussant un grondement rauque.

Il se recroquevilla contre Dessie en cachant son visage défait dans ses cheveux.

Quel imbécile. Jouir au bout de dix secondes. Qu'allait-elle penser ?

Alors qu'il tentait de reprendre son souffle et ses esprits, Dessie embrassa son cuir chevelu tout en mettant ses hanches en mouvement. Il crut un instant qu'elle souhaitait se libérer et s'apprêtait à se relever lorsqu'elle lui prit les fesses à pleines mains afin de le maintenir sur elle.

— Laisse-toi faire, lui glissa-t-elle à l'oreille en continuant à se déhancher.

Contre toute attente, Jacob sentit son sexe se raidir à nouveau.

Obéissant, il s'abandonna au rythme de sa compagne dont le corps l'avalait toujours plus fort, l'attirait toujours plus loin. Sa respiration s'accéléra, son pouls se mit à battre plus vite, ses tempes bourdonnaient et la tête lui tournait. Il la regarda. Les yeux brouillés, elle était au bord de la jouissance.

— Viens, lui dit-il d'une voix rauque.

Il se releva, l'emporta dans ses bras et la déposa sur le lit où elle s'allongea, les jambes tendues et dures, le ventre d'une douceur infinie, la poitrine ferme et parfaitement dessinée. D'une main, il lui caressa les cuisses et explora de la bouche le bout d'un sein. Elle poussa un léger grognement et fut envahie d'un long frisson. Il lécha longuement toutes les parties de son corps. Lorsqu'il la pénétra à nouveau, elle rejeta la tête en arrière en poussant un cri. Le ventre de la jeune femme était toujours parcouru de spasmes lorsque la rumeur qui bourdonnait à l'intérieur du crâne de Jacob céda la place à une explosion qui le rendit brusquement sourd et aveugle à toute réalité.

Lorsqu'il reprit enfin ses esprits, il était frigorifié.

Il roula sur le côté et dégagea tant bien que mal les couvertures afin de recouvrir leurs corps entrelacés.

— Wow, dit-elle simplement en posant sur lui deux yeux écarquillés par la surprise.

72

Dessie ne réussissait pas à se remettre de ce qu'elle venait de vivre.

En acceptant l'invitation de Jacob à passer la nuit dans sa chambre, elle s'était pourtant bien promis de ne pas tomber dans un tel piège.

Son existence était suffisamment compliquée sans qu'elle éprouve le besoin de se lancer dans une relation aussi improbable.

— Wow, répéta-t-il en souriant.

Il la regardait avec l'étrange lueur qu'elle avait lue à plusieurs reprises au fond de ses yeux d'un bleu incroyable.

Elle faisait n'importe quoi. Vite ! Se lever et s'en aller.

Au lieu de quoi, immobile, elle répondit à son sourire.

— Dessie, lui murmura-t-il à l'oreille. Dessie, Dessie… Tu sais que tu es géniale ?

Une sensation de chaleur intérieure l'envahit.

— Dessie… d'où te vient ce prénom ? demanda-t-il enfin.

Elle se blottit contre sa poitrine ; il la serra contre lui tandis qu'elle le caressait du bout des doigts.

— Ma mère m'a appelée Désirée, expliqua-t-elle. En hommage à la moins connue des princesses de la famille royale.

Tout en parlant, elle repensait à Eivor, sa mère née en 1938, l'année où Désirée Elisabeth Sibylla, avant-dernière fille du prince Gustave Adolphe et de son épouse, Sibylla de Saxe-Cobourg-Gotha, voyait le jour au palais de Haga, à Stockholm. La princesse Désirée avait toujours été l'idole d'Eivor qui n'avait pas hésité un instant sur le prénom de sa fille, le jour venu.

— C'est un prénom magnifique.

Elle éclata de rire.

— Je ne sais pas si tu imagines bien ce que ça fait de s'appeler Désirée quand tu as dix ans à Ådalen. « Alors, Désirée, tu as la diarrhée ? »

— Pauvre Désirée, s'émut Jacob en lui caressant les cheveux.

— Heureusement que mon cousin Robert venait de temps en temps de Kalix passer les vacances à la maison, répliqua Dessie en plongeant les yeux dans ceux de son compagnon.

Il l'embrassa. Elle ressentit aussitôt une décharge électrique dans le bas-ventre. Et ce baiser avait manifestement fait le même effet à Jacob. Elle s'allongea sur son ventre et entreprit de lui mordiller doucement l'oreille.

Comment pouvait-on se sentir aussi bien en faisant quelque chose d'aussi mal ?

73

Vendredi 18 juin

Dessie fut réveillée par un grésillement. Le bruit, étouffé, provenait de sous le lit. Elle attendit sagement qu'il s'arrête.

Elle reposa lentement la tête sur la poitrine de Jacob et respira longuement son odeur, un mélange de transpiration et d'eau de toilette. Tout était silencieux. Le soleil, déjà haut dans le ciel, baignait la petite chambre d'une lueur éblouissante.

Elle se demanda combien de temps elle avait dormi. Une heure. Deux, peut-être.

Elle aurait voulu rester là jusqu'à la fin des temps. Ne jamais avoir à quitter ce lit, cet homme, faire l'amour avec lui jusqu'à leur mort. Au moins jusqu'à ce que le manque de caféine la contraigne à changer d'avis.

La chaleur ne tarderait pas à devenir insupportable dans la minuscule cellule.

Elle se dégagea doucement, se jucha sur un coude et le regarda dormir.

Il avait l'air si jeune quand ses traits apaisés reflétaient l'oubli… Ses cheveux bouclés s'étalaient sur l'oreiller.

Il n'avait pas dû rendre visite à un coiffeur depuis plus de six mois.

Depuis la mort de Kimmy.

Le grésillement électronique se fit entendre à nouveau, plus insistant. La sonnerie de son portable, au fond du sac à dos qu'elle avait machinalement glissé sous le lit la veille, en entrant dans la pièce.

Elle attendit que le bruit veuille bien s'arrêter. À côté d'elle, Jacob commençait à remuer. Elle se pencha, récupéra le sac à dos sous le lit et se mit en quête du portable.

Un SMS et un appel en absence.

Elle ouvrit le SMS. Il s'agissait d'une dépêche de la principale agence de presse suédoise. Elle en eut le souffle coupé.

Elle sentit alors la main tiède de Jacob lui caresser le dos de façon insistante. Elle se retourna et découvrit son regard magnifique.

Le sourire de l'inspecteur s'effaça en voyant la mine défaite de la journaliste.

— Qu'est-ce qu'il y a ? demanda-t-il. Que se passe-t-il ?

Mon Dieu... mon Dieu... comment lui annoncer la nouvelle ?

Il se dressa si brutalement qu'il se cogna le crâne sur le sommier de la couchette supérieure.

— Parle, bon sang !

Elle se recroquevilla sur elle-même.

— Ils ont été libérés, balbutia-t-elle. Ridderwall a libéré les Rudolph.

74

Dessie étendit les bras, sûre qu'il allait s'effondrer. Elle aurait voulu lui prendre le visage à deux mains, le rassurer en lui disant que tout finirait par s'arranger, qu'il s'agissait d'une simple erreur, que Kimmy serait vengée, qu'il pourrait recommencer à vivre, qu'il venait de renaître cette nuit-là dans cette couchette étroite.

Mais Jacob se rua hors du lit en la bousculant et faillit s'étaler par terre. Il attrapa son jean à la volée et l'enfila sans prendre le temps de mettre un caleçon.

— Tu ne pourras rien y changer, lui dit Dessie d'une voix qu'elle voulait calme.

— Peut-être, concéda-t-il, livide, en passant le T-shirt noir de la veille, mais j'ai bien l'intention de les suivre à la trace. J'irai jusqu'au bout du monde, s'il le faut.

La jeune femme s'assit sur le lit en se couvrant la poitrine à l'aide d'une couverture, soudain gênée de sa nudité.

— Ils ont été libérés à 6 heures ce matin, pour échapper aux médias. À l'heure qu'il est, va savoir s'ils ne sont pas dans l'avion pour les États-Unis.

Il mit ses chaussures sans même les lacer et enfila son blouson en daim. Au moment de quitter la pièce, il eut une hésitation.

— Je suis désolé, dit-il. Je ne voulais pas...

L'instant d'après, il claquait la porte à en faire trembler les murs.

75

La salle de rédaction était déserte, on aurait pu la croire abandonnée à la suite d'un bombardement.

Forsberg, à moitié endormi, les yeux rouges de fatigue, était assis derrière son bureau et regardait un écran de télévision.

— Où est tout le monde ? s'étonna Dessie en prenant place à côté de lui.

Le chef de service montra la télévision du menton.

— Au Grand Hôtel. Nos assassins préférés ont loué la suite nuptiale et tout le monde la garde devant leur porte, à commencer par nos excellents confrères.

Dessie ouvrit des yeux ronds.

— Tu plaisantes ?

— Une conférence de presse est prévue à 14 heures.

— Qui donne une conférence de presse ? La direction du Grand Hôtel ?

Forsberg se gratta le menton. Il ne s'était pas rasé depuis trois jours.

— Les Rudolph. Ils entendent clamer leur innocence à la face de l'univers.

La journaliste s'effondra contre le dossier de sa chaise. Tout ça n'était qu'un cauchemar, elle allait se réveiller dans les bras de Jacob, les assassins étaient toujours enfermés à double tour à la prison de Kronoberg.

— C'est surréaliste, murmura-t-elle. Il ne fait aucun doute que ces salauds sont les coupables.

Forsberg bâilla à s'en décrocher la mâchoire.

— Que fais-tu de l'objectivité de la presse ?

Dessie se leva.

— Tu devrais rentrer chez toi dormir un peu.

Ils furent interrompus par la sonnerie du téléphone. Forsberg décrocha aussitôt.

— Oui ?

Il écouta son interlocuteur pendant plus d'une minute et fit signe à Dessie de ne pas bouger. D'un geste, elle lui signifia qu'elle n'était là pour personne et ramassa son sac à dos.

— Une seconde, je vous prie...

Il couvrit le micro de sa main.

— C'est un journaliste danois. Il veut te parler.

— Je ne donne pas d'interview, répliqua-t-elle en serrant autour du cou la lanière de son casque de vélo.

— Tu devrais lui parler. Il a reçu ce matin une carte postale datée d'hier, expédiée depuis Copenhague. Il pense qu'il s'agit des assassins.

76

En voyant Jacob venir à sa rencontre dans le hall de départ de la gare centrale, Dessie sentit son cœur faire un bond dans sa poitrine.

Son sourire se figea en découvrant le regard sombre qu'il lui adressait, les mâchoires serrées.

— Tu as pu en avoir une copie ?

Elle lui tendit en silence les photocopies recto et verso de la carte postale faxée par son confrère danois. Il posa son sac par terre et s'empara des deux feuilles. Il s'agissait d'une vue des jardins de Tivoli. À l'exception du nom de la ville, le message ressemblait à s'y méprendre à celui envoyé à Dessie quelques jours plus tôt.

ÊTRE OU NE PAS ÊTRE
À COPENHAGUE
TELLE EST LA QUESTION

À BIENTÔT

— Je n'en reviens pas, déclara-t-il en examinant longuement les deux fax. C'est plus rapide d'obtenir des éléments d'enquête par les journaux que par ces connards incompétents d'Interpol.

La gorge de Dessie se noua. Elle venait de comprendre pourquoi il lui avait donné rendez-vous. Il savait qu'elle avait en sa possession des pièces que la police n'avait pas encore pu se procurer.

— Que penses-tu de l'écriture ? demanda-t-elle de la voix la plus neutre possible. Il pourrait s'agir de la même personne ?

Il secoua la tête en se passant la main dans les cheveux.

— C'est très difficile à dire avec des caractères bâtons. Je peux garder les fax ?

Elle hocha la tête, pas certaine de réussir à contrôler sa voix si elle répondait.

— Tu es au courant pour le Grand Hôtel ? parvint-elle à balbutier.

— La conférence de presse ? Oui, j'ai appris ça.

Il prit son sac et le balança sur son épaule.

Elle tenta un sourire.

— Au moins, tu sais où ils sont, reprit-elle. Comme ça, tu n'auras pas besoin d'aller jusqu'au bout du monde.

Il s'immobilisa soudainement, et Dessie éprouva l'envie de disparaître dans un trou de souris.

Comment pouvait-elle se montrer aussi collante ?

— J'ai reçu une réponse des États-Unis, lui annonça-t-il. Tu sais, les deux e-mails que j'ai envoyés de chez toi...

— Tant mieux.

— Je pars pour Los Angeles, poursuivit-il en regardant sa montre. J'ai un avion dans deux heures.

La nouvelle lui fit l'effet d'une douche glacée.

— Tu... à Los Angeles ? Et...

Elle se mordit la langue juste à temps. Elle avait failli dire : « Et moi ? »

Elle se comportait comme une parfaite idiote.

Il consulta à nouveau sa montre d'un air gêné, puis s'avança et la serra brièvement dans ses bras, sans vraiment la toucher à cause du sac.

— À bientôt, dit-il en tournant les talons avant de disparaître au milieu de la foule.

77

CNN, Sky News et BBC World émettaient tous depuis la galerie des glaces du Grand Hôtel. Avec son décor surchargé, ses dorures, ses portes à miroirs et ses lustres en cristal dignes de Versailles, la salle faisait penser à une pièce montée géante. Et pendant que les correspondants des chaînes de télévision, au coude-à-coude, distillaient leurs commentaires en direct, journalistes et photographes se disputaient les meilleurs sièges dans leur dos.

En général, Dessie s'employait à éviter les conférences de presse. Elle avait toujours trouvé humiliant de devoir se battre contre ses confrères dans l'espoir de se ménager un passage.

La hiérarchie des médias l'horripilait au plus haut point : le fait que les équipes de télévision aient d'emblée accès au premier rang, que les correspondants des chaînes les plus importantes occupent systématiquement la place d'honneur, face au micro...

Venaient ensuite les reporters des différentes radios avec leurs antennes, les correspondants des agences de presse, les quotidiens nationaux et, en queue de peloton, la presse locale et spécialisée. Quant aux sous-fifres de son espèce, ils n'entraient que s'ils pouvaient.

Rompant avec ses habitudes, elle décida ce jour-là de faire comme Jacob et de foncer dans le tas après avoir exhibé sa carte de presse à l'entrée.

Le salon était suffisamment grand pour accueillir cinq cents personnes, mais les Rudolph avaient limité le nombre des participants à trois cents afin de laisser suffisamment d'espace aux chaînes d'information qui émettaient en direct.

Adossée au mur du fond, Dessie devait tendre le cou pour espérer voir quelque chose.

À l'autre extrémité de la salle, juste en face d'elle, se dressait la petite estrade, ornée d'une forêt de micros, depuis laquelle les jumeaux allaient clamer leur innocence.

Le brouhaha ambiant était indescriptible. Dessie ferma les yeux, complètement tétanisée, le bruit lui parvenant comme à travers une paroi vitrée.

Comment faisait-elle pour tout rater ?

Son portable sonna et elle ne l'aurait pas entendu si le vibreur ne s'était mis en route dans la paume de sa main.

C'était Forsberg.

— Qu'est-ce que ça donne ?

— Je croyais que la conférence était retransmise en direct par dix-sept chaînes différentes ! s'étonna Dessie.

— À part les micros, on ne voit rien. Tu as croisé Alexandre Andersson ?

— Nous ne fréquentons pas les mêmes cercles. Je suis tout au fond.

Forsberg reprit sa respiration.

— C'est vrai que tu les as interviewés pendant que la police les tenait ?

— Il ne faut pas croire tout ce que les gens racontent, répliqua-t-elle sans quitter l'estrade des yeux. Les voilà !

Des flashes crépitèrent de tous côtés et plusieurs dizaines de spots s'allumèrent. Malcolm fit son entrée par la porte de gauche, vêtu d'un jean savamment troué et d'une chemise bleu ciel au col largement ouvert.

Sa sœur le suivait quelques pas en arrière dans une tenue blanche immaculée, sa chevelure châtain brillant sous les projecteurs.

— Putain de belle fille ! s'exclama Forsberg au téléphone.

— Je te rappelle plus tard, répondit Dessie en raccrochant.

Derrière Sylvia apparut une femme grande et mince en qui Dessie reconnut Andrea Friederichs, l'avocate choisie par les Rudolph.

Ils se postèrent tous trois face à la jungle de micros et patientèrent plusieurs minutes afin de laisser le temps aux photographes d'opérer. Enfin, Friederichs s'avança.

— Il est temps de commencer, dit-elle dans un anglais d'Oxford impeccable.

78

Le message du trio, qu'ils s'évertuèrent à répéter tout au long des quarante-cinq minutes que dura la conférence transformée en véritable show médiatique, ne pouvait être plus clair : la Suède venait d'éviter de justesse une terrible erreur judiciaire.

Une Andrea Friederichs particulièrement à l'aise entama la séance avec assurance, rendant un vibrant hommage au courageux procureur Ridderwall grâce auquel deux pauvres innocents avaient évité une nouvelle journée d'interrogatoires pénibles et une nuit de plus en prison.

L'idée même que le frère et la sœur puissent être mêlés de près ou de loin aux meurtres des assassins à la carte postale était tout simplement grotesque, et l'avocat passa en revue tous les détails prouvant leur innocence.

Leur présence à Madrid le jour où étaient commis les meurtres d'Athènes.

Leur présence dans le sud de l'Espagne au moment des meurtres de Salzbourg.

Les places de théâtre achetées peu après l'instant où étaient perpétrés les meurtres de Berlin.

Le fait que les deux Hollandais, Nienke Van Mourik et Peter Visser, étaient en vie lorsque les Rudolph quittaient leur chambre.

Leur arrestation par la police suédoise au seul prétexte qu'ils étaient amateurs d'art.

— Je n'ai jamais vu la police se comporter avec une telle désinvolture, affirma Friederichs.

En observant les visages de ceux qui se trouvaient là, Dessie constata que ses confrères buvaient les paroles de l'avocate comme du petit-lait. La plupart partageaient visiblement son indignation.

Et si c'était elle qui avait tort ?

Et si elle s'était laissé influencer par Jacob dont chacun connaissait le manque d'objectivité ?

Et si les Rudolph étaient vraiment innocents ?

Dessie en avait mal au crâne.

Puis ce fut au tour des jumeaux de s'exprimer. Les yeux brillants, Malcolm décrivit son désarroi et son chagrin en apprenant la mort de leurs amis hollandais. Lorsque ses larmes se mirent à couler, les photographes s'en donnèrent à cœur joie et mitraillèrent le visage bouleversé du jeune homme au visage angélique.

Sylvia se montra à la fois plus maîtresse d'elle-même et plus modeste.

À l'entendre, les assassins étaient les pires monstres qu'ait connus l'Europe. Tout en comprenant fort bien le désir des enquêteurs de ne négliger aucune piste, elle regrettait que son frère et elle aient pu en faire les frais. La machine judiciaire suédoise, malgré ses limites et l'entêtement d'une police rétrograde et partiale, avait néanmoins fonctionné puisque leur innocence avait enfin été admise.

— Vous croyez vraiment qu'on aurait pu acheter tranquillement deux places pour aller voir *Un tramway nommé Désir* au théâtre après avoir commis un double meurtre aussi atroce ? demanda-t-elle, des larmes plein les yeux. Pour qui nous prend-on ? Pour des monstres ?

Nouvelle explosion de flashes.

Dessie se dirigea vers la sortie et composa le numéro de Forsberg sur son portable.

— Quel show ! s'exclama son chef de service. On a fait la une de CNN !

Lui aussi était passé dans le camp des Rudolph.

— Je voulais te prévenir que je m'absentais quelques jours, annonça-t-elle à son chef de service.

— Tu t'absentes ? Et pour aller où ?

— À Copenhague, précisa-t-elle avant de raccrocher.

79

Los Angeles, samedi 19 juin

Les roues touchèrent le tarmac avec un bruit sourd, puis l'appareil se dirigea vers le terminal international de l'aéroport de Los Angeles.

Cela faisait plus de six mois que Jacob n'avait pas foulé le sol des États-Unis et il n'avait jamais pensé qu'il éprouverait un tel choc.

À peine sorti du bâtiment, assailli par les gaz d'échappement, il jeta autour de lui un regard circulaire : l'océan des voitures, l'omniprésence des panneaux publicitaires, les voix, la rumeur de la circulation. L'Amérique telle qu'il s'en souvenait... en pire.

Il se rendit chez un loueur de voitures et choisit une Chrysler équipée d'un GPS. Il ne connaissait pas Los Angeles et croyait se simplifier la tâche, mais programmer une adresse sur cette saleté de machine se révéla infiniment plus difficile qu'il ne l'imaginait et il finit par renoncer, préférant se lancer au jugé sur Sepulveda en direction du nord.

Jacob n'avait jamais compris qu'on puisse trouver du charme à cette cité, malgré Hollywood et son usine à rêve ou le romantisme de la vie au soleil. Il n'y voyait que publicités, nœuds autoroutiers et alignements interminables de pavillons horribles.

Évitant les autoroutes, il suivit Sepulveda sur des kilomètres avant de tourner à droite sur Santa Monica Boulevard, et s'endormit au premier feu rouge. Les neuf heures de décalage horaire avec la Suède commençaient à faire leur effet. Ici, il n'était que 7 heures du soir, mais son corps, habitué à six mois d'Europe, était réglé sur 4 heures du matin.

La veille encore, il se trouvait sur une étroite couchette dans une ancienne cellule de prison, ressentant pour la première fois depuis la mort de Kimmy une véritable envie de vivre.

Il ne s'était pas douché depuis qu'il avait quitté Dessie et sentait toujours le parfum fruité de son corps sur le sien.

Il chassa l'image de la jeune femme de sa tête et rangea la voiture sur une zone de livraison de Beverly Drive.

Deux cafés et un PV plus tard, il avait plus ou moins retrouvé figure humaine.

Le 1338 Citrus Avenue était un immeuble au toit plat en assez piteux état, situé à quelques rues du célèbre théâtre chinois de Grauman sur Hollywood Boulevard.

Lyndon Crebbs ouvrit la porte avant même qu'il ait pu sonner.

— Alors, vieux forban ? l'accueillit affectueusement l'ancien agent du FBI en le serrant dans ses bras. Allez, entre !

Jacob pénétra dans un salon salle à manger chichement meublé dont la moquette épaisse avait connu des jours meilleurs.

Le vieux maître de Jacob avait pris un coup de vieux. Tous ses cheveux étaient devenus blancs, son visage tanné par le soleil était parcouru de rides, mais ses yeux brun foncé respiraient plus que jamais l'intelligence.

— Ma parole, Lyndon, tu es devenu un vieux monsieur !

L'ancien agent fédéral partit d'un grand rire et referma la porte derrière son visiteur.

— La prostate, mon vieux. Cette vacherie de cancer me bouffe lentement, mais sûrement.

Jacob posa son sac de voyage par terre et se laissa tomber sur l'une des chaises de la salle à manger.

— J'ai un message pour toi de la part de Jill à New York, reprit Lyndon en sortant deux Budweiser du frigo. Tes copains se demandent quand tu arrêteras de jouer au gendarme et aux voleurs en Europe. Ils commencent à en avoir marre des types du 32e District et ils auraient bien besoin de toi.

Jacob rit de si bon cœur qu'il en fut le premier surpris.

— C'est bon, je ne compte pas faire de vieux os dans cette vacherie de ville.

Sa franchise fit sourire Lyndon.

— Tu sais ce qu'on dit : L.A. n'est pas le genre de chat qui te ronronne sur les genoux. Mais avec un peu de temps et de patience, ça finit par s'arranger.

— Très peu pour moi ! Kimmy est allergique aux poils de ces charmantes petites bêtes.

Cela faisait vingt ans que Jacob répondait invariablement la même chose chaque fois qu'on prononçait devant lui le mot chat.

— J'ai plein de choses à te dire, répliqua Crebbs, à nouveau sérieux.

80

Copenhague

On était en pleine nuit, mais le soleil était déjà levé.

Anna avala les dernières gouttes de sa Margarita. Elle n'avait pas l'habitude de boire aussi tard, mais elle et Eric avaient décidé de s'autoriser tous les caprices au cours de leur périple.

Elle leva les yeux sur son mari et se colla contre lui. Elle ne se lassait pas de le toucher.

Le club vibrait au rythme de la musique, mais le niveau sonore dans le bar du premier étage permettait de se parler, même si la clientèle éprouvait rarement le besoin d'aborder des sujets essentiels à une heure aussi indue.

— Je vous en ressers un autre ?

Le type qui leur avait offert la tournée précédente ne semblait pas décidé à la lâcher. Elle se serra plus fort contre Eric.

— Non merci, j'ai assez bu comme ça.

— Allez, lui chuchota son mari à l'oreille. Un petit dernier. Tu ne vois pas qu'il est blindé de thunes ?

Anna soupira et le type commanda une autre Margarita.

Elle regarda sa montre. Elle avait envie de rentrer.

— De quel coin des États-Unis êtes-vous ? demanda l'inconnu en lui tendant le cocktail qu'il venait de commander.

Le sel collé au rebord du verre lui poissait les doigts.

— De Tucson, Arizona, répondit Eric avec sa politesse coutumière.

— *Jojo left his home in Tucson Arizona for some California grass*[1], chantonna la petite amie du type en agitant son verre.

— C'est le désert là-bas, non ?
— Pas tout à fait, le corrigea Eric.

Anna le tira par la manche.

— J'ai envie de rentrer à l'hôtel.
— Ça fait longtemps que vous voyagez ? reprit la fille en aspirant bruyamment les dernières gouttes de son cocktail.
— Deux semaines et demie, répliqua le jeune homme. On adore la Scandinavie, on trouve ça génial !
— Ouais, c'est vrai, approuva la fille.

Elle se rapprocha d'Eric et se débarrassa d'une sandale d'un mouvement du pied. Anna la vit alors caresser des orteils l'une des baskets de son mari.

— Tu sais ce qu'on dit des mecs qui ont de grands pieds ? lui demanda l'inconnue en l'observant à travers ses cheveux.

Il lui sourit, les yeux malicieux.

Anna battit des paupières. Qu'est-ce que c'était que ce cirque ? Elle rêvait, ou bien cette fille draguait son mec sous ses yeux ?

---

1. Il s'agit d'un vers de la chanson « Get Back » des Beatles. *(N.d.T.)*

— Eric, je suis vraiment crevée. On va au Tivoli, demain...

Celui-ci émit un petit rire aigu, comme si elle avait dit une ânerie, et la fille l'imita.

— Quelle soirée magique! remarqua cette dernière. J'aimerais tellement en garder un souvenir. Pas vous?

Elle se lova alors contre son petit ami qu'elle embrassa sur les lèvres. Il lui répondit par un rire forcé.

— Ça risque de me coûter cher, déclara-t-il.

— À cette heure-ci, toutes les boutiques sont fermées, le rassura Eric.

— Tu as raison! On n'a qu'à boire du champagne! s'exclama l'autre en faisant signe au barman.

La fille pencha la tête vers Eric en souriant.

— Pourquoi ne pas boire une dernière coupe dans votre chambre d'hôtel? suggéra-t-elle.

Anna se raidit en voyant son mari lever son verre. Rien ne l'arrêtait quand il avait trop bu. Elle n'avait pas attendu leur mariage pour s'en rendre compte. Il l'attira contre lui.

— Allez, lui glissa-t-il à l'oreille en lui soufflant dans le tympan. On fait aussi ce voyage pour rencontrer des gens, non?

Anna avait envie de pleurer, mais Eric avait raison : il fallait qu'elle arrête de jouer les rabat-joie en permanence.

81

Los Angeles

Lyndon posa deux bières sur la table.

— J'étais convaincu que mes sources n'auraient pas grand-chose à m'apprendre sur Malcolm et Sylvia Rudolph, mais je me trompais, commença-t-il en s'asseyant lourdement.

— Ce sont de vrais jumeaux ? s'enquit Jacob en ouvrant sa troisième bouteille de bière de la soirée.

Le décalage horaire aidant, il était déjà soûl.

— Des vrais de vrais. Ils sont nés à un quart d'heure d'écart. Pourquoi ?

Jacob se remémora les images de l'enregistrement vidéo du musée d'Art moderne de Stockholm. Leur façon de se comporter l'un avec l'autre, la main de Sylvia dans le pantalon de Malcolm.

— Je ne sais pas, répondit-il en avalant une gorgée.

— Leur vie a basculé il y a onze ans.

Lyndon leva sa bière et but au goulot. Sa main tremblait ; Jacob se demanda à quel stade de la maladie il se trouvait.

— Leurs parents, Helen et Simon Rudolph, ont été assassinés dans leur lit. Les jumeaux avaient treize ans à l'époque.

Jacob cilla.

— Laisse-moi deviner. On les a retrouvés nus, la gorge tranchée ?

L'agent du FBI gloussa.

— Exactement. La pièce ressemblait davantage à un abattoir qu'à une chambre. Il y avait du sang partout.

— Qui les a tués ?

Lyndon Crebbs secoua la tête.

— L'enquête n'a jamais abouti. Le père était marchand d'art. On a prétendu qu'il ne se contentait pas de transporter des tableaux de la Renaissance dans les caisses qu'il faisait venir d'Amérique du Sud, mais on n'a jamais rien pu prouver.

— Que sont devenus les deux gamins ?

— Ils ont été élevés par quelqu'un de la famille. Mon informateur m'a parlé d'un cousin de la mère, sans pouvoir me fournir son nom.

Jacob avala une nouvelle gorgée de Bud.

— J'ai cru comprendre qu'ils ne manquaient de rien.

— C'est rien de le dire, approuva Lyndon. Ils ont été élevés dans une espèce de manoir à peine plus petit que le Pentagone. La propriété est désormais vide, elle appartient à un liquidateur quelconque.

— Où ça ? Loin d'ici ?

— Pas très. Au nord de Santa Barbara. Pourquoi ?

— Tu as pu en savoir plus sur l'ancien petit copain de la fille ? William Hamilton ?

Lyndon ricana.

— Je peux te dire qu'il n'était pas à Rome à Noël dernier. Il n'a jamais eu de passeport.

Jacob lui répondit par un grognement.

— J'ai dégotté une adresse à Westwood, continua Lyndon, mais je ne sais pas si elle est encore bonne. C'est un coin où les Rudolph traînaient souvent. Ils ont fait leurs études à UCLA, ils ont même fondé une espèce de cercle créatif qu'ils ont baptisé Arts sans limites...

Jacob s'aperçut qu'il ne tenait plus debout. Il consulta sa montre. Dessie venait de se réveiller. Le soleil s'était levé quatre heures plus tôt. Il imaginait les bateaux glissant sous ses fenêtres le long des quais de Gamla Stan. Installée sur le divan, elle regardait les voiles des yachts faseyer au vent, une tasse de café et un roulé suédois à la main.

— Viens, l'invita Crebbs. Je vais t'accompagner jusqu'au canapé.

82

Copenhague, dimanche 20 juin

Il pleuvait sur la capitale danoise.

Assise près d'une fenêtre dans un café bondé de Strøget, une rue piétonne interminable, elle observait machinalement le ballet des piétons en imperméable, la danse pressée des parapluies. Elle était entourée de couples avec des enfants, en sortie du dimanche. Les plus petits dormaient dans des poussettes, les plus grands gazouillaient, perchés sur des chaises hautes, pendant que les mères buvaient du café au lait et les pères des bocks de bière.

— La place est libre ?

Elle leva les yeux.

Un type aux cheveux blonds ébouriffés, une petite fille dans les bras, s'était installé en face d'elle sans attendre sa réponse.

— Non, répliqua-t-elle précipitamment. J'attends quelqu'un.

Le jeune père se releva alors en lui adressant un regard condescendant.

Cela faisait plus d'une heure qu'elle était seule à sa table.

Les assassins avaient envoyé une carte postale à Nils Thorsen, un journaliste du quotidien danois *Extra-Avisen*, qui en avait été à peu près autant enthousiasmé que Dessie quelques jours plus tôt. En l'espace de vingt-quatre heures, elle avait eu le temps de passer en revue avec son confrère les photos et autres preuves abandonnées par Jacob.

Une heure plus tôt, Thorsen avait été appelé d'urgence par sa rédaction. Une lettre à son nom venait de parvenir au journal. Une enveloppe rectangulaire blanche, le nom du destinataire écrit en caractères bâtons.

Dessie observa du coin de l'œil le manège du père qui rejoignait sa femme et lui glissait quelques mots en faisant un geste dans sa direction.

Elle baissa la tête, tentant de se fondre dans le décor.

Elle s'était trouvé beaucoup de points communs avec Nils Thorsen. Ils exerçaient le même métier, s'intéressaient aux mêmes choses, partageaient les mêmes principes. Il était assez beau gosse, peut-être un peu trop mince...

Pourquoi ne lui faisait-il pas du tout le même effet que Jacob Kanon ?

Elle remonta ses mèches en un chignon qu'elle fit tenir avec un stylo à bille et reprit l'examen de la carte postale.

Le parc d'attractions de Tivoli, en plein cœur de Copenhague. La carte avait été postée pendant que les Rudolph étaient retenus par les autorités suédoises.

Il fallait se rendre à l'évidence. Dessie avait envie de croire Jacob, mais sa théorie ne tenait pas la route. Sylvia et Malcolm Rudolph étaient innocents.

En tout cas, ils n'avaient pas pu envoyer cette carte, pas plus que la lettre que Nils avait dû ouvrir à l'heure qu'il était.

Pourquoi diable s'était-elle laissé convaincre ?

Les gens gobent n'importe quoi pour meubler le vide de leur existence. C'est bien pour ça qu'on a inventé la religion, les matchs de foot, et les milices populaires.

En tant que chercheuse et journaliste, elle avait appris à se montrer critique. À ne jamais rien prendre pour argent comptant.

Elle se sentit brusquement emportée par l'absence de Jacob.

Pourquoi es-tu parti ?

83

— Désolé, s'excusa Nils Thorsen en secouant la pluie de son ciré avant de s'installer en face d'elle. Je ne pensais plus m'en sortir.

Il commanda une bière.

— Il s'agissait d'un Polaroid ? questionna Dessie.

Le journaliste essuya ses verres de lunettes sur son pull et posa devant elle la copie d'une mauvaise photo.

Elle était trop floue pour que le décor soit identifiable, et même pour que l'on comprenne vraiment de quoi il s'agissait.

Dessie plissa les yeux et l'examina en détail.

La photo avait été prise en contre-plongée. On reconnaissait un pied de lit, sans pouvoir déterminer ce qui était posé dessus.

— Ils ont identifié le lieu ?

— Pas encore, mais ça ne saurait tarder, répondit Nils. C'est très probablement une chambre d'hôtel. Regarde le tableau accroché au mur, personne ne voudrait d'une horreur pareille chez lui.

— Sur le lit... ce sont des gens ?

Thorsen remit ses lunettes d'une main mal assurée.

— Je ne sais pas, avoua-t-il.

Le nez sur la photo, elle finit par identifier des draps, des vêtements, un sac à main et...

Un pied, puis un autre, et un troisième.

Elle lâcha instinctivement la feuille de papier.

Deux personnes. Dont tout semblait indiquer qu'elles étaient mortes.

— Tu crois vraiment qu'ils ont voulu reproduire un tableau ? demanda le Danois.

— Impossible à dire, marmonna Dessie.

Elle repoussa le document en pensant à toutes les œuvres célèbres présentes au Danemark.

La plus connue de toutes était bien sûr la statue de la *Petite Sirène* au milieu du port. Mais il y avait aussi les impressionnistes de l'école de Skagen, le cubiste Vilhelm Lundström, d'autres encore.

Elle chassa une mèche qui lui barrait le front. La plupart des photos précédentes étaient facilement identifiables. Ce n'était pas le cas de celle-ci.

Elle éprouva brusquement le besoin d'oublier toute cette histoire.

84

Los Angeles

— Hé, le dormeur ! Encore en vie ?
Jacob ouvrit les yeux et se demanda où il était.
Une large auréole d'humidité au plafond.
Le ronronnement d'un climatiseur époumoné.
Une forte odeur de café lui monta aux narines. Une odeur qui ne l'avait pas réveillé depuis six mois.
— Hé, le revenant ! J'ai des informations pour toi.
Il se redressa et s'assit sur le mauvais canapé du salon de Crebbs, à peine plus confortable que le siège d'avion dans lequel il avait traversé l'Atlantique.
L'ancien agent du FBI lui tendit un mug de café instantané bouillant.
— J'ai réussi à dénicher le nom de celui qui s'est occupé des enfants Rudolph à la mort de leurs parents. Un certain Jonathan Blython, un cousin de la mère établi à Santa Barbara.
Jacob prit le mug et se brûla en voulant avaler une gorgée.
— Excellent, approuva-t-il. Tu crois qu'il se formaliserait si je lui rendais une petite visite ?

— Ça m'étonnerait, répliqua Lyndon. Il est mort il y a trois ans.

Jacob sursauta, brusquement réveillé.

— Mort comment? De mort violente?

Lyndon acquiesça.

— Il a été retrouvé égorgé sur un parking de Vista del Mar Street, en compagnie d'une prostituée. L'enquête a conclu à une simple agression et personne n'a été arrêté.

— Il y a trois ans, tu dis?

— Les jumeaux venaient d'avoir vingt et un ans.

Jacob avala le liquide amer et se mit en quête de son pantalon, qui avait glissé sous le canapé.

— J'ai très envie d'aller faire un tour à Santa Barbara, annonça-t-il en enfilant son jean. C'est loin?

— Dans les cent soixante kilomètres. Tu peux y être en deux heures si tu évites l'heure de pointe. Mais tu vas commencer par prendre une douche, ajouta-t-il en lui posant lourdement la main sur l'épaule.

85

Copenhague

Les meurtres avaient été commis dans un hôtel proche de la gare centrale. Un immeuble de trois étages, datant des années 1930, banal, pour ne pas dire miteux.

Dessie et Nils parvinrent sur les lieux en même temps que l'une des équipes de police scientifique.

— Laissez-nous vous aider, proposa Thorsen en les voyant décharger un matériel impressionnant.

Les policiers les regardèrent avec effarement, ce qui ne les empêcha pas d'accepter.

Les deux journalistes franchirent ensuite sans encombre le cordon d'agents censés maintenir à distance la presse et le public.

Les meurtres avaient eu lieu dans une grande chambre du dernier étage.

Dessie nota l'absence de caméras de surveillance.

Deux responsables de l'identité judiciaire, arrivés sur place avant leurs collègues, avaient déjà entamé l'examen de la scène de crime que de puissants halogènes éclairaient d'une lumière crue. Dessie sut à l'odeur que les corps n'avaient pas encore été évacués. Des inspecteurs arpentaient les lieux, un appareil photo ou un carnet à la main.

La journaliste s'immobilisa sur le seuil de la chambre et se jucha sur la pointe des pieds afin de voir au-delà de l'inspecteur en civil qui se trouvait devant elle.

Lorsqu'il baissa la tête, elle découvrit le lit et eut un haut-le-cœur.

Les organes sexuels de l'homme, coupés, se trouvaient dans sa bouche.

Quant à la femme, les meurtriers l'avaient éventrée avant de placer ses intestins entre ses jambes. Elle avait une bouteille de champagne enfoncée dans la gorge.

Dessie détourna le regard et s'appuya contre le mur du couloir.

— Que se passe-t-il ? lui demanda Thorsen.

— Je te laisse regarder, répondit-elle d'une petite voix en s'effaçant.

Il émit un bruit indéfinissable, comme s'il vomissait, et fit une brusque volte-face en titubant.

Dessie regarda alors à nouveau et repensa à l'horreur de ce qu'elle avait vu dans la maison de Dalarö.

Les similitudes étaient frappantes. Deux cadavres, ceux d'un homme et d'une femme, la gorge tranchée. Elle n'aurait pas cru la chose possible, mais le spectacle était encore pire ici.

— D'où étaient-ils originaires ? interrogea l'un des hommes de l'identité judiciaire.

— Des États-Unis, répliqua l'inspecteur chargé de l'enquête. De Tucson, en Arizona. Des jeunes mariés. Eric et Anna Heller. Leur voyage de noces, probablement.

Dessie faillit vomir pour de bon.

À part les mutilations infligées aux corps, rien n'indiquait que les assassins aient cherché à disposer les cadavres de façon particulière. Ils s'étaient contentés de les laisser sur le lit, comme s'ils dormaient.

Pas de petite sirène. Pas de tableau inspiré de l'école de Skagen. Elle sortit son portable et composa le numéro de Gabriella.

L'adjointe du commissaire Duvall décrocha en poussant le grognement d'usage.

— Tu sais si Malcolm et Sylvia Rudolph sont toujours au Grand Hôtel?

— Ils n'ont pas quitté leur suite.

— Tu en es certaine?

— L'hôtel a été pris d'assaut par les médias, les Rudolph ne pourraient pas faire un geste sans que le monde entier le sache. Andrea Friederichs est en train de vendre au plus offrant les droits de leur histoire.

Dessie ferma les yeux.

— Tu es au courant pour Copenhague?

— Un crime atroce, si j'ai bien compris.

— Bien pire que d'habitude, en fait, précisa Dessie. Je ne crois pas qu'il s'agisse des mêmes meurtriers. Trop de choses diffèrent.

Sa phrase fut accueillie par un silence.

— Ou alors les Rudolph sont vraiment innocents, finit par dire Gabriella.

Dessie ne répondit rien.

— Tu devrais accepter le fait que Jacob a pu se tromper, poursuivit son interlocutrice. Ils ont très bien pu se trouver là où il ne fallait pas au mauvais moment. Ou alors quelqu'un a voulu leur faire porter le chapeau.

Dessie s'écarta afin de laisser passer les ambulanciers et leurs civières.

— Ou bien alors ce sont eux, reprit la journaliste, et quelqu'un essaie de les imiter sans vraiment y réussir.

— Et qui serait le quelqu'un en question ? lui demanda Gabriella.

86

Santa Barbara

L'adresse dont disposait Jacob correspondait à un énorme portail à l'extrémité d'une petite route. Un panneau de bronze piqué indiquait le nom de la propriété : *Le Manoir*, avec un M majuscule majestueux. La modestie n'y semblait guère de rigueur.

L'inspecteur prit le temps d'examiner les alentours, assis au volant de sa voiture.

En circulant à travers les rues de Montecito quelques minutes plus tôt, il avait pu s'apercevoir à quel point la petite ville était un refuge de nantis.

Sur la plupart des propriétés se dressaient des maisons prétentieuses de style méditerranéen ou prétendu tel, entourées de grilles chargées et d'énormes massifs de bougainvillées.

Ce n'était pas le cas du manoir, caché, à perte de vue en direction des collines, par une enceinte haute de plusieurs mètres.

Manoir, mon cul.

Jacob verrouilla la Chrysler et s'approcha de l'interphone installé à gauche du portail.

— *Sí ?* grésilla une voix.

La maison était donc habitée.

— *Hola*, répondit-il. Vous parlez anglais ?

L'inspecteur ne manquait pas de qualités, mais n'avait jamais eu de don pour les langues.

— *Sí*. Oui.

— Jacob Kanon, police de New York. J'aurais souhaité vous poser quelques questions au sujet de la famille Rudolph.

— Entrez, répondit la voix.

Les grilles s'écartèrent.

Tout ça était décidément un peu trop facile.

Jacob remonta en voiture, franchit le portail et pénétra dans un autre univers.

L'allée de gravillons serpentait à travers un petit bois, mais aucune trace d'un manoir. Seule une petite maison de gardien de style Tudor se dressait sur sa gauche, cinquante mètres plus loin. La porte du logement s'ouvrit et un vieux Mexicain s'avança sur l'allée en clopinant.

Jacob descendit de voiture.

— Police de New York ? s'enquit le vieil homme avec un large sourire.

Il tendit la main à son visiteur en lui précisant qu'il se nommait Carlos Rodríguez.

— J'attendais ça depuis si longtemps, expliqua-t-il.

— Vous attendiez quoi ? s'étonna Jacob.

— Il était temps, ajouta le Mexicain en se signant. Depuis le temps que Monsieur et Madame ont été assassinés !

L'inspecteur dévisagea longuement son interlocuteur. L'homme, maigre et sec, portait une salopette bleue et des bottes en caoutchouc. Avec ses cheveux poivre et sel, on lui aurait donné dans les soixante-dix ans.

— Vous connaissiez donc les Rudolph ? demanda Jacob.

— Si je les connaissais ? Ça fait plus de trente ans que je suis jardinier ici. Et j'étais là, la nuit où c'est arrivé.

87

Carlos Rodríguez et sa femme Carmela habitaient la petite maison de gardien du manoir depuis qu'il était rentré de la guerre du Viêtnam, au printemps 1975. Leurs deux enfants avaient grandi là. Le garçon était étudiant en médecine à l'université Northwestern et la fille l'une des associées d'un cabinet d'avocats de Seattle.

Il tendit à Jacob une carte avec l'adresse de la firme, suivie d'un numéro de téléphone portable.

— Les enfants, c'est l'avenir, remarqua Rodríguez. Vous avez des enfants ?

— Non, rétorqua sèchement Jacob en fourrant la carte dans la poche arrière de son jean. Je cherche à savoir ce que sont devenus les jumeaux Rudolph après le meurtre de leurs parents.

Le jardinier fit la grimace.

— Le señor Blython les a pris chez lui. Il les a emmenés à Los Angeles dans une maison qu'il avait achetée, à Beverly Hills.

Le Mexicain s'approcha du policier d'un air mystérieux.

— La señorita et son frère n'avaient pas envie de partir, dit-il à mi-voix, comme si quelqu'un se cachait dans le petit bois. Ils auraient voulu rester chez eux, mais la décision revenait au señor Blython. C'était lui le tuteur, après tout. Mais je peux vous dire que ça nous a semblé vide, après le départ des enfants.

Une larme brilla au coin de l'œil du vieil homme qui se reprit aussitôt.

— Ça ne les a pas empêchés de réussir, poursuivit-il. Ils sont entrés à UCLA pour étudier les beaux-arts. Mais venez vous asseoir un moment à la maison. *Mi mujer* a fait un gâteau.

— Je vous remercie, répondit Jacob en secouant la tête. À qui appartient la maison, aujourd'hui ?

Lyndon lui avait vaguement parlé d'une société de liquidation judiciaire.

Le visage de Carlos Rodríguez s'assombrit.

— Les enfants en ont hérité, avec tout le reste : les tableaux, les bijoux, les actions et toutes les affaires de Monsieur. Jonathan Blython était censé gérer la fortune jusqu'à leur majorité. Et puis, le jour où ils ont eu vingt et un ans, ils ont appris qu'il n'y avait plus rien.

Jacob haussa les sourcils.

— Vous voulez dire que leur tuteur a détourné leur fortune ?

— *Todo !* Jusqu'au dernier sou ! La maison a été vendue aux enchères. La société qui l'a rachetée comptait en faire un centre de conférences. Heureusement pour nous, elle a fait faillite pendant la crise.

— Qu'ont pensé Sylvia et Malcolm de tout ça ?

Le vieil homme baissa la tête.

— Ils ont été obligés d'arrêter leurs études. Ils n'avaient plus les moyens de payer les frais de scolarité, alors ils ont trouvé du travail. Ça ne les a pas empêchés de réussir, répéta-t-il.

Jacob serra les dents. Si le pauvre vieux avait su...

— Quand les avez-vous vus pour la dernière fois ?

Rodríguez n'eut pas besoin de réfléchir.

— Le week-end avant la vente de la maison. Ils sont passés récupérer des souvenirs. Des albums de photos, ce genre de chose. Aucun objet de valeur, puisque tout avait été saisi.

— Ils sont venus tous les deux ?

— Avec Sandra, acquiesça le jardinier. Sandra Schulman, la meilleure amie de Sylvia. Ils étaient inséparables, tous les trois. Ils ne sont restés que quelques heures, ils sont repartis en pleine nuit. J'imagine que dire adieu à la maison de leur enfance était trop pénible...

Jacob, peu soucieux de s'apitoyer sur le sort des jumeaux Rudolph, se hâta de passer à la suite de l'histoire.

— C'est à ce moment-là que Jonathan Blython a été assassiné ? demanda-t-il.

Son interlocuteur prit un air méprisant.

— Quand on passe son temps à traîner avec des *putas*, ça n'a rien d'étonnant.

— Qu'a-t-il fait de l'argent ?

— Que voulez-vous que j'en sache ? J'imagine qu'il l'aura dépensé avec des *putas*.

Jacob jugea inutile d'insister.

— La maison est-elle toujours là ?

Les traits de Carlos Rodríguez s'illuminèrent.

— *Claro que sí !* Officiellement, je ne travaille plus depuis que je suis en retraite, mais je continue à m'occuper du manoir, comme à l'époque de Monsieur et Madame.

— Ça vous ennuierait de me le faire visiter ?

— *Sí, claro !*

Le vieil homme rentra chez lui en traînant la patte et ressortit quelques instants plus tard avec à la main un impressionnant trousseau de clés.

— Que voulez-vous voir ? s'enquit-il.

— La chambre où Helen et Simon Rudolph ont été assassinés, répliqua Jacob.

88

Lyndon n'avait pas menti. La maison était immense. On aurait cru un manoir anglais de film d'horreur.

Carlos Rodríguez avait beau se donner du mal pour entretenir l'énorme bâtisse, il ne pouvait pas grand-chose contre les intempéries, le lierre et les mauvaises herbes. Les vitraux de plusieurs fenêtres étaient fêlés ou cassés; le châssis d'une ouverture avait perdu un gond et grinçait au vent.

— L'électricité a été coupée, s'excusa le jardinier en tournant une clé dans la serrure de la porte en chêne.

Les pas de Jacob se répercutèrent sous la voûte du grand hall d'entrée. Plusieurs portes entrouvertes laissaient entrevoir des pièces hautes de plafond et des couloirs sombres.

Il fit rapidement le tour des pièces.

La maison avait été vidée de son contenu. Dans la bibliothèque aux rayonnages vides pendait un rideau solitaire.

— La grande chambre se trouve au premier.

Un escalier en hélice monumental conduisait à l'étage.

Des rectangles délavés sur les murs signalaient la présence passée de tableaux. Un vieux canapé rococo éventré prenait la poussière sur le palier.

— Tout droit, lui indiqua Rodríguez.

Le lit n'avait pas bougé de place, un vieux lit à baldaquin dépouillé de ses rideaux. À cette exception près, la pièce était entièrement vide.

— C'est donc ici qu'a eu lieu le drame ? interrogea le policier.

Rodríguez hocha la tête.

— Vous m'avez dit que vous étiez là ?

Nouveau hochement de tête.

— Qu'avez-vous vu exactement ?

Le vieil homme avala sa salive.

— C'était horrible. Beaucoup de sang. Monsieur et Madame morts dans ce beau lit. Tout nus. Ils ont été surpris pendant leur sommeil.

— Vous avez pu voir leurs blessures de près ?

Le Mexicain glissa l'index à hauteur de sa gorge.

— La tête coupée quasiment jusqu'à l'os.

Il fut parcouru d'un frisson.

Jacob le regarda longuement.

— Comment se fait-il que vous les ayez découverts ? Vous aviez l'habitude de venir dans leur chambre en pleine nuit ?

Rodríguez balaya la question d'un geste.

— Pas du tout. Je dormais chez moi quand la señorita a appelé. Je me suis précipité.

— Ce n'est donc pas vous qui les avez trouvés.

— Oh non, non. C'est la petite Sylvia.

89

Copenhague, lundi 21 juin

Il y avait quelque chose. Dessie en avait l'intuition. Mais au moment où elle croyait mettre le doigt dessus, la vérité lui échappait.

Les copies des photos et des cartes postales éparpillées autour d'elle sur le lit défait, la journaliste tentait vainement de comprendre. Elle s'entêtait à vouloir les regarder alors qu'elle en connaissait par cœur les moindres détails, pour les avoir vues des centaines de fois.

La carte postale envoyée d'Amsterdam représentait un bâtiment banal : la maison du 267 Prinsengracht où s'était réfugiée Anne Frank pendant la guerre, où elle avait rédigé les pages de son journal.

Rome et Madrid. Le Colisée et les arènes de Las Ventas. Les gladiateurs et les toreros. Des théâtres de mort.

La carte postée à Paris était une vue de la Conciergerie, qui avait servi d'antichambre à la guillotine pendant la Révolution.

À Berlin, le bunker d'Hitler, le peintre raté le plus tragique de l'histoire de l'humanité.

Stortorget à Stockholm, théâtre d'un bain de sang un jour de l'automne 1520.

Jusque-là, tout était logique, mais ce n'était pas le cas des trois dernières cartes.

Pourquoi les jardins de Tivoli à Copenhague ?

Le stade olympique construit pour les Jeux de 2004 à Athènes ?

Une rue commerçante de Salzbourg ?

Quel rapport avec la mort ?

Dessie laissa retomber les cartes en pluie sur le lit.

Était-ce une simple vue de l'esprit ?

Avait-elle tort de chercher une logique dans le comportement d'individus à l'esprit aussi tordu ?

Elle s'approcha de la fenêtre. La pluie avait laissé place à un mélange de brouillard et de bruine qui enveloppait les voitures et les vélos circulant sur Kongens Nytorv.

À quoi bon, après tout ? Jacob l'avait abandonnée. Personne au journal ne s'inquiétait d'elle, personne ne l'attendait chez elle.

Être ou ne pas être. Comme si l'on choisissait de vivre ou de mourir. Et quand bien même, quelle vie choisir ?

Dessie avait aujourd'hui le choix entre poursuivre l'enquête ou rentrer chez elle. S'impliquer ou lâcher prise. Si elle faisait abstraction de l'opinion des autres, de quoi avait-elle vraiment envie ?

Elle se retourna et contempla le champ de bataille sur le lit.

Jacob, faute d'avoir pu entrer en contact avec la journaliste autrichienne, n'avait pas réussi à se procurer la photo des victimes de Salzbourg.

Elle prit son téléphone portable d'un air pensif, le serra quelques instants contre sa poitrine, et demanda les renseignements internationaux.

Dix secondes plus tard, le téléphone sonnait dans les locaux du *Salzburger Tageszeitung.*

— *Ich suche Charlotte Bruckmoser, bitte*, demanda-t-elle.

90

Une série de clics se fit entendre sur la ligne avant qu'une voix résonne à l'autre bout du fil. Dessie commença par se présenter en expliquant le but de son appel.

— Avant toute chose, je voudrais m'excuser de vous déranger, dit-elle dans un allemand scolaire approximatif.

— Je n'ai rien à dire, se défendit aussitôt la journaliste.

Elle semblait plus vigilante que mécontente.

— Je comprends fort bien, la rassura Dessie. Je sais l'effet que ça fait, c'est moi qui ai reçu la carte postale et la photo au moment des meurtres de Stockholm.

— J'ai lu ça, en effet, acquiesça Charlotte Bruckmoser.

Dessie entreprit alors de tout lui raconter. Les imitations morbides d'œuvres célèbres, les liens entre la mort et les lieux évoqués par la majorité des cartes, le rôle joué par Jacob Kanon suite à l'assassinat de sa fille, l'arrestation de Sylvia et Malcolm Rudolph, la conviction de Jacob qu'il s'agissait bien des assassins en dépit de leurs alibis.

Deux bips insistants lui indiquèrent qu'un correspondant cherchait à la joindre pendant cette conversation, mais elle les ignora.

Son exposé achevé, Charlotte resta silencieuse.

— La presse n'a pas parlé de tout ça, dit-elle enfin.

— La police n'avait pas envie de le crier sur les toits.

— Et vous? s'enquit alors l'Autrichienne d'une voix circonspecte. Vous croyez à la culpabilité des jumeaux?

Dessie prit le temps de la réflexion.

— Je ne sais plus quoi penser.

Nouveau silence.

— Pourquoi m'avoir raconté tout ça? demanda sa consœur.

Deux nouveaux bips. Quelqu'un désirait vraiment la joindre.

— À cause de la carte et de la photo, répliqua Dessie. J'aimerais beaucoup en avoir une copie.

— Je vous les envoie tout de suite par e-mail, proposa Bruckmoser en lui demandant son adresse Internet.

Quelques secondes plus tard, les fichiers se trouvaient dans la boîte aux lettres de l'ordinateur de Dessie.

La pièce était tapissée de sang, comme si les victimes s'étaient traînées par terre avant de mourir. Deux lampes gisaient sur la moquette, en mille morceaux, et les corps reposaient sur le flanc un peu plus loin, à un mètre l'un de l'autre.

— La scène vous fait-elle penser à un tableau autrichien célèbre? demanda Dessie.

Sa correspondante ne répondit pas immédiatement.

— Ça ne me dit rien, mais je ne suis pas spécialiste en histoire de l'art.

Dessie cliqua sur le fichier contenant la reproduction de l'enveloppe et constata que l'adresse était rédigée en caractères bâtons, comme toutes les autres. Un détail inattendu l'intrigua cependant: la présence au dos de neuf chiffres griffonnés à la hâte.

— Sauriez-vous à quoi correspond le nombre qui figure au verso? s'étonna Dessie.

— C'est un numéro de téléphone, répliqua Bruckmoser. J'ai essayé d'appeler, c'est le numéro d'une pizzeria à Vienne. La police a jugé que ça n'avait aucun rapport avec les meurtres.

Au même moment, un son indiqua à Dessie qu'un nouvel e-mail venait d'arriver sur sa messagerie électronique. Son estomac se retourna.

C'est Jacob, pensa-t-elle aussitôt. *Il m'écrit pour me dire que je lui manque.*

L'e-mail émanait en fait de Gabriella.

« J'ai essayé de t'appeler. Nouveau double meurtre à Oslo. »

— Merci pour tout, je vais devoir vous laisser, dit Dessie à la journaliste autrichienne avant de raccrocher.

91

Los Angeles

UCLA, l'université de Californie située à Los Angeles, a peu de chose à envier à une ville moyenne du Midwest. Avec ses deux cents bâtiments et ses trente mille étudiants, le campus attire chaque année cinquante mille nouveaux candidats.

Jacob entra l'adresse de l'école d'architecture et des beaux-arts sur le GPS et tenta de suivre les instructions que lui fournissait l'appareil d'une voix métallique, ce qui ne l'empêcha pas de se perdre. Il finit par baisser sa vitre et quémander l'aide d'un groupe de jeunes gens chevelus, tous équipés de sacs à dos. À l'inverse de celles du GPS, leurs indications se révélèrent claires et fiables.

Il gara sa voiture devant une rangée de bâtiments aussi engageants que les barres de béton des faubourgs de Stockholm, puis vérifia l'adresse donnée par Lyndon Crebbs.

Nicky Everett, le jeune homme avec lequel il avait rendez-vous, l'attendait devant le numéro 240.

Jacob n'avait jamais eu l'occasion de croiser un futur docteur en art conceptuel. Il fut surpris de découvrir un personnage parfaitement ordinaire en pantalon de toile, chemise de golf, chaussures bateau et lunettes sans monture, visage glabre.

— Merci d'accepter de me recevoir.

— Sans communication, l'art n'a pas de sens, répliqua Everett le plus sérieusement du monde en l'observant à travers ses lunettes.

— Euh… oui, tout à fait. Dites-moi, se lança Jacob, avez-vous connu Malcolm et Sylvia Rudolph ?

— L'emploi du passé ne se justifie pas. Même en l'absence de relations physiques, il est aujourd'hui possible de rester en contact avec les gens.

Jacob se racla la gorge.

— Ça vous ennuierait qu'on prenne le temps de s'asseoir ? demanda-t-il en désignant des bancs à quelques pas de là.

Ils prirent place à l'ombre de quelques arbres chétifs.

— J'ai cru comprendre que vous aviez fait vos études en même temps que les jumeaux Rudolph.

— Tout à fait. Sylvia et Mac étaient des précurseurs dans leur domaine.

— Quel domaine, plus précisément ?

— Sol LeWitt l'exprime parfaitement : « Dans l'art conceptuel, l'idée ou le concept est l'aspect le plus important du travail. L'idée devient une machine qui fait l'art. »

Jacob tenta de déchiffrer la phrase de son interlocuteur.

— Si je vous comprends bien, un ou plusieurs événements peuvent constituer une œuvre d'art. C'est ça ?

— Exactement. Et Mac et Sylvia ont toujours poussé leur art jusque dans ses ultimes retranchements.

Jacob repensa aux anecdotes évoquées par Dessie et entreprit de les raconter à Everett. La fille qui avait simulé une crise de folie pour son diplôme, l'étudiant qui avait démoli un wagon de métro en baptisant son œuvre *Marquage de territoire*.

— Vous pensez les jumeaux capables d'un truc du même genre ?

Le doctorant ajusta ses lunettes.

— Les Rudolph étaient infiniment plus inventifs dans leur expression artistique. Les exemples que vous me citez restent assez superficiels.

Jacob se passa la main dans les cheveux.

— Vous pourriez m'expliquer la valeur artistique de ce genre de démarche ?

Everett le regarda comme un objet sans intérêt.

— Vous pensez vraiment que l'art est fait pour être accroché au mur et vendu à des collectionneurs ?

Comprenant qu'il s'était engagé dans une impasse, Jacob changea de tactique.

— On m'a parlé d'un cercle qu'ils avaient monté, Arts sans limites.

— Oui, c'était un projet en réseau, je ne crois pas qu'il en soit sorti grand-chose.

— Quelle vie sociale menaient-ils ? Leur famille, leurs copains, leurs petits amis et petites amies ?

Nicky Everett ne répondit même pas, comme si lui poser une question aussi futile était déplacé.

— Savez-vous s'ils ont été affectés par la mort de leur tuteur ?

— Leur quoi… ?

Jacob préféra renoncer.

— Très bien, conclut-il en se levant. Dommage que les jumeaux Rudolph n'aient pas eu les moyens d'achever leurs études. Je pense à toutes les œuvres qu'ils auraient pu créer…

Il s'apprêtait à saluer son interlocuteur lorsqu'une lueur d'intérêt s'alluma pour la première fois dans le regard de ce dernier.

— Pas les moyens, vous dites ? Doués comme ils l'étaient, Sylvia et Mac n'avaient pas besoin de payer leurs études. Ils bénéficiaient tous les deux d'une bourse. Ils n'ont jamais eu de problème d'argent.

Jacob s'immobilisa.

— Mais alors… Pour quelle raison ont-ils quitté l'université ?

Nicky Everett manifesta son trouble en battant des paupières à plusieurs reprises.

— Ils ont été expulsés après la création d'une œuvre baptisée *Tabou*. Leur renvoi aura été la meilleure illustration de l'hypocrisie de nos sociétés bourgeoises, et de cette école en particulier.

Jacob attendait la suite, pendu aux lèvres d'Everett.

— Pourquoi ? Qu'ont-ils fait pour être renvoyés ?

Nicky Everett fit la grimace.

— Ils ont brisé *le* tabou par excellence. Ils se sont enfermés dans une vitrine de l'espace d'exposition, et ils ont fait l'amour en public.

92

Jacob réfléchissait, assis au volant de sa voiture de location, le GPS éteint, son sac posé sur le siège passager.

Chaque nouvelle étape de l'enquête lui montrait à quel point les jumeaux étaient dérangés.

Ce qu'il venait d'apprendre confirmait le malaise ressenti en visionnant les enregistrements vidéo du musée d'Art moderne de Stockholm. Le frère et la sœur entretenaient des relations incestueuses. Le monde de l'art conceptuel ne voyait peut-être pas le problème sous le même angle, mais il fallait quand même être sacrément malade pour baiser en public avec son jumeau.

Le long cortège de cadavres égorgés dans leur sillage n'était pas une simple coïncidence. Le tout était de comprendre comment s'était enclenchée la spirale infernale.

La vieille histoire de l'œuf et de la poule.

Sylvia avait-elle été traumatisée à vie en découvrant ses parents baignant dans leur sang? S'évertuait-elle à surmonter sa souffrance en créant des œuvres d'art macabres, évocatrices d'une scène gravée à jamais dans sa mémoire?

Était-ce elle qui avait assassiné son père et sa mère à l'âge de treize ans ? Mais était-ce envisageable, concrètement ? Aurait-elle eu la force physique de commettre un tel acte ? Le cou d'un être humain, avec son réseau dense de muscles, de tendons, de ligaments, n'est pas une matière souple. Et puis, pourquoi aurait-elle tué ses parents ?

En revanche, Jacob était convaincu que les jumeaux avaient assassiné le tuteur escroc qui avait dilapidé leur héritage.

Et qui était cette amie dont avait parlé le vieux jardinier ? Sandra Schulman ? Jacob devait impérativement la retrouver.

Sans raison, il repensa brusquement à Dessie Larsson, avec ses cheveux longs et ses traits fins, ses doigts interminables et ses yeux verts.

Il se demanda si les journalistes avaient finalement renoncé à faire le siège de son immeuble, si elle avait repris sa vie d'avant.

Songeait-elle à lui ?

Agacé, il chassa aussitôt cette pensée.

Il était temps de mettre la main sur le petit ami qui aurait prétendument poursuivi Sylvia d'un bout à l'autre de l'Europe alors qu'il n'avait même pas de passeport.

L'inspecteur démarra et se mit en quête d'un téléphone.

Il avait besoin de parler à Lyndon Crebbs.

93

Lorsque Billy Hamilton ouvrit la porte, Jacob découvrit un personnage hirsute, un drap de bain rose autour des reins.

— Quoi? grommela l'homme d'une voix désagréable, aveuglé par la lumière de la cage d'escalier.

— Police, annonça Jacob en exhibant son badge. Je peux entrer?

— Et merde, grommela Billy en écartant le battant.

L'inspecteur prit son geste pour une invitation et s'avança dans l'appartement.

C'était un logement plutôt agréable, perché au dernier étage d'un immeuble de Barrington Avenue, à quelques kilomètres de Westwood Village et du campus universitaire, pourvu d'une grande terrasse donnant sur une piscine, côté jardin. Jacob compta trois chambres, en plus d'un salon équipé d'une cuisine américaine et d'une fausse cheminée au gaz.

— C'est quoi encore, ce bordel?

Billy se laissa tomber sur un canapé blanc, face à la cheminée. Le drap de bain s'écarta, révélant des cuisses bronzées.

— Mon loulou? C'est qui? appela une voix depuis l'une des chambres.

— Mêle-toi de tes oignons, gronda Billy entre ses dents.

— Je suis ici au sujet de Sylvia et Malcolm Rudolph, expliqua Jacob en s'asseyant sur le canapé sans y être invité.

Billy lui répondit par un grognement.

— Putain ! Combien de fois faudra que je réponde à toutes vos questions de merde ? Vous croyez peut-être que j'ai rien d'autre à foutre que de me balader en Europe ? J'ai un boulot, moi, bordel !

— Quel genre de boulot ? demanda sèchement Jacob, qui avait tout de suite pris en grippe son interlocuteur.

Billy bomba le torse.

— Je suis comédien.

— Wow, s'émerveilla Jacob. Vous avez tourné dans quoi ?

Les épaules de Billy s'affaissèrent et il s'essuya le nez machinalement.

— Je fais aussi de la musique. En ce moment, j'écris un scénar pour la télé.

Jacob consulta ses notes.

— Je vois que vous avez fait la connaissance de Sylvia à UCLA.

L'autre écarta les bras.

— Bon, voilà comment ça s'est passé. J'ai voulu la tirer des griffes de son cinglé de frère. Leur relation commençait à devenir carrément zarbi, surtout après la disparition de Sandy. Mac était pendu au cou de Sylvia et ils passaient leur temps dans leur putain de groupe artistique.

— Quelle disparition ? le coupa Jacob. Qui a disparu ? Sandra Schulman ?

Billy Hamilton se leva et fit les cent pas devant la cheminée, visiblement nerveux.

— Le jour où ils devaient passer prendre le reste de leurs affaires au Manoir. Je pouvais pas y aller parce que j'avais une audition. Ils ont attendu Sandy plus de deux heures, mais elle est jamais venue. Personne sait ce qu'elle est devenue. Mac l'a très mal vécu.

Jacob essayait de reconstituer le puzzle dans sa tête.

— Pourquoi ? Malcolm Rudolph et Sandra Schulman sortaient ensemble ?

— Depuis le collège. Elle était de Montecito, comme eux. Ils étaient voisins, ou un truc du style.

— Mon loulou ! À qui tu parles ? s'inquiéta la compagne de Billy depuis la chambre. Je t'attends, moi !

— Tu vas taire ta grande gueule, oui ? hurla Billy. Je suis occupé !

Il se frotta méchamment le nez.

Jugeant qu'il en savait assez, Jacob se leva et se dirigea vers la porte d'entrée.

— Où vivait Sandra Schulman au moment de sa disparition ? demanda-t-il.

— Avec Sylvia et Mac, un appart' au coin de Wilshire et de Veteran. Vous partez déjà ?

— Vous connaissez l'adresse précise ?

Billy le toisa d'un air méprisant.

— Et puis quoi encore ? Vous me prenez pour Google ?

94

Jacob retourna à Westwood Village, gara sa voiture dans un parking surveillé et retrouva le café depuis lequel il avait donné un coup de téléphone, quelques heures plus tôt. Le lieu était entièrement décoré façon *fifties*, avec des couleurs pastel, des serveuses en patins à roulettes, et une réplique de juke-box à l'ancienne sur lequel passaient des chansons d'Elvis et de Buddy Holly.

Il traversa la salle et s'enferma dans une cabine téléphonique visiblement d'époque.

La voix de Carlos Rodríguez lui répondit avec la même intonation que la veille, à travers le haut-parleur de l'interphone du manoir.

— Jacob Kanon à l'appareil. Du NYPD. Je suis venu vous voir hier.

— *Sí señor. Que pasa ?*

— J'aurais une dernière question, au sujet de Sandra Schulman. Vous m'avez bien dit qu'elle était venue au manoir avec eux le week-end avant la vente de la maison ?

Le jardinier ne répliqua pas tout de suite.

— ... *sí ?* Pourquoi ?

— Vous êtes certain que c'était bien ce week-end-là ?

— Je connais Sandra depuis que c'est une petite *chiquita*. Elle venait tout le temps jouer ici.

— Vous lui avez parlé, ce soir-là ?

— *Sí, claro !* Elle m'a embrassé sur la joue, c'est une gentille petite.

Jacob chassa une mèche de son front.

— Vous m'avez dit que les jumeaux étaient partis en pleine nuit. Vous les avez vus s'en aller ?

— *Pero, claro que sí.* Ils m'ont réveillé en passant, le portail s'ouvre uniquement depuis chez moi.

— Avez-vous remarqué si Sandra se trouvait avec eux dans la voiture ?

Rodríguez donna l'impression de réfléchir à l'autre bout du fil.

— Il était tard et il faisait noir comme dans une tombe. Je ne pouvais rien voir dans la voiture.

— Les jumeaux vous ont parlé ?

— La *señorita* seulement. C'était elle qui conduisait.

— Et son frère ?

— Il me semble qu'il était assis à côté d'elle.

— Mais vous n'avez pas vu Sandra Schulman quitter la propriété.

Nouveau silence.

— Elle a bien dû repartir avec eux puisqu'elle n'était plus là.

Jacob effleura ses yeux.

— Très bien, je vous remercie.

Il raccrocha et glissa une autre pièce dans la fente.

Lyndon Crebbs répondit à la première sonnerie.

— Alors, le détective amateur, tu t'en tires ?

— Je voudrais que tu te renseignes sur une certaine Sandra Schulman. Dernier domicile connu : un appartement au coin de Wilshire et de Veteran.

— Tu cherches quelque chose de particulier ?

— Elle aurait disparu, mais si tu veux un tuyau anonyme, je ne serais pas surpris qu'elle soit enterrée dans les collines de Montecito. Le mieux serait de commencer par fouiller le jardin du manoir.

Jacob reconnut le crissement caractéristique d'un stylo sur du papier à l'autre bout du fil.

— Et Billy Hamilton ? s'enquit Crebbs tout en écrivant.

— Si la police de Los Angeles a du temps devant elle, elle trouvera un joli stock de poudre dans sa chambre à coucher.

L'ancien agent du FBI ricana.

— À propos, enchaîna-t-il, j'ai jeté un œil au rapport rédigé suite à la fouille de la chambre d'hôtel des Rudolph, à Stockholm. À qui appartenait cette clé ?

Une serveuse arriva à toute vitesse à côté de la cabine téléphonique en tenant à bout de bras un plateau contenant un magnifique hamburger.

— Quelle clé ? répliqua distraitement Jacob en se demandant comment la jeune femme parvenait à garder l'équilibre.

— La petite clé mentionnée au bas de la page 3.

— Comment as-tu réussi à déchiffrer ce truc, Lyndon ? C'est écrit en suédois.

— www.tyda.se, répondit Lyndon Crebbs. On trouve tout sur Internet, même des lexiques.

La serveuse exécuta une pirouette et fit virevolter sa jupe, dévoilant brièvement une petite culotte rose.

— Cette histoire est de plus en plus cinglée, reprit Jacob. Tu sais pourquoi les jumeaux se sont fait virer de UCLA ? Pour avoir fait l'amour en public. Ensemble.

— Ah, la jeunesse d'aujourd'hui ! réagit Crebbs. Je réfléchis à un truc : et s'il y avait une seconde équipe d'assassins ? Des gens qui auraient décidé de les imiter ?

— Je me suis posé la même question, mais ça ne colle pas. Le texte des cartes postales n'a jamais été divulgué au grand public. S'il y a d'autres assassins, ils agissent forcément de concert.

— On a vu des cas plus bizarres, rétorqua Lyndon Crebbs. Tu penses repasser par ici ?

— Je n'aurai pas le temps, déclara Jacob d'une voix grave. Je m'envole tout à l'heure.

Crebbs garda le silence, mais Jacob ne pouvait se résoudre à lui poser la question qui le taraudait : où en était son cancer de la prostate ?

— Une dernière chose, finit-il par dire. Tu crois que tu pourrais te renseigner au sujet de Lucy ?

Le vieil homme poussa un soupir.

— Je me demandais si tu poserais la question un jour.

— Merci pour tout, répliqua Jacob.

— Alors, *adios amigo* !

— *Hasta la vista.*

Mais Crebbs avait déjà raccroché.

95

Oslo, mardi 22 juin

Situé à l'extérieur de la ville, le camping, bloqué un temps par la police, était à nouveau accessible, mais des bandes de plastique continuaient de délimiter un périmètre de sécurité autour du camping-car.

Dessie remonta jusqu'au cou la fermeture Éclair de son blouson.

L'endroit était quasiment désert, et pas uniquement à cause du mauvais temps. Le véhicule, immatriculé en Italie, se trouvait seul dans son coin, tel un pestiféré de tôle que les voisins auraient fui, par peur de la contagion.

La jeune femme s'approcha lentement.

À l'intérieur, des milliers d'insectes morts jonchaient les banquettes, et le tableau de bord était recouvert de cadavres de mouches sur plusieurs centimètres d'épaisseur.

Elle enfila sa capuche dans l'espoir de se protéger du vent glacé qui soufflait en rafales depuis le fjord.

C'était l'abondance des mouches qui avait fini par attirer l'attention des campeurs les plus proches, qui s'étaient plaints du bourdonnement des insectes avant de s'inquiéter de l'odeur.

Dans un premier temps, le propriétaire du camping, un certain Olsen, ne s'en était pas ému. Il n'était pas du genre à se compliquer l'existence, et les Italiens avaient payé d'avance leur emplacement. Si ça amusait les clients de collectionner les mouches, il n'y voyait personnellement aucun inconvénient.

Lorsque la police avait enfin été appelée, le camping-car grouillait d'insectes noirs.

Dessie tira de son sac une copie du Polaroid réalisé avant que les mouches ne commencent à pondre des œufs. Le vent faillit lui arracher la feuille des mains.

La carte postale et la lettre avaient été découvertes la veille seulement.

Le journaliste auquel elles étaient adressées était parti en vacances le jour où les assassins avaient posté la carte, et personne n'avait pensé à relever son courrier pendant son absence.

C'est seulement à son retour de congés qu'il avait découvert le message des meurtriers, « Être ou ne pas être », ainsi que l'original de la photo que Dessie tenait entre ses mains.

Antonio Bonino et Emma Vendola, effectuant un tour d'Europe en camping-car, étaient arrivés à Oslo au matin du 17 mai, jour de fête nationale en Norvège, dans l'intention d'assister aux manifestations qui entourent traditionnellement l'anniversaire de l'indépendance du pays.

Emma était secrétaire au sein d'une agence de relations publiques, Antonio faisait des études de chirurgie dentaire, et le couple était marié depuis deux ans.

Dessie regarda une nouvelle fois les victimes.

Ils avaient les mains sur les oreilles et les meurtriers leur avaient glissé dans la bouche des collants noirs, ce qui leur donnait une expression aussi horrible que grotesque.

Elle avait immédiatement reconnu *Le Cri* d'Edvard Munch, un tableau rendu célèbre pour avoir inspiré le masque porté par l'assassin du film *Scream*.

Dessie sentit les larmes lui monter aux yeux, sans savoir si c'était à cause du vent ou bien à l'idée de ce qu'avait enduré le couple italien.

Ils avaient économisé depuis leur mariage pour s'acheter ce camping-car, choisissant un véhicule équipé de six couchettes en prévision du jour où ils auraient des enfants.

Avaient-ils eu le temps d'avoir peur ?

Avaient-ils souffert ?

Elle s'éloigna du lieu, désireuse d'oublier tous ces morts.

Le visage de Jacob prit alors la place de celui des victimes. Jacob avec ses cheveux dans tous les sens, ses yeux d'un bleu intense, son blouson en daim.

Il ne lui avait plus donné de nouvelles, disparaissant de sa vie comme s'il n'avait jamais existé.

Qui sait si la semaine qui venait de s'écouler n'était pas un simple rêve. Un cauchemar, plutôt, qui avait vu sa vie basculer, emportée par des forces qu'elle ne contrôlait pas.

Dessie fut parcourue d'un long frisson.

Elle fit halte à l'entrée du camping et se retourna afin d'observer le décor une dernière fois. Des bouleaux élancés courbant l'échine sous les assauts du vent, le froissement des bandes de plastique à chaque nouvelle rafale, les eaux grises du fjord hérissées de moutons...

Les Rudolph avaient très bien pu commettre ce double meurtre.

En mai, ils n'avaient pas encore été arrêtés.

96

Stockholm

Sylvia laissa Malcolm passer le premier, savourant l'effet qu'il faisait à leur avocate.

La pauvre Andrea Friederichs se liquéfia littéralement en voyant le jeune homme pénétrer dans la pièce.

— Mon cher Malcolm ! l'accueillit-elle en se levant.

Elle lui prit la main, les joues cramoisies, tout en laissant son regard glisser de ses épaules à ses jambes.

Sylvia lui adressa un sourire en s'asseyant et déclara :

— Je suis contente qu'on soit proches d'un accord.

L'avocate posa les yeux sur sa cliente et son sourire se figea. Elle enfila d'horribles lunettes de lecture et entreprit de feuilleter les papiers posés devant elle.

Ils s'étaient donné rendez-vous dans l'une des petites salles de réunion du Grand Hôtel. Celle-là même où l'avocate avait mené les négociations avec les grandes maisons intéressées par l'histoire de Sylvia et Malcolm.

— J'ai reçu un certain nombre de propositions relatives aux droits éditoriaux et cinématographiques, expliqua-t-elle en faisant deux piles sur la table. Nous avons quatre interlocuteurs intéressés par l'ensemble, trois autres qui ne s'intéressent qu'au livre, et une dizaine de sociétés de production souhaitant acquérir les droits d'adaptation pour le cinéma. J'aurais voulu qu'on les passe en revue ensemble si vous…

— Qui propose la plus grosse avance ? demanda Sylvia.

L'avocate la regarda par-dessus ses lunettes en papillonnant des yeux.

— Les conditions sont très différentes d'un interlocuteur à l'autre. Par exemple, Nielsen & Berner de New York nous font une proposition très intéressante comprenant une série télévisée, un jeu vidéo, une tournée de conférences…

— Excusez-moi, la coupa Sylvia, mais quel est le montant de l'avance qu'ils proposent ?

La pauvre Andrea poussa un soupir dramatique.

— Une avance minime, malheureusement. Ce sont eux qui font la proposition la plus importante en termes d'options futures, à condition que vous acceptiez de participer à la campagne de marketing.

Malcolm s'étira, remonta son T-shirt et se gratta le ventre.

— Le montant de la meilleure avance, insista-t-il avec un sourire.

Le visage disgracieux de l'avocate s'illumina, et elle se mit à fouiller de plus belle dans ses papiers.

— L'avance la plus importante est celle offerte par Yokokoz, une société japonaise uniquement intéressée par les droits numériques. Ils voudraient réaliser un manga avec tout le merchandising annexe : cartes de collection, vêtements et autres. Ils souhaitent se réserver le droit de vendre les droits d'édition sans vous laisser la possibilité…

— Combien ? demanda Malcolm.
— Deux millions de dollars.
Sylvia se redressa.
— Pas mal, approuva-t-elle. Vous pouvez accepter leur proposition.

L'avocate en fut ébahie.
— M-m-mais, bégaya-t-elle, on est encore loin d'un accord ! On ne peut pas leur laisser le droit de vendre les droits d'édition sans que vous ayez votre mot à dire sur...
— Demandez-leur deux millions et demi de dollars, l'interrompit Sylvia. On se contentera de deux s'ils refusent de faire monter les enchères, à condition d'avoir le chèque demain. C'est à prendre ou à laisser. Compris ?

Andrea Friederichs s'agita sur son siège.
— Concernant mes honoraires, reprit-elle, en tant que membre de l'Association du barreau suédois, je n'ai pas le droit de prélever un pourcentage, mais je suppose que nous sommes d'accord sur les pratiques habituelles ?

Sylvia manifesta sa surprise en haussant les sourcils.
— Mais nous n'avons signé aucun accord avec vous.

Friederichs tapota la table avec la pointe de son stylo d'un air agacé.
— En pareil cas, l'usage est de verser au négociateur vingt-cinq pour cent de l'avance. Nous en avons parlé lors de notre première rencontre. Je connais des agents qui demandent nettement plus.

Sylvia acquiesça.
— Je sais bien que c'est la norme, mais cinq pour cent me paraissent nettement plus raisonnables dans le cas présent.

L'avocate ouvrit à nouveau des yeux éberlués.

— Cinq pour cent ? Vous voulez dire cent mille dollars ? C'est complètement ridicule !

Sylvia lui adressa un grand sourire.

— Vous aurez cinq pour cent.

Andrea Friederichs se leva de sa chaise, le cou couvert de plaques rouges.

— Près d'un million de couronnes suédoises pour quelques jours de boulot, poursuivit Sylvia. Ça vous semble vraiment ridicule ?

— Je vous signale que la jurisprudence me donne le droit de...

Elle n'alla pas plus loin en voyant son interlocutrice se pencher vers elle.

— Vous semblez avoir oublié qui nous sommes, murmura Sylvia d'une voix presque inaudible.

Andrea Friederichs retomba sur sa chaise, livide.

97

Stockholm, mercredi 23 juin

Urvädersgränd, déserte, s'efforçait de faire comprendre aux rares piétons pourquoi elle avait été baptisée « rue des tempêtes ».

Une pluie torrentielle détrempait les réverbères et les panneaux de signalisation, achevant de décourager les derniers journalistes qui campaient encore devant l'immeuble de Dessie.

La jeune femme régla la course, descendit du taxi et se précipita dans le hall d'entrée qu'elle traversa en trombe avant de s'engager dans l'escalier, accompagnée par l'écho de ses pas.

Elle retrouva son appartement silencieux, plongé dans une lumière grise, avec la curieuse impression d'en être partie depuis des mois.

Elle se débarrassa de ses vêtements qu'elle abandonna en tas dans l'entrée, puis se laissa tomber avec lassitude sur la petite table du téléphone et fixa le mur, incapable de trouver la force de rejoindre la douche.

Sans raison précise, elle pensa à sa mère.

Dessie ne l'avait pas beaucoup vue au cours des dernières années de sa vie, mais elle aurait aimé pouvoir l'appeler, lui dire ce que tous ses confrères pensaient d'elle, lui raconter ces meurtres épouvantables, lui avouer sa solitude.

Elle aurait aimé pouvoir lui parler de l'Américain, avec ses manières rustres et son regard bleu saphir. Sa mère aurait compris. Si quelqu'un était capable de comprendre les impasses affectives de l'existence, c'était bien elle...

Elle sursauta violemment en entendant la sonnerie du téléphone.

— Dessie ? Tu étais assise sur le téléphone ou quoi ? Tu as décroché avant que ça sonne.

Gabriella.

— Tu ne crois pas si bien dire, lança Dessie en se relevant.

Elle attrapa un drap de bain dans lequel elle s'enroula d'une main, puis elle rejoignit le salon, l'appareil sans fil à la main.

— Comment tu te sens ? Ça n'avait pas l'air d'aller fort la dernière fois que je t'ai eue au bout du fil.

Dessie s'affala sur le canapé et posa machinalement son regard sur le port.

— À la fin, ça commençait à faire beaucoup, grommela-t-elle.

— C'est à cause de Jacob ?

Incapable de se retenir, Dessie fondit en sanglots.

— Je suis désolée, renifla-t-elle dans le téléphone. Je suis désolée, je...

— Tu es très amoureuse de lui, c'est ça ?

Dessie ne détecta ni colère ni déception dans la voix de Gabriella. Elle poussa un grand soupir.

— Je crois bien que oui, avoua-t-elle.

L'inspectrice ne répondit pas tout de suite.

— Les choses ne se passent pas toujours comme on l'espérait, dit-elle enfin dans un chuchotement.

— Je sais, répliqua Dessie dans un murmure. Je te demande pardon.

Gabriella eut un petit rire.

— Tu as mis le temps, remarqua-t-elle.

— Je sais, répéta la journaliste.

Nouveau silence.

— Quoi de neuf? s'enquit-elle enfin pour le briser.

— Les Rudolph ont annoncé qu'ils quittaient le Grand Hôtel à midi. Pas trop tôt, si tu veux mon avis.

Dessie se mordit la lèvre.

— Tu crois vraiment qu'ils sont innocents? demanda-t-elle.

— On n'a aucune preuve contre eux. Ni ADN, ni empreinte, ni témoin, ni aveux, ni arme du crime.

— Dans ce cas, qui sont les assassins à la carte postale?

Avant que Gabriella ait pu répondre, on sonna à la porte.

Putain. Qu'est-ce que c'est encore que ce...

Sans doute un confrère plus entêté que les autres.

Elle regretta de n'avoir jamais fait installer de judas et de chaîne de sécurité en écartant prudemment le battant.

Son cœur fit un bond dans sa poitrine.

— Je te rappelle plus tard, dit-elle à Gabriella avant de raccrocher précipitamment.

98

Jacob était à peu près aussi débraillé et mal rasé que la première fois qu'ils s'étaient rencontrés, sur ce même palier.

Elle se jeta dans ses bras et le serra à l'étouffer, bien décidée à ne jamais le lâcher, puis elle l'embrassa follement tout en glissant les mains sous sa chemise.

— Dessie, lui murmura Jacob à l'oreille, nous sommes sur le palier et je te signale que tu es toute nue.

La serviette était tombée par terre. Elle la repoussa du pied dans l'entrée et tira Jacob dans l'appartement. Le vieux sac de voyage de l'Américain atterrit sous la table du téléphone, le jean s'échoua près de la porte, le T-shirt à côté du radiateur.

Ils roulèrent par terre avant même d'atteindre le salon. Noyée dans son regard d'un bleu irréel, elle le sentit à peine la pénétrer. Le monde se mit à tourner, elle ferma les yeux et se cambra sur le plancher en jouissant.

— Eh bien..., s'étonna Jacob. Dois-je en déduire que tu es contente de me revoir ?

— Tu vas voir si je suis contente, rétorqua-t-elle en lui mordant le lobe de l'oreille.

Ils rallièrent tant bien que mal la chambre à coucher où elle le fit tomber sur le lit avant d'explorer son corps, centimètre par centimètre, avec les mains, les cheveux, la langue.

— Mon Dieu, geignit-il. Tu vas me faire mourir.

— Je suis contente de te voir, c'est tout, répondit-elle en le chevauchant.

D'un balancement lent et opiniâtre, elle s'efforça de calmer l'ardeur de son partenaire tout en accumulant un trésor de désir qu'elle comptait bien libérer brusquement, le moment venu. Tandis qu'il donnait l'impression de vouloir souffler après avoir joui, elle l'obligea à poursuivre ses efforts pendant quelques minutes jusqu'à ce qu'elle le rejoigne.

Alors, seulement, elle s'écroula dans ses bras et perdit toute notion du monde.

99

Elle écarta les paupières et découvrit ses yeux qui la regardaient avec une tendresse à couper le souffle, derrière des mèches de cheveux poisseuses de transpiration.

— Tu es vraiment là, murmura-t-elle. Ce n'était pas un rêve. Pourquoi es-tu revenu ?

Il éclata de rire, découvrant des dents très blanches, légèrement de travers. Il l'embrassa d'abord avant de redevenir sérieux.

— Plusieurs raisons, dit-il. En commençant par la première : toi.

Elle lui frappa gentiment l'épaule du poing.

— Menteur.

— Raconte-moi ton voyage au Danemark et en Norvège.

Elle lui détailla les meurtres de Copenhague, lui décrivant les corps grotesquement mutilés avant de préciser que la femme avait certainement été violée. Des bleus et des griffures marbraient ses cuisses, et le sperme retrouvé dans son vagin n'était pas celui de son mari. Dessie évoqua ensuite le camping-car d'Oslo découvert tardivement, et la recréation du tableau de Munch.

— Et toi ? l'interrogea-t-elle à son tour.

Il lui résuma ce qu'il avait appris sur le passé brutal des jumeaux : la mort de leurs parents, de leur tuteur, de Sandra Schulman, ainsi que les raisons de leur renvoi de l'école des beaux-arts.

— Une relation incestueuse en public ?

— Une œuvre d'art baptisée *Tabou*, la corrigea Jacob.

— Ils sont vraiment complètement cinglés, conclut Dessie avant de l'embrasser fougueusement.

100

Ils avaient improvisé un pique-nique au lit et Jacob terminait un plat de lasagnes végétariennes réchauffé au four à micro-ondes.

Dessie, son ordinateur portable sur les genoux, découvrait sur le site de l'*Aftonposten* le détail du contrat négocié par Andrea Friederichs au nom de Sylvia et Malcolm.

— Ils ont obtenu une avance de deux millions et demi de dollars, commenta-t-elle à voix haute, plus des royalties sur la vente des droits d'édition. Écoute le plus beau, ajouta la journaliste. Leur avocate a décidé de ne pas se faire payer, jugeant cela tout à fait normal.

— Ils sont toujours au Grand Hôtel ?

Elle cliqua sur un lien, fit courir son regard sur quelques paragraphes et regarda sa montre.

— Dans son blog, Alexandre Andersson précise qu'ils ont quitté leur hôtel il y a une demi-heure en passant par une entrée de service pour éviter la presse.

Jacob rejeta les couvertures, sauta au bas du lit et disparut dans la cuisine sous le regard étonné de Dessie.

— La police n'a aucune preuve contre eux, dit-elle en élevant la voix pour être sûre d'être entendue. Ils sont libres d'aller où bon leur semble.

Elle reconnut le sifflement de la bouilloire.

Quelques instants plus tard, il regagnait la chambre, un mug de café dans chaque main, le visage sombre.

— Je sais que c'est eux, gronda-t-il.

— Moi aussi, mais on n'a rien pour le prouver.

Il lui tendit un mug.

— Il faut bien qu'ils aient caché leur matériel quelque part. Les gouttes pour les yeux, le déguisement dont Malcolm se sert pour vider les comptes des victimes avec les cartes de crédit, les objets volés qu'ils n'ont pas réussi à écouler. Et surtout l'arme du crime.

— Je sais, approuva Dessie. Ils ont très bien pu s'en débarrasser dans une poubelle quelconque. Tu sais quoi? Je leur ai mis la puce à l'oreille avec cette putain de lettre ouverte, en leur disant qu'ils allaient se faire prendre. Je leur ai laissé le temps de tout préparer.

Jacob s'immobilisa à côté du lit en la regardant.

— Cette lettre ouverte était très bien. Tu n'as rien à te reprocher.

— Tu le penses vraiment? À quoi ça nous a servi? À part les mettre en garde et me faire passer pour une idiote aux yeux de toute la presse suédoise…

Il se mit à tourner en rond d'un air buté.

— Ils n'ont pas pu se débarrasser de tout, affirma-t-il. Les tueurs en série ont besoin de conserver des trophées. Ils auront trouvé une cachette dès leur arrivée à Stockholm et il est très possible que leur trésor de guerre y soit encore.

Une idée inattendue le cloua soudain sur place.

— La petite clé! s'écria-t-il.

Dessie ouvrit de grands yeux.

— Quelle clé?

Il se rua sur le portable de la jeune femme, posé sur la table de nuit.

— Qu'est-ce que tu fais ?

— Il est fait mention d'une petite clé au bas de la troisième page du rapport d'enquête. Je suis sûr qu'il s'agit de la clé d'une consigne de Stockholm.

101

À l'autre bout du fil, Gabriella poussa un soupir.

— Bien sûr qu'on a examiné cette clé, expliqua-t-elle. Mais rien ne prouve qu'elle appartienne aux Rudolph.

Jacob serrait les mâchoires à s'en casser les dents.

— Qu'est-ce qui vous fait dire ça ?

— On l'a retrouvée dans le réservoir de la chasse d'eau. Elle pouvait très bien s'y trouver depuis plusieurs semaines.

Jacob dut se retenir de ne pas fracasser le portable contre le mur de la chambre.

Dans la police, tout le monde sait que les délinquants se servent couramment des réservoirs de toilettes pour y dissimuler des objets compromettants.

— Cette clé leur appartient, affirma-t-il. Elle correspond à une consigne, à une boîte postale ou à un cadenas de casier quelconque, et vous pouvez être certaine qu'on y découvrira toutes les preuves dont on a besoin.

— Les Rudolph ont été officiellement disculpés par l'enquête, répliqua sèchement Gabriella.

Dessie prit le téléphone des mains de Jacob juste avant qu'il ne le réduise en miettes et s'effondre sur le lit, pris d'une lassitude immense.

Il avait traversé l'Atlantique à deux reprises en moins d'une semaine et son corps avait perdu tous ses repères.

— Comment s'appelle le cercle créatif qu'ils ont créé à UCLA ? Celui dont tu m'as parlé tout à l'heure, lui demanda Dessie en récupérant son ordinateur.

Il ferma les yeux.

— Arts sans limites, murmura-t-il.

Comment convaincre les autorités de rouvrir l'enquête ? Il n'avait pas le droit de les laisser s'échapper.

— Bingo ! s'exclama Dessie. Regarde !

Elle tourna l'écran dans sa direction.

« Bienvenue au Cercle des arts sans limites.
Vous êtes le 4 824e visiteur. »

— Tu as remarqué le nom du site ? www.casl.nu, lut-elle. Le suffixe « nu » signifie que le nom de domaine a été enregistré à Niué, un îlot du Pacifique où n'importe qui peut obtenir un nom de site en trois clics de souris.

Jacob se pencha sur l'écran.

— Le cercle remonte à l'époque où ils étaient à l'université, constata-t-il.

Dessie cliqua sur le mot « Introduction ».

— Ils ont mis tout un baratin sur les origines de l'art conceptuel. D'après ce qu'ils disent, tout a commencé quand Marcel Duchamp a voulu exposer un urinoir à New York en 1917. La galerie a refusé.

— On se demande bien pourquoi, maugréa Jacob.

— Regarde ici.

Il s'assit sur le bord du lit en soupirant.

La galerie d'images proposait une longue série de clichés totalement étrangers à la conception qu'il se faisait de l'art : une autoroute, un dépotoir, une vache affichant une mine maussade, quelques mauvais clips vidéo d'autoroutes, de dépotoirs, d'une vache qui était sans doute la même que celle de la photo.

— C'est grotesque, marmonna-t-il.

— Peut-être, mais c'est ce qui les a poussés à aller plus loin. Pour eux, ce genre d'expérience a un sens.

Jacob se mit en quête de son jean qu'il trouva dans l'entrée. Le pantalon à la main, il s'immobilisa au milieu du salon.

Avoir fait tout ce chemin pour se retrouver dans un appartement à mi-chemin du pôle Nord! Il avait tout donné, mais ça ne suffisait pas. Les assassins de Kimmy allaient s'en tirer. Jamais il n'arriverait à l'accepter. Mais avait-il le choix?

— Hé! l'appela Dessie. Viens voir!
— Quoi?

Il rejoignit la chambre.

— Certaines parties du site sont bloquées. Il faut un code.

102

Un cadre gris apparut à l'écran, accompagné de la mention « Code personnel ». Dessie y tapa les lettres « casl ».

« Mot de passe erroné. »

— Ça aurait été trop beau que j'y arrive du premier coup, soupira-t-elle.

Une idée commençait à germer dans la tête de Jacob.

— J'ai comme l'intuition qu'on tient la clé du mystère. Essaie avec « Rudolph ».

« Mot de passe erroné. »

Jacob posa sur Dessie un regard lointain. La dernière conversation qu'il avait eue avec Crebbs lui revint en mémoire.

« Et s'il y avait une seconde équipe d'assassins ? Des gens qui auraient décidé de les imiter ?

— S'il y a d'autres assassins, ils agissent forcément de concert », avait-il répondu spontanément.

— Si les jumeaux ont un complice, déclara lentement l'inspecteur, il leur faut un moyen de le contacter. Et s'ils se servaient de ce site pour ça ?

Dessie lâcha l'ordinateur comme s'il lui brûlait les mains.

— Où se trouvent les cartes postales ? lui demanda Jacob.

La journaliste ramassa son sac à dos, posé à côté du lit. Elle en sortit les duplicatas des cartes et les étala sur les couvertures.

— À quoi penses-tu ? s'enquit-elle.

— Essaie les noms des villes, suggéra-t-il. Tiens ! C'est quoi, ça ? s'étonna-t-il en découvrant une photo inconnue.

— Ce sont les victimes de Salzbourg. La journaliste autrichienne me l'a envoyée par e-mail.

Tout en parlant, la jeune femme essayait successivement les mots Rome, Paris, Athènes, Madrid…

En vain.

— À quoi correspondent ces numéros ? demanda Jacob en désignant les chiffres inscrits au dos de l'enveloppe de Salzbourg.

— Le numéro de téléphone d'une pizzeria à Vienne. Aucun rapport.

Tandis que Dessie poursuivait sa tâche, tentant successivement sa chance avec les mots Tivoli, Colisée, Las Ventas, Jacob comparait les photos de Copenhague et d'Oslo.

Les meurtres d'Oslo avaient été commis par les Rudolph, ceux de Copenhague par leurs imitateurs.

— Qui nous dit que le mot n'est pas un code chiffré ? murmura l'Américain. À ton avis, quand a-t-on besoin d'instructions ? Au moment de passer à l'acte, non ?

Dessie le regarda sans comprendre.

— Si tu avais besoin de noter le code te permettant de recevoir des instructions, où le noterais-tu ? Sur le premier papier que tu as entre les mains.

Il ramassa la photocopie du verso de l'enveloppe de Salzbourg.

— Les Rudolph ont un alibi pour Salzbourg, poursuivit-il. Les meurtres ont donc été commis par leur

complice. Essaie avec ces chiffres, dit-il en lui tendant l'enveloppe.
Dessie s'exécuta et appuya sur la touche Entrée.
Le cadre clignota.
Une nouvelle image apparut à l'écran.
Dessie en eut le souffle coupé.
— Vacherie de merde, murmura-t-elle.

103

L'équipe au complet se trouvait à nouveau réunie dans le bureau de Mats Duvall. Autour de la table, les traits étaient tirés, les visages livides.

— Sait-on au moins où ils sont allés ? demanda Jacob, assis en face de Sara Höglund.

La responsable du Service national de recherche criminelle secoua la tête.

— Personne ne les a vus depuis qu'ils ont quitté le Grand Hôtel par la porte de service.

— Qu'en est-il de la clé ?

— Nous avons pu établir qu'elle correspondait à une consigne.

Jacob abattit son poing sur la table, renversant les tasses de café.

— Nous avons lancé un avis de recherche dans tout le pays et alerté Interpol, s'empressa de préciser Duvall. Tous les aéroports sont en vigilance rouge. Le pont d'Öresund qui relie la Suède au Danemark est bloqué, tous les véhicules sont fouillés. Les autorités portuaires ont été prévenues, les postes-frontières aussi, les principaux axes routiers sont sous surveillance. Je ne vois pas comment ils pourraient quitter le pays.

Jacob se leva.

— Mais bordel ! Avec deux millions et demi de dollars, ils ont les moyens de se payer un jet privé !

— La somme a été virée sur un compte dans les îles Cayman, précisa Gabriella en regardant un document posé devant elle. La banque nous a confirmé que le transfert avait bien été effectué.

Pour un peu, Jacob aurait renversé la table de réunion.

— Ce qui veut dire qu'ils n'ont pas d'argent liquide, avança Dessie.

L'Américain se rassit et se couvrit le front de ses mains.

Les jumeaux s'étaient évaporés dans un pays grand comme le Texas et moins peuplé que New York, possédant avec la Finlande et la Norvège des centaines de kilomètres de frontières mal gardées, sans parler des côtes. À bord d'une vedette rapide, ils pouvaient rallier en quelques heures la Lituanie, la Lettonie, la Pologne, la Russie, le Danemark, et même l'Allemagne.

Personne n'osait plus rien dire autour de la table. Gabriella semblait hypnotisée par ses notes et Mats Duvall bidouillait son agenda électronique.

Jacob serra les poings en voyant Ridderwall, le procureur, regarder par la fenêtre d'un air absent. C'était grâce à lui que les Rudolph étaient libres.

— Que donne l'analyse informatique de leur site Internet ? demanda Dessie.

— Votre théorie était la bonne, répondit Höglund. Les Rudolph se sont inventé un monde à eux. Ils ont mis au point ce qu'ils considèrent comme *le* projet artistique suprême en mêlant mort et réalité. Leur Cercle des arts sans limites est un groupe qui compte une trentaine de membres de par le monde. Des étudiants qui partagent leurs ambitions et leur vision de la création.

— Si je comprends bien, trois d'entre eux ont passé leur examen, dit Dessie à mi-voix en regardant ses mains.

Les pages secrètes du site contenaient des instructions précises sur la façon de « sortir diplômé » du Cercle, ainsi que l'exprimaient les Rudolph. En métamorphosant la mort en œuvre d'art, l'humanité atteignait l'immortalité.

Le Grand Œuvre était décrit en détail, depuis la façon de séduire les victimes à l'aide de formules consacrées, jusqu'à l'usage des gouttes pour les yeux dans le champagne et la forme du stylet. Les photos et les cartes postales avaient toutes été chargées sur le site sous forme de fichiers jpeg, accompagnées de liens et de scans des articles de presse publiés à la suite des meurtres.

— Aucun des élèves ne s'en est sorti avec la mention bien, précisa Jacob d'une voix rauque. Les amateurs ont tous plus ou moins raté leur coup en choisissant mal les cartes postales, en ne composant pas de véritable tableau avec les corps.

Personne n'osa ajouter de commentaire.

— Ce n'est visiblement pas très facile de tuer, même pour des gens très motivés, poursuivit l'Américain. Tous leurs émules ont paniqué à un moment ou à un autre.

— Il est probable que les crimes d'Athènes, de Salzbourg et de Copenhague soient l'œuvre d'adeptes, approuva Höglund. La police de chaque pays concerné recherche activement les adresses IP des ordinateurs qui ont accédé aux pages secrètes du site. On aura l'information d'ici ce soir.

Duvall se dressa en brandissant son agenda électronique.

— Le coupable des crimes de Copenhague vient d'être identifié, déclara-t-il. C'est un multirécidiviste et la police l'a coincé grâce à son ADN.

— Il s'agit d'un certain Batman, précisa Dessie avec une petite voix.

— Comment le sais-tu ? s'étonna Gabriella.

— Il a passé son examen dimanche, répondit Jacob.

104

La réunion terminée, alors que chacun regagnait son bureau, Jacob et Dessie se retrouvèrent près de la machine à café dans la salle de repos du quatrième étage, une carte d'Europe étalée devant eux.

— Ils ne reviennent jamais sur leurs pas, remarqua Jacob. Ils changent constamment de pays.

— Dans ce cas, on peut éliminer le Danemark, la Norvège et l'Allemagne.

— Ils savent aussi que ça chauffe pour eux, poursuivit l'inspecteur. Ils voudront faire profil bas pendant un moment. Ils vont tout faire pour éviter les moyens de transport pour lesquels il faut des papiers, et ils ne vont plus se servir de leurs cartes de crédit. Nous devons deviner où ils vont, et comment.

Dessie posa les mains à plat sur la région de Stockholm.

— Ils n'ont plus de fric et ils se savent pourchassés.

— Continue.

— Le plus simple est encore de voler une voiture. Si ta théorie est valable, ils vont vouloir aller en Finlande.

Jacob examina la carte et posa l'index sur la mer Baltique.

— Pourquoi pas un bateau ? Les pays baltes sont tout près.

— Ici, les bateaux de plaisance sont mieux protégés que l'or de la banque de Suède. Il est bien plus facile de voler une voiture. Ils vont donc passer par Haparanda, expliqua-t-elle à son compagnon en lui montrant du doigt la ville frontière avec la Finlande. C'est à plus de mille kilomètres d'ici.

— Ce qui va les contraindre à se comporter comme de vulgaires petits truands.

— L'autoroute s'arrête au nord d'Uppsala. La E4 n'est pas trop mauvaise, mais elle est truffée de radars. Ils préféreront sans doute passer par l'intérieur en traversant Ockelbo, Bollnäs, Ljusdal, Ånge...

Jacob suivit des yeux l'index de Dessie qui avançait le long de routes étroites et tortueuses.

— Tu connais mieux la Suède que moi. En combien de temps peuvent-ils espérer franchir la frontière ? demanda-t-il.

Dessie se mordilla la lèvre.

— Ils devront faire attention de ne pas se faire arrêter pour excès de vitesse. Et il y a beaucoup d'animaux sur ces routes-là. Des élans, des cerfs, voire des rennes, tout au nord.

— Vous avez des stations-service automatiques où il est possible de payer en cash, dans ce pays ?

— Partout.

Jacob se passa la main dans les cheveux.

— Commençons par consulter la liste des voitures volées à Stockholm depuis midi. Il faudra aussi connaître celles qui seront volées dans le nord du pays d'ici quelques heures.

Il conclut sa phrase en posant sa main droite sur la carte, les paupières serrées.

Où êtes-vous, bande de salopards ?

105

Le véhicule roulait à vive allure sur un pont enjambant une vaste étendue d'eau parsemée de petits îlots rocheux boisés.

— Où doit-on bifurquer ? demanda Mac.

Sylvia regarda la carte et fut aussitôt prise de nausées, comme chaque fois qu'elle lisait en voiture.

— Tu devras prendre la 272 à gauche, de l'autre côté du lac, rétorqua-t-elle de mauvaise humeur.

Elle s'obligea à regarder fixement le point où s'évanouissait la route à l'horizon, comme sa mère le lui avait appris.

Mac ralentit.

— Je ne vois pas pourquoi tu fais la gueule, dit-il. C'est ton idée, après tout.

Elle avala sa salive, se pencha vers lui et lui embrassa discrètement l'oreille.

— Désolée, mon chéri, s'excusa-t-elle d'une voix enjôleuse. Tu conduis divinement bien.

Elle caressa lentement le tableau de bord. Il n'était plus temps de s'inquiéter de laisser des empreintes ou des traces d'ADN. Au contraire. Il était temps que le monde entier soit au courant.

Ils n'allaient pas tarder à pouvoir jouir pleinement de leur œuvre.

Mac freina, mit son clignotant et tourna à gauche sur une route bordée de prés parsemés de vaches et de moutons, entre deux haies boisées.

— Le paysage est plutôt beau, tu ne trouves pas ? remarqua Sylvia en reposant la carte dont elle ne comptait plus se servir.

Son frère ne répondit rien.

Ils traversèrent un village. Quelques maisons à gauche, une ferme à droite, une rangée de maisons ouvrières, une école, un immeuble, et puis plus rien.

Les jumeaux ne parlaient plus. Mac était concentré sur la route.

— Que penses-tu de celle-ci ? s'enquit-il soudain en montrant du doigt une ferme en bordure de forêt.

Sylvia jeta un coup d'œil par sa fenêtre. Son frère ralentit et s'arrêta. La cour de ferme était déserte, portes et fenêtres soigneusement fermées.

Un vieux break Volvo des années 1980 était garé près d'une grange.

— Ça fera l'affaire, approuva Sylvia en regardant par-dessus son épaule.

Aucune voiture en vue.

— Vite, dit-elle.

Mac descendit rapidement du véhicule, sa sœur retira sa ceinture et se glissa derrière le volant. Elle passa péniblement la première, peu habituée aux embrayages manuels, et s'immobilisa sur la route dans un virage.

Elle descendit sa vitre et tendit l'oreille.

La forêt soupirait sous l'effet du vent. Un animal sauvage poussa un cri dans les bois. Un bruit de moteur se fit entendre dans le lointain.

Elle avait le temps.

Son regard se posa sur une cabane perchée au milieu des arbres. Une masure en planches à laquelle on accédait au moyen d'une échelle. Peut-être un abri de chasse.

Une bouffée de haine l'envahit à l'idée que des gens puissent passer leur vie dans des coins paumés comme celui-ci, à travailler, boire, baiser, fabriquer des abris de chasse imbéciles sans même se douter qu'il existait un degré de conscience bien supérieur. Des crétins inféodés au dieu de la banalité, sans le moindre égard pour la beauté et l'esthétique.

Elle revint au rétroviseur. Mac arrivait au volant du vieux break rouge. Il la dépassa sans ralentir, roulant à vitesse constante, ni trop vite ni trop lentement.

Elle embraya et le suivit à distance respectable.

Il leur fallait encore se débarrasser de la voiture, dénicher un endroit où elle serait retrouvée, mais pas dans l'immédiat.

Elle se lécha le pouce et l'appuya sur le volant.

— Voilà de quoi vous amuser, messieurs les flics !

Sylvia était tout excitée à l'idée de ce qu'ils avaient déjà accompli. La suite serait plus impressionnante encore.

106

Les auteurs du double meurtre d'Athènes vivaient à Thessalonique. Il ne s'agissait pas d'un couple, mais de deux étudiants de l'université Aristote, la plus grande du pays. Trahis par la signature électronique laissée par leur ordinateur sur le site du Cercle, ils furent appréhendés par la police sur le campus.

L'un et l'autre prétendirent avoir agi au nom du dieu de la création, maître de l'univers. Tout en reconnaissant les faits, ils refusaient l'appellation de meurtre, jugeant que leurs actes s'inscrivaient dans une œuvre conceptuelle globale visant à mettre en lumière la divinité de l'Homme.

S'ils acceptaient le jugement de Dieu, ils réfutaient celui des hommes.

Les meurtres de Salzbourg étaient le fait d'un couple de jeunes Britanniques, élèves d'une école d'art à la mode du centre de Londres, la Purner School of Fine Art. L'enquête révéla toutefois qu'ils n'y avaient pas mis les pieds depuis quatre mois.

Des empreintes et des traces d'ADN leur appartenant avaient été retrouvées sur la scène de crime, et l'arme utilisée fut découverte dans l'appartement du couple, sous une lame de plancher.

Ils s'entêtèrent à ne fournir aucune explication, refusant de répondre aux questions de la police et même de s'entretenir avec leur avocat.

Ils déclaraient sur leur blog que la morale et la loi relevaient de l'individu, que toute autre conception était un affront au droit de la personne.

Les assassins de Copenhague furent appréhendés ce soir-là. Le multirécidiviste identifié grâce à son empreinte ADN s'était adjoint les services d'une jeune complice bourrée de remords. À peine arrêtée, elle fondit en larmes et avoua les faits en précisant qu'elle avait tenté d'empêcher le double meurtre en voyant son compagnon violer la jeune Américaine, ce qui était contraire à l'esprit de « l'œuvre ».

Dessie épiait les réactions de Jacob dont les mâchoires se serraient au fur et à mesure qu'il était mis au courant des détails. À l'inverse de ses collègues suédois, le policier américain ne semblait éprouver aucun soulagement.

Ce qui s'expliquait aisément : les assassins de Kimmy avaient réussi à prendre le large.

Trois voitures avaient été volées dans la région de Stockholm en début d'après-midi : une Toyota presque neuve dans la banlieue de Vikingshill, un Range Rover à Hässelby, le terminus du métro, et une vieille Mercedes dans un parking du centre commercial Gallerian, au centre-ville.

— La Mercedes, déclara aussitôt Jacob. Ils n'auront jamais pris la peine d'aller à l'autre bout de la ville en métro pour voler une voiture.

Il s'empara de la carte routière.

— Ils se dirigent vers Haparanda, poursuivit-il. Je ne serais pas surpris qu'ils aient changé de voiture à l'heure qu'il est. Ils vont privilégier les petites routes et veiller à ne pas faire d'excès de vitesse, de sorte qu'ils devraient arriver là-bas au plus tard demain, en tout début de matinée.

Mats Duvall afficha une moue dubitative.

— Simples suppositions, dit-il. Qui nous dit qu'ils ont choisi de rallier la Finlande en voiture ?

Jacob, à bout de nerfs, se leva de sa chaise.

— Faites renforcer les contrôles à la frontière finlandaise. Comment s'appelle le fleuve qui sépare les deux pays ? Le Torne, c'est ça ? Envoyez des renforts là-bas. C'est là qu'ils vont vouloir passer.

— Je ne peux pas me permettre de mobiliser tous mes hommes sur une simple hypothèse, décida Duvall en refermant son agenda électronique, signe que le sujet était clos.

L'inspecteur, furieux, sortit du bureau en trombe, Dessie sur les talons.

— Jacob…, dit-elle en lui prenant le bras.

Il fit volte-face.

— La police suédoise ne les attrapera jamais, dit-il d'une voix sourde. Et je refuse de les laisser s'échapper.

Ses yeux lançaient des flammes.

— Je suis d'accord, acquiesça-t-elle.

— À quelle heure est le prochain vol pour Haparanda ?

Elle sortit son portable et composa le numéro du service d'urgence de l'*Aftonposten*.

L'aéroport le plus proche était celui de Luleå et le dernier vol de la journée quittait Arlanda à 21 h 10.

Elle regarda sa montre.

Il était 21 heures et l'aéroport de Stockholm se trouvait à quarante-cinq kilomètres.

Le premier vol du lendemain partait à 6 h 55.

— On peut être à Luleå à 8 h 20, calcula Dessie. Ensuite, il faudra louer une voiture et gagner la frontière qui se trouve à cent trente kilomètres de là.

Jacob la regarda dans les yeux.

— Tu connais quelqu'un dans la police, là-bas ? Ou alors un type des douanes susceptible d'ouvrir l'œil en attendant qu'on arrive ?

— Non, répondit Dessie, mais je peux demander à Robert. Il vit à Kalix, à trois quarts d'heure de la frontière par la route.

— Robert ?

Elle tenta tant bien que mal de sourire.

— Je t'en ai déjà parlé. Mon cousin, celui qui a un casier judiciaire.

Jacob se passa la main dans les cheveux et se mit à tourner autour de la machine à café.

— Combien de temps faudrait-il en voiture ? En partant maintenant ?

Elle regarda à nouveau sa montre.

— À condition qu'il n'y ait pas trop de camions et de caravanes, on peut y être vers 6 heures.

Il donna un coup de poing dans le mur.

— Ça ne suffira pas.

— Si je demande à Robert de s'en mêler, il ne les laissera pas passer. Une Mercedes bleue, immatriculée TKG297, c'est bien ça ?

Il s'arrêta et posa sur elle un regard flamboyant.

— Tu as une voiture ?

— Non, seulement un vélo, dit-elle malicieusement.

Elle sortit aussitôt sa carte American Express.

— Il suffit d'en louer une, gros bêta.

107

Norrland (Suède), jeudi 24 juin

À 1 heure du matin, ils dépassaient Utansjö. Cela faisait près de cinq cents kilomètres que Dessie tenait le volant, elle avait besoin de prendre de l'essence, d'avaler un café et d'aller aux toilettes. Allongé sur le siège passager au dossier abaissé, Jacob dormait du sommeil comateux des victimes du décalage horaire.

Ils avaient assez de gasoil pour rallier la station-service de Docksta, ouverte toute la nuit, mais la jeune femme avait une idée derrière la tête. Cela impliquait un léger détour, mais le jeu en valait la chandelle.

À l'embranchement de Lunde, elle bifurqua à gauche sur la 90 après une dernière hésitation.

La mauvaise qualité de la route tira Jacob de son sommeil.

— Bon Dieu…, grommela-t-il d'une voix pâteuse en se redressant. On est arrivés ?

Il découvrit, surpris, les premières lueurs de l'aube. Des écharpes de brouillard flottaient au-dessus de l'eau, des pins immenses partaient à l'assaut du ciel, des cerfs couraient à travers champ, s'enfuyant à leur approche.

— On a fait la moitié du chemin, répondit Dessie.

Il regarda l'heure à son poignet.

— Ce fichu soleil de minuit me fout en l'air.

Elle ralentit et lui désigna un bâtiment un peu plus loin.

— Tu vois ça? C'est la boulangerie Wästerlunds. J'ai perdu ma virginité dans le parking qui se trouve derrière.

L'information acheva de le réveiller.

— Si je comprends bien, c'est ici que tu as grandi.

— Jusqu'à dix-sept ans. Ensuite, j'ai passé un an au lycée Ådal de Kramfors avant de partir pour la Nouvelle-Zélande dans le cadre d'un programme d'échange. En fin de compte, j'y suis restée neuf ans.

Jacob se tourna vers elle.

— Je me disais bien que tu avais un drôle d'accent anglais. Pourquoi la Nouvelle-Zélande?

— Parce que c'est le bout du monde. Tiens! Voici le monument à la mémoire des mineurs tués par l'armée en 1931.

Elle lui montra du doigt, au bord de l'eau, une curieuse sculpture représentant un cheval coupé en deux au-devant duquel courait un homme.

Lorsqu'ils franchirent le pont de Sandö, Jacob se pencha à la fenêtre afin de regarder la rivière en contrebas.

— À l'époque de sa construction, c'était le pont en béton le plus long du monde. Je l'empruntais tous les jours pour aller à l'école.

— Quelle chance…, commenta-t-il.

— J'avais la trouille à chaque fois, parce qu'une partie du pont s'était écroulée au moment de sa construction, faisant dix-huit victimes. La catastrophe s'est produite l'après-midi du 31 août 1939 et l'information est passée totalement inaperçue.

— Comme quoi, il ne faut jamais avoir d'accident la veille du jour où éclate une guerre mondiale, plaisanta Jacob. Où va-t-on?

— À Klockestrand. On arrive.

Elle ralentit et s'engagea à droite sur un chemin gravillonné.

— Je me suis dit qu'on aurait besoin d'aide, expliqua Dessie en s'approchant d'une immense bâtisse en bois à moitié en ruine.

— C'est quoi, ce machin? Une maison hantée?

— Bienvenue dans la maison de mon enfance, dit-elle en coupant le moteur.

108

La lueur bleutée d'un vieux téléviseur éclairait l'une des fenêtres du rez-de-chaussée.

Dessie se demanda qui était là. La maison servait désormais de repaire à une tripotée de cousins et à ses oncles encore en vie.

— Tu ne crois pas qu'ils dorment, à cette heure-ci ? s'inquiéta Jacob.

— Pas mon grand-père. Il dort le jour et passe ses nuits à regarder des vieux films en noir et blanc qu'il télécharge illégalement sur le Net. Tu m'accompagnes ?

— Je ne manquerais ça pour rien au monde, s'exclama Jacob en ouvrant sa portière.

Main dans la main, ils se dirigèrent vers le bâtiment, une vieille ferme de deux étages surmontée de quatre cheminées, avec un grenier assez grand pour y tenir debout. Le badigeon couleur rouille s'était écaillé depuis belle lurette, laissant apparaître des murs en bois d'un gris laiteux.

Dessie retira ses chaussures et poussa la porte d'entrée sans frapper. Seul le son de la télévision troublait le silence intérieur. Tout le monde devait dormir.

Un vieil homme, assis dans son fauteuil, regardait un film avec Ingrid Bergman.

— Grand-père ?

Il tourna la tête, regarda brièvement sa visiteuse et retourna à son film.

— *Drag åta dörn för moija*, dit-il.

Dessie referma la porte de la maison.

— Je te présente Jacob, annonça-t-elle en suédois en s'avançant, la main de son compagnon toujours dans la sienne.

Le grand-père paraissait imperméable au temps, sans doute parce qu'elle lui avait toujours connu les cheveux blancs et le même air de chien battu. L'arrivée de Dessie en pleine nuit, pour la première fois depuis l'enterrement de sa mère, ne semblait guère l'étonner. Il examina en revanche Jacob d'un œil méfiant.

— *Vo jär häjna för ein ?*

— Jacob enchaîne les boulots durs, répondit-elle en évitant d'entrer dans les détails.

Elle prit la télécommande, éteignit la télévision et se posa sur la table du salon, face au vieil homme.

— Grand-père, j'ai quelque chose à te demander. Si je voulais échapper aux flics, que je n'avais pas d'argent et que je voulais passer en Finlande, comment devrais-je m'y prendre ?

Un pétillement anima le regard du vieil homme qui posa sur Jacob un œil approbateur. Il se redressa dans son fauteuil et observa sa petite-fille avec une mine réjouie.

— *Vo håva jä djårt ?*

— Dans quelle langue parle-t-il ? s'enquit Jacob qui ne reconnaissait pas la musique habituelle du suédois.

— En *pitemål*, dit Dessie. Le dialecte de la région où il est né, que plus personne n'utilise. C'est encore plus éloigné du suédois que le danois ou le norvégien. Cette ferme était celle de ma grand-mère maternelle. Ici, personne ne le comprend quand il parle en *pitemål*.

Elle se tourna vers le vieil homme.

— Non, lui dit-elle. Nous n'avons rien fait de mal. Je te posais juste la question pour savoir.

— *Sko jä håva nalta å ita ?*

— Volontiers, accepta Dessie. Du café et des sandwiches, si c'est possible.

Le grand-père se dirigea vers la cuisine d'un pas mal assuré pendant que Dessie se glissait sous l'escalier où se trouvaient les seules toilettes de la maison.

Lorsqu'elle regagna le salon, quelques minutes plus tard, son grand-père avait coupé des tranches de pain et fait bouillir de l'eau avant de prendre place à la table de la salle à manger, les mains croisées sur la toile cirée, les yeux plissés.

— *Å djöö̱m sä i Finland*, dit-il. *Hä gå et...*

Dessie acquiesça en mâchant un morceau de pain accompagné de fromage. Entre deux bouchées, elle s'appliquait à traduire les explications du grand-père afin que Jacob puisse suivre la conversation.

Se cacher en Finlande n'était pas une bonne idée, les policiers finlandais étant nettement plus efficaces que leurs collègues suédois. Les truands finnois le savaient, et se réfugiaient en Suède en cas de problème.

Cela dit, pénétrer en Finlande n'était pas très difficile, à condition d'utiliser une voiture volée dont la disparition n'avait pas été signalée.

On pouvait traverser le Torne à peu près n'importe où. Il y avait des ponts à Haparanda, Övertorneå, Pello, Kolari, Muonio et Karesuando. Chacun d'entre eux avait ses avantages. Les gardes-frontières d'Haparanda, la plus grande ville de la région, étaient connus pour leur laxisme. À l'inverse, il était plus facile de se faire repérer à Kolari dont le poste-frontière servait rarement. Ensuite, le mieux était encore de rallier la Russie le plus vite possible.

— La Russie ? demanda Jacob. C'est à combien de kilomètres ?

— *Jä nögges tjöör över Kuusamo, hä jär som rättjest...*

— Trois cents, traduisit Dessie.

— À l'échelle des États-Unis, c'est trois fois rien, grommela l'Américain.

À en croire le grand-père, pénétrer en Russie n'avait jamais été une entreprise facile. De son temps, le no man's land séparant les deux pays était miné. Ce n'était plus le cas, mais la Finlande étant l'une des frontières avec l'Union européenne, les contrôles y étaient sévères. Le moyen le plus efficace de pénétrer en Russie consistait encore à franchir la frontière à pied, au nord de Tammela. Ensuite, la grand-route de Petrozavodsk continuait jusqu'à Saint-Pétersbourg.

Ses explications terminées, le grand-père se leva, posa les tasses à café dans l'évier et retourna à son téléviseur.

— *Stäng åta dörn för moija då jä gå*, dit-il.

— Il nous demande de bien refermer la porte pour empêcher les moucherons d'entrer, traduisit Dessie.

109

Ils firent le plein en se servant dans le stock de gasoil réservé aux tracteurs de la ferme et Jacob prit le volant.

— Quelle direction ?

— Tu continues tout droit jusqu'à ce que tu voies des panneaux marqués « Suomi Finlande », répondit Dessie en abaissant le dossier de son siège et en fermant les yeux.

Jacob pouvait être certain de ne jamais revoir les Rudolph s'ils parvenaient à gagner la Russie. Avec de l'argent, rien de plus facile que de s'y mettre à l'abri ; sans argent, rien de plus aisé que de se fondre dans la masse des pauvres.

Les mains agrippées au volant, il enfonça l'accélérateur.

Il ressentait encore les effets de sa longue sieste. La voiture était petite, peu nerveuse, avec un moteur étrangement bruyant. C'était la première fois qu'il conduisait un diesel.

Le paysage était magnifique. Des pics montagneux bleutés se dessinaient dans le lointain et la route, de plus en plus sinueuse et étroite, longeait des falaises surplombant la mer. L'inspecteur avait le curieux sentiment d'atteindre le bout du monde.

Le portable de Dessie, posé sur le tableau de bord, se mit à vibrer.

Du coin de l'œil, Jacob vit que la jeune femme dormait profondément, la bouche ouverte. Il n'avait aucune affinité avec les gadgets électroniques et ne possédait pas de portable, mais il n'en connaissait pas moins le fonctionnement.

— On a retrouvé leurs affaires, annonça la voix de Gabriella à l'autre bout du fil. Elles se trouvaient dans une consigne, au sous-sol de la gare centrale. Vous aviez raison.

Il marqua sa satisfaction en serrant le poing.

— Le sac contenait tout ce que vous aviez dit : une paire de chaussures, une perruque, un manteau, un pantalon, des lunettes de soleil, un appareil Polaroid avec des pellicules, des stylos, des cartes postales, des timbres, des gouttes pour les yeux, un stylet acéré comme un rasoir et pas mal d'autres trucs…

Elle se tut brusquement.

— Quoi d'autre ? insista Jacob.

Il avait élevé la voix et Dessie, réveillée, se redressa.

— On a aussi retrouvé les passeports et les portefeuilles de toutes les victimes, sauf celles d'Athènes et de Salzbourg.

Il donna un coup de frein et stoppa la voiture devant un café ouvert toute la nuit, incapable de prononcer une parole.

— Les affaires de Kimmy en faisaient partie, poursuivit Gabriella d'une voix douce. Je les ai sous les yeux. Celles de son fiancé aussi. Vous pourrez les récupérer à votre retour.

— D'accord, murmura-t-il.

— Vous vouliez également qu'on dresse la liste des voitures volées dans le nord du pays hier, en fin de journée. Un fermier des environs de Gysinge vient de nous signaler le vol de sa Volvo 245. Un modèle de 1987 de couleur rouge, immatriculé CHC411.

— La 245, c'est un break, non ?

— Je vous envoie tous les détails par SMS.

Il regarda autour de lui et constata qu'ils se trouvaient dans un petit village. Un semi-remorque quitta le parking devant lui.

— Où en êtes-vous ? demanda Gabriella.

Jacob embraya et regagna la route derrière le camion.

— À mi-chemin, à peu près. Merci d'avoir appelé.

— J'aurais aimé pouvoir vous aider davantage, répliqua la policière à mi-voix, avant de raccrocher.

— Appelle ton cousin, dit Jacob à Dessie qui le regardait. J'ai peut-être le signalement de leur voiture.

Il lui tendit le téléphone.

À l'horizon, le soleil était déjà haut dans le ciel.

110

La forêt commença à s'épaissir au-delà d'Örnsköldsvik et les habitations se firent de plus en plus rares.

Entre Umeå et Skellefteå, deux bourgades distantes de cent cinquante kilomètres, Jacob ne vit pratiquement pas de maisons.

Il venait de franchir Byske lorsque les effets du décalage horaire l'obligèrent à s'arrêter. Il réveilla Dessie en lui demandant de le relayer et s'endormit dans la minute, le soleil dans les yeux.

Il rêva de Kimmy.

Kimmy telle qu'il l'avait vue à son départ pour Rome, avec son nouveau manteau et son bonnet de laine jaune.

Il comprit que quelque chose clochait en constatant qu'elle pleurait. Elle était enfermée dans une guérite en verre et tapait des poings sur les parois transparentes en l'appelant. « Papa ! Papa ! » Il voulut répondre, mais elle ne l'entendait pas.

— Kimmy ! hurla-t-il. Je suis là ! J'arrive !
— Jacob ?

Il se réveilla en sursaut.

— Quoi ? demanda-t-il.
— Tu criais dans ton sommeil.

Il se releva en position assise.

La voiture était arrêtée dans une banlieue, entre un immense entrepôt et une rangée d'immeubles de bureaux. Il faisait plein jour et une lumière triste filtrait à travers les nuages.

— Où sommes-nous ?

— À un kilomètre du pont qui sert de frontière avec la Finlande. Robert s'est posté un peu plus loin, de l'autre côté de ce giratoire. Rien à signaler. Ni couple, ni Volvo rouge.

Il papillonna des yeux en observant le paysage plat et austère.

— Voici donc Haparanda, remarqua-t-il.

— *Kyllä.*

Il lui lança un regard perplexe.

— Ça veut dire « bien sûr, chéri » en finnois. Allez, Robert nous attend.

Elle démarra et se dirigea vers l'immense giratoire au centre duquel se dressait un petit bois de pins.

— Il a placé des gars à lui à l'entrée de tous les ponts qui mènent en Finlande. Il a aussi fait établir une surveillance dans les ports des environs.

— Le crime organisé a du bon, marmonna Jacob.

Un entrepôt géant entouré d'un parking gigantesque apparut sur leur gauche.

— Qu'est-ce que c'est que ça? demanda Jacob.

— Le magasin Ikea le plus au nord de la planète. Voilà Robert !

Dessie se rangea à côté d'un Toyota Landcruiser dernier cri. Un géant blond avec une queue-de-cheval et des bras comme des troncs d'arbre était adossé à la carrosserie rutilante du 4 × 4.

La jeune femme ouvrit précipitamment sa portière et se jeta dans les bras du géant qui la serra contre lui avec un grand sourire. Jacob, un pincement de jalousie au cœur, descendit à son tour du véhicule et s'approcha.

Les bras de Robert étaient couverts de tatouages grossièrement dessinés et il lui manquait deux incisives. Il aurait été parfait dans le rôle du leader d'un gang de *bikers* à Los Angeles.

— C'est vous, l'Américain ? demanda-t-il en anglais avec un accent suédois à couper au couteau, un battoir tendu.

La main de Jacob disparut dans le poing du géant.

— Ouais, répondit-il.

Robert, sans lui lâcher la main, l'attira à lui.

— N'essaie pas de t'imaginer que tu peux tout te permettre parce que tu vis aux États-Unis, lui dit-il à l'oreille. Si jamais tu fais du mal à Dessie, je te retrouverai.

— C'est bon à savoir, répliqua Jacob.

Le géant lui lâcha la main.

— J'ai mis quelqu'un en planque à l'embranchement de Morjärv, précisa-t-il. Ils sont passés il y a une demi-heure dans une Volvo rouge avec de fausses plaques et ils ont pris la E10 vers Haparanda.

Jacob sentit monter en lui une bouffée d'adrénaline.

Le gangster regarda sa montre, une Rolex incrustée de diamants.

— Ils ne devraient pas tarder.

111

Le temps s'était arrêté.

Jacob regardait machinalement l'heure sur sa vieille montre bon marché.

8 h 14... 8 h 15... 8 h 16...

La brume du matin n'avait pas l'air de vouloir se dissiper.

L'un des hommes de Robert leur apporta du café, du jus d'orange et des sandwiches au jambon qu'ils grignotèrent dans la voiture.

— Vous êtes proches, tous les deux ? questionna Jacob en désignant du menton le géant, toujours appuyé contre son 4 × 4.

— Avec Robert ? répondit-elle en retirant le jambon de son sandwich. C'est mon cousin préféré. Comme sa mère était tout le temps en prison quand il était jeune, il a passé beaucoup de temps chez nous. Il a deux ans de moins que moi, c'était donc *moi* la grande, quand nous étions gamins.

— C'est dur à imaginer, plaisanta Jacob.

Dessie posa le sandwich sur ses genoux.

— Je me suis toujours demandé si nous n'étions pas autre chose que cousins, dit-elle d'un air pensif.

Jacob s'arrêta de mâcher.

— Qu'est-ce que tu veux dire ?

Elle avala une gorgée de jus d'orange.

— Je n'ai jamais su qui était mon père, dit-elle d'une voix à peine audible. Maman me racontait toujours que c'était un prince italien et qu'il viendrait nous chercher toutes les deux, un beau jour.

Elle observait sa réaction du coin de l'œil, gênée.

— Je sais ce que tu penses. Ça fait un peu Petit Chaperon rouge. Mon père doit être un de mes oncles. Ou peut-être même mon grand-père...

Elle avait prononcé les derniers mots dans un murmure.

Jacob regardait droit devant lui. Qu'aurait-il pu répondre ?

Dessie se redressa soudain et regarda dans le rétroviseur.

— Une voiture rouge, lui signala-t-elle.

L'inspecteur orienta le miroir de façon à voir sans se retourner.

— Une Ford, avec quatre personnes à l'intérieur, laissa-t-il tomber.

La voiture rouge passa à côté d'eux : deux couples âgés, les hommes devant, les femmes derrière.

Dessie se tourna vers son compagnon, hésitante.

— Qui était la mère de Kimmy ? demanda-t-elle.

Ce fut au tour de l'Américain de poser son sandwich.

— Elle s'appelle Lucy. Nous avons grandi ensemble à Brooklyn. C'était une excellente chanteuse de blues et de jazz. Nous avions tous les deux dix-huit ans quand elle est tombée enceinte. Elle nous a quittés quand Kimmy avait trois mois.

— Elle vous a quittés ? Pour faire quoi ?

Jacob haussa les épaules.

— Pour vivre autre chose. Le fric, la musique, la drogue… Les premières années, elle est venue voir Kimmy deux ou trois fois, et puis plus rien. Ça doit faire quinze ans que je ne l'ai pas vue.

— Elle sait… Je veux dire, que Kimmy…

Jacob secoua la tête.

— Non. Pas par moi, en tout cas. Je ne sais pas où elle est. Je ne sais même pas si elle est encore en vie.

Ils retombèrent dans le silence.

Une Volkswagen Passat verte roula à côté d'eux.

Jacob regarda une nouvelle fois sa montre. 8 h 54.

Une Saab bleue les dépassa en laissant dans son sillage des bouffées de dance music.

8 h 55.

Le portable de Dessie sonna. Elle décrocha sans un mot, écouta, et raccrocha.

— Ils ont dépassé Salmis et Vuono. Deux villages situés à l'entrée de la ville.

— Tu crois que les gars de Robert sont fiables ?

Dessie hocha la tête.

— Les jumeaux ont peur, poursuivit Jacob. Ils ne savent pas à quoi s'attendre à la frontière.

— Ils vont chercher à voler une autre voiture, affirma Dessie.

112

9 heures.

Une queue s'était formée de l'autre côté du giratoire. Des voitures, des caravanes et des camions filtrés par la police au poste-frontière, signe que les contrôles avaient été renforcés.

Jacob regarda sa montre.

9 h 30.

Des cars commençaient à affluer dans le parking d'Ikea, venant de toute la région, à en juger par leurs plaques d'immatriculation : Norvège, Finlande, Russie.

Des files de véhicules privés ne tardèrent pas à les imiter.

— C'est le jour de la Saint-Jean, remarqua Dessie. Le point d'orgue de la semaine la plus commerçante de l'année. En Suède, la Saint-Jean est encore plus importante que Noël.

Jacob était trop tendu pour répondre.

Nouveau coup d'œil à son poignet.

9 h 57.

Dans le rétroviseur, une file ininterrompue de voitures de toutes les couleurs. Jacob se massa lentement le front.

Les portes de l'immense magasin s'ouvrirent et la foule se précipita à l'intérieur.

L'inspecteur était au bord de l'implosion.

— C'est quoi ce bordel, s'écria-t-il. Qu'est-ce qu'ils peuvent bien foutre ?

Dessie ne répliqua pas.

— Ils auront pris un autre chemin, continua-t-il. Ils n'ont pas voulu franchir la frontière à Haparanda. Ton gangster de cousin s'est gouré. Ou alors, il est de mèche avec eux et il s'est arrangé pour nous faire poireauter ici pendant qu'ils…

— Stop, lui ordonna Dessie d'une voix rauque.

Il tendit un doigt accusateur dans sa direction.

— Toi aussi, tu es dans le coup ? Réponds !

— Jacob, calme-toi. Tu dis n'importe quoi…

Il tourna la clé et le moteur se mit en route.

— Qu'est-ce que tu fais ? s'inquiéta Dessie. Où vas-tu ?

— Je n'en peux plus d'attendre. Je vais devenir complètement dingue !

— Attends une seconde, l'arrêta Dessie. Je viens d'apercevoir une voiture rouge, je crois bien que c'est une Volvo.

Jacob regarda dans le rétroviseur.

Il s'agissait bien d'un vieux break Volvo avec deux passagers.

Un jeune homme blond et une jeune femme aux cheveux châtains.

113

Le véhicule roula lentement à côté d'eux et se dirigea vers le giratoire.

Jacob se coula aussitôt dans son sillage.

Son cœur battait si fort qu'il était devenu sourd aux bruits du monde extérieur.

La Volvo freina à l'entrée du carrefour, donnant l'impression d'hésiter en apercevant la file des véhicules qui attendaient au poste-frontière.

— Ils viennent de comprendre qu'ils ne passeraient pas, dit Dessie. Pas avec cette voiture, en tout cas.

Jacob tira une paire de menottes de la poche intérieure de son blouson et les coinça dans sa ceinture au niveau des reins, puis il se pencha afin de récupérer le Glock dans l'étui qu'il avait à la cheville.

Dessie poussa un petit cri.

— Jacob! Qu'est-ce que tu fais?

Au même moment, la Volvo sortit de la file des voitures pour se faufiler entre une caravane et une camionnette portant des inscriptions en caractères cyrilliques.

Jacob enclencha la première, enfonça la pédale d'accélérateur et freina précipitamment afin d'éviter un semi-remorque engagé sur le giratoire.

— Putain! On va les perdre de vue!

— Ils vont tout droit, lui cria Dessie, penchée à la fenêtre. Ils tournent à droite ! Ils viennent d'entrer dans le parking d'Ikea !

Jacob dépassa le camion en trombe, égratigna la carrosserie d'une Peugeot et s'engagea à son tour sur le parking tandis que le propriétaire de la Peugeot manifestait sa colère à grands coups de klaxon.

Le désordre le plus complet régnait sur le parking où des milliers de clients poussant des chariots et des poussettes zigzaguaient dans un océan d'autocars, de voitures et de caravanes.

Jacob s'arrêta en regardant de tous côtés.

— Où ont-ils bien pu aller ? gronda-t-il.

— Je crois les avoir vus se diriger vers les places réservées aux bus, répondit Dessie. Regarde ! Là ! Sylvia Rudolph !

Sans attendre la réponse de son compagnon, elle ouvrit sa portière et se lança à la recherche de la meurtrière.

— Non ! s'écria Jacob en tentant de la suivre au volant de la petite auto.

Une famille de quatre enfants avec une grand-mère et un chien lui bloqua soudain le passage, laissant le temps au conducteur de la Peugeot de le rejoindre et de s'acharner à coups de poing sur son pare-brise.

— Et puis merde ! s'énerva Jacob en brandissant son arme.

L'instant d'après, il jaillissait de la voiture et disparaissait au milieu des autocars.

114

Tout indiquait qu'il s'agissait bien des Rudolph.

Il reconnaissait Malcolm à son allure nonchalante, Sylvia à son épaisse chevelure. Les jumeaux poursuivaient leur chemin entre les voitures.

Des cris éclataient dans le sillage de Jacob à mesure qu'il fendait la foule, l'arme au poing.

Les jumeaux n'avaient plus que quelques dizaines de mètres d'avance sur Dessie. Le portable à la main, elle courait tout en s'efforçant de composer un numéro.

Tous les trois disparurent au détour d'un bâtiment.

Jacob leva le canon de son arme en tournant le coin de l'entrepôt.

Personne.

Il longea le bâtiment et déboucha sur un espace occupé par quatre autocars. Il courut jusqu'au premier bus.

Personne.

Jusqu'au deuxième.

Personne.

Jusqu'au troisième.

— Lâche ton arme.

Une voix de femme, dans son dos.

Il pivota sur lui-même, le Glock en avant.

Sylvia Rudolph tenait Dessie comme un bouclier, un long couteau de boucher sur la gorge. La tête de Jacob se mit à tourner et il crut un instant voir Kimmy.

— Lâche ton arme, répéta Sylvia. Pose-la par terre tout de suite ou je la tue.

Le visage de Dessie était livide. Elle avait toujours son portable à la main.

Malcolm Rudolph se tenait une dizaine de mètres derrière, l'air indécis.

Jacob ne bougeait pas, le canon de son pistolet levé.

La vérité venait de s'imposer à lui : ce n'était pas le garçon qui tuait. C'était sa sœur. Sylvia. La *señorita*. La petite fille qui avait découvert ses parents égorgés dans leur lit, si elle ne les avait pas tués de ses blanches mains.

— Fais ce que je te dis ou je lui tranche la gorge.

Sa voix était de moins en moins assurée.

Il serra le poing autour de la crosse du pistolet, adoptant instinctivement la position qu'on lui avait apprise à l'entraînement.

Il ferma un œil et visa.

Le contraste entre l'impassibilité de la meurtrière et l'horreur qui se dessinait sur les traits de la journaliste ne pouvait lui échapper.

Celle qui avait tué sa Kimmy s'apprêtait maintenant à égorger sa Dessie. Le couteau était différent, mais la main qui le tenait était la même.

Il se sentit brusquement envahi par un calme inattendu.

— Pose ton arme ! hurla Sylvia. Pose ton arme ou je lui tranche la gorge !

Il n'était plus question d'art conceptuel, tout d'un coup.

Au bord du gouffre, elle cherchait bêtement à sauver sa peau, comme n'importe quelle pauvre psychopathe.

Il pressa la détente.

Un clic anodin, un recul à peine perceptible, et Dessie qui lâchait son portable en hurlant. Elle hurlait de plus belle, mon Dieu, il avait raté sa cible, elle avait dû bouger à la dernière seconde, putain, qu'avait-il fait ?

115

Dessie hurlait toujours, couverte de sang, mais ce n'était pas le sien. C'était celui de Sylvia, et la cervelle de Sylvia partout sur son visage et son blouson, Sylvia qui s'écroulait, qui lâchait le couteau, et Malcolm qui se ruait vers elle.

Dessie tituba jusqu'au bus le plus proche tandis que Jacob rejoignait Malcolm, l'arme au poing.

— À genoux, mains derrière la tête, lui cria-t-il.

Ses oreilles bourdonnaient, mais Malcolm restait sourd à ses ordres. Aveugle au monde qui l'entourait, le jeune homme s'était effondré à côté du corps sans vie de sa sœur qu'il serrait dans ses bras en la berçant, une longue plainte s'échappant de ses lèvres.

Jacob s'approcha sans baisser le canon de son arme. Tirant les menottes de sa ceinture, il voulut lui attacher les poignets.

— Malcolm Rudolph, la police va venir vous arrêter. Reposez le corps de votre sœur, mettez-vous à genoux, les mains derrière la tête.

Brisé, le jeune homme continuait à geindre de façon lamentable.

Il déposa lentement la dépouille de sa sœur sur le macadam. L'inspecteur constata alors qu'il avait atteint la jeune femme en plein front. Un trou rouge entre les deux yeux ouverts qui regardaient le ciel d'un air vide. L'arrière de la boîte crânienne avait explosé.

— Vous l'avez tuée, constata Malcolm d'une voix désespérée, agenouillé à côté du corps, les bras ballants, les épaules voûtées comme celles d'un vieillard.

Jacob écarta les mâchoires des menottes et se pencha au-dessus du jeune homme.

Il ne vit pas venir le coup.

D'un mouvement fulgurant, le frère se releva et enfonça le couteau de boucher dans la poitrine de Jacob. Celui-ci réussit à s'écarter de quelques centimètres, mais la lame avait déjà traversé le blouson en daim, pénétrant les chairs, tailladant les muscles, entaillant le poumon, sectionnant les veines et les artères.

L'Américain entendit un cri, un cri de femme, alors que des flots de sang tiède jaillissaient de la blessure et que le monde se mettait à tourner autour de lui. Un coup de feu éclata, dont l'écho se réverbéra dans son crâne tandis que son adversaire s'écroulait en se tenant le ventre à deux mains.

Il sentit quelqu'un le prendre dans ses bras, l'allonger doucement par terre et lui arracher ses vêtements.

C'était Dessie. Sa Dessie. Mais non ! C'était Kimmy ! Sa Kimmy !

Son amour de petite fille qui refusait de l'abandonner !

— Kimmy ! dit-il dans un murmure. Je savais bien que tu finirais par revenir !

116

Bay Ridge, Brooklyn

La brise apportait avec elle une odeur de mer à laquelle se mêlaient les gaz d'échappement des voitures circulant sur Leif Ericson Drive. Les feuilles des arbres et les fils électriques chantaient au-dessus de la tête de Jacob Kanon.

Assis sur le porche de sa petite maison, il regardait les gamins du quartier s'entraîner au base-ball sur un carré d'herbe, de l'autre côté de la rue.

Les grandes chaleurs étaient passées, cédant la place à l'automne. Le soleil n'était plus aussi haut dans le ciel et les ombres des arbres s'allongeaient sur le trottoir.

Son poumon s'était définitivement refermé et il n'avait quasiment plus mal au bras. C'était au tour de la cicatrice de le tourmenter; certains jours, les démangeaisons étaient pires que tout le reste.

Il tourna la tête du côté de Shore Road. Toujours pas de taxi.

D'ici une semaine, il n'aurait même plus le bras en écharpe.

Les médecins lui avaient tous dit qu'il pouvait remercier son ange gardien.

Il n'y avait pas d'hôpital dans la petite ville frontière du cercle arctique où Malcolm Rudolph lui avait transpercé le poumon et à moitié sectionné le bras, mais le remplaçant qui œuvrait cet été-là aux urgences du dispensaire local était un jeune praticien hongrois, spécialiste en microchirurgie. Tandis que l'on réquisitionnait toutes les réserves en plasma du dispensaire, celui-ci avait recousu muscles, tendons et vaisseaux les uns après les autres, et permis à Jacob d'échapper à la mort.

Son agresseur n'avait pas eu cette chance.

La balle que l'Américain avait tirée machinalement lui avait atteint le foie et il était décédé dans l'hélicoptère qui l'emportait à l'hôpital.

Lorsque Jacob s'était réveillé et que la mémoire lui était revenue, il s'était préparé à devoir affronter la justice suédoise. Mais il pensait pouvoir s'en tirer. Gabriella avait tout entendu sur le portable que Dessie serrait dans son poing, elle pouvait témoigner qu'il avait agi en état de légitime défense.

Il n'en devrait pas moins s'expliquer sur la présence de son arme de service.

Les Européens ne plaisantent pas en matière de détention illégale d'armes à feu et Jacob s'attendait à ce qu'on lui signifie son inculpation lorsque Mats Duvall lui avait rendu visite à l'hôpital.

Le commissaire s'était contenté de lui préciser sèchement que l'enquête préliminaire n'avait pu aboutir et qu'il ne serait donc pas poursuivi, faute de preuves.

Comme quoi les Suédois n'étaient pas aussi rigides qu'on le prétendait.

On lui avait même rendu son pistolet lorsqu'il avait quitté le pays.

Le fils Anderson frappa la balle avec une telle force qu'elle fusa jusqu'au garage Johnson, qui ne s'appelait d'ailleurs plus Johnson depuis son rachat par des Polonais dont Jacob avait oublié le nom.

L'inspecteur souffla en voyant la balle s'écraser contre le mur de briques, à quelques centimètres de la fenêtre.

Il avait joué au base-ball sur le même terrain vague quand il était gamin, et ne comptait plus les fois où il avait cassé les carreaux de ce garage. Il n'avait jamais quitté la maison où il était né, où son père était né, où Kimmy était née.

Et s'il enlevait cette vacherie d'écharpe? Son bras ne risquait pas de tomber par terre, après tout.

Un taxi remonta la rue et s'arrêta devant chez lui. Lyndon Crebbs ouvrit la portière et en descendit, un vieux sac de marin à la main.

— Alors, tu te la coules douce, espèce de manchot! l'apostropha l'ancien agent du FBI en constatant qu'il ne se levait pas.

Jacob se décala afin de faire de la place à son vieil ami.

— Comment s'est passée l'opération? s'enquit-il.

Lyndon se laissa tomber à côté de lui en soupirant.

— Je ne pourrai plus jamais me servir de ma queue autrement que pour pisser. Mais il faut savoir se contenter de peu, dans la vie.

Ils demeurèrent un moment assis sans parler.

De l'autre côté de la rue, les gamins se disputaient pour une raison quelconque. Ils finirent par rentrer chez eux après avoir échangé quelques coups.

— Tu as des nouvelles de Montecito? demanda Jacob.

— On a retrouvé les restes d'une jeune fille derrière le manoir. Elle n'avait pas été enterrée très profond et ça faisait quatre ou cinq ans qu'elle était là, d'après le légiste.

— On a pu l'identifier ?

— Pas encore, mais il s'agit très certainement de Sandra Schulman.

Un nouveau silence s'installa.

— Et leur tuteur ? Et les parents ?

Lyndon Crebbs secoua la tête.

— L'enquête est en cours, mais je doute qu'elle aboutisse un jour. Tu as envie de savoir ce que j'ai découvert au sujet de Lucy ?

Jacob porta machinalement le regard vers le garage Johnson. Le père de Lucy Johnson.

— Pas tout de suite.

Lyndon Crebbs lui jeta un regard en coin.

— Comment ça s'est passé avec cette fille, celle qui porte un nom de princesse ?

— Elle a décidé de finir son doctorat, répondit Jacob. J'ai cru comprendre que ça se passait bien.

— C'est ce que j'ai toujours dit. Un peu de jugeote ne peut pas faire de mal. Où est-elle, maintenant ?

Un sourire éclaira le visage de Jacob.

— Là-bas, dit-il en montrant de son bras valide le carrefour de Narrows Avenue.

La seule chose que Dessie s'était achetée depuis son installation à Brooklyn était un vélo de femme à sept vitesses, équipé d'un panier à l'avant. Elle remontait tranquillement la 77ᵉ Rue avec son lot quotidien de poireaux et autres légumes pour lapin. Elle posa sa bicyclette dans l'allée et s'avança vers le porche.

— Monsieur Crebbs ? J'ai beaucoup entendu parler de vous, dit-elle en serrant la main du visiteur.

— En mal, j'espère.

Dessie adressa un sourire affectueux à Jacob.

— Pourquoi ? Vous attendiez autre chose de ce grand maître du romantisme ?

*Du même auteur
aux éditions de l'Archipel :*

Copycat, 2012.
Private Londres, 2012.
Œil pour œil, 2012.
Private Los Angeles, 2011.
Qui a tué Toutankhamon, 2011.
Contre l'avis des médecins, 2010.
Une ombre sur la ville, 2010.
Dernière escale, 2010.
Rendez-vous chez Tiffany, 2010.
On t'aura prévenue, 2009.
Une nuit de trop, 2009.
Crise d'otages, 2008.
Promesse de sang, 2008.
Garde rapprochée, 2007.
Lune de miel, 2006.
L'amour ne meurt jamais, 2006.
La Maison au bord du lac, 2005.
Pour toi, Nicolas, 2004.
La Dernière Prophétie, 2001.

Aux éditions Lattès :

La Piste du tigre, 2012.
Le 9ᵉ Jugement, 2011.
En votre honneur, 2011.
La 8ᵉ Confession, 2010.
La Lame du boucher, 2010.
Le 7ᵉ Ciel, 2009.
Bikini, 2009.
La 6ᵉ Cible, 2008.
Des nouvelles de Mary, 2008.
Le 5ᵉ Ange de la mort, 2007.
Sur le pont du loup, 2007.
4 fers au feu, 2006.
Grand méchant loup, 2006.
Quatre souris vertes, 2005.
Terreur au 3ᵉ degré, 2005.
2ᵉ chance, 2004.
Noires sont les violettes, 2004.
Beach House, 2003.
Premier à mourir, 2003.
Rouges sont les roses, 2002.
Le Jeu du furet, 2001.
Souffle le vent, 2000.
Au chat et à la souris, 1999.
La Diabolique, 1998.
Jack et Jill, 1997.
Et tombent les filles, 1996.
Le Masque de l'araignée, 1993.

Au Fleuve noir :

L'Été des machettes, 2004.
Vendredi noir, 2003.
Celui qui dansait sur les tombes, 2002.

Le Livre de Poche s'engage pour l'environnement en réduisant l'empreinte carbone de ses livres. Celle de cet exemplaire est de :
350 g éq. CO₂
Rendez-vous sur
www.livredepoche-durable.fr

PAPIER À BASE DE FIBRES CERTIFIÉES

Composition réalisée par DATAGRAFIX

Achevé d'imprimer en octobre 2012 en France par
CPI BRODARD ET TAUPIN
La Flèche (Sarthe)
N° d'impression : 70636
Dépôt légal 1re publication : novembre 2012
LIBRAIRIE GÉNÉRALE FRANÇAISE
31, rue de Fleurus – 75278 Paris Cedex 06

31/6722/8